Karpfenkrieg

Auge um Auge, Zahn um Zahn

Werner Rosenzweig

KARPFENKRIEG

Auge um Auge,
Zahn um Zahn

Engelsdorfer Verlag
Leipzig
2015

Bibliografische Information durch die Deutsche Nationalbibliothek:
Die Deutsche Nationalbibliothek verzeichnet diese Publikation in der Deutschen Nationalbibliografie, detaillierte bibliografische Daten sind im Internet über http://dnb.dnb.de abrufbar.

Handlung und Personen sind frei erfunden.
Ähnlichkeiten mit lebenden oder verstorbenen Personen wären rein zufällig und unbeabsichtigt.

ISBN 978-3-95744-922-1

Lektorat: Barbara Lösel, www.wortvergnügen.de

Hergestellt in Leipzig, Germany (EU)
www.engelsdorfer-verlag.de

14,00 Euro (D)

„Ihr habt gehört, dass da gesagt ist:
Auge um Auge, Zahn um Zahn.“

(Matth. 5,38)

PROLOG

„Jeder Amtmann soll auf unseren Landgütern Fischweiher halten, wo sie schon waren, ja er soll sie mehren, wo dies möglich ist, und wo früher keine waren, solche aber jetzt sein könnten, solle er sie neu anlegen.“ Das befahl Karl der Große seinen Untertanen, die damals im Mittelalter im heutigen Gebiet des Karpfenlandes Aischgrund lebten. Die wasserstauenden Tonschichten, der Wechsel von Sand und Tonschichten, sowie die klimabegünstigte Lage im Windschatten des Steigerwaldes boten ideale Voraussetzungen für die Entstehung einer der größten Teichlandschaften Mitteleuropas.

Heute ist der Aischgrund das Land der tausend Teiche: Rund 1200 Teichwirte bewirtschaften circa 7000 Weiher mit einer Uferlänge von ungefähr 1400 Kilometern. Mit seinen beeindruckenden Weiherketten und romantischen Landschaften lädt der Aischgrund zu einer Fülle von Urlaubsaktivitäten ein und entwickelt sich immer mehr zu einer beliebten Ferienregion. Auf herrlich gelegenen Radwegen und bezaubernden Wanderrouten – immer in Reichweite: ein Blick auf einen der vielen tausend Teiche – passiert der Urlauber Zeugnisse des Glaubens und der Kultur: Schlösser, Burgen und Kirchen, historische Mühlen, sehenswerte Museen und wunderschön restaurierte Fachwerkhäuser. Ein Idyll, eine heile Welt.

Wirklich eine heile Welt? Wir haben einige Akteure in diesem Buch vor dem 17. August 2014 befragt, denn an diesem Tag begann das große Sterben. Heute könnten einige von ihnen nicht mehr Rede und Antwort stehen. Die Hälfte von denen, die hier ihre Stimmen erheben, sind leider schon verstorben. Durch Mörderhand. Warum und weshalb, das werden wir in der nachfolgenden Geschichte ja erfahren. Damals sagten sie jedenfalls:

„Alles Quatsch“, widersprachen Johann Hammer, Horst Jäschke und Gisbert Holzmichl, die drei Teichwirte aus Röttenbach, Neuhaus und Röhrach, „die Genossenschaft Aischgründer Spiegelkarpfen will uns verarschen – alles Lug und Trug – und der Kormoran, dieser Hundskrüppel, frisst uns unsere Karpfen weg. So schnell können wir gar nicht schaun. Nichts ist in Ordnung.“

„Endlich geschafft", triumphierte damals dagegen der Hornauers Jupp. Zu diesem Zeitpunkt war er noch Vorstandsvorsitzender der Genossenschaft Aischgründer Spiegelkarpfen. „Endlich ham wir die geschützte geografische Zertifizierung für unsere Aischgründer Karpfen grichd. Is ja a Zeit wordn."

Viele Teichwirte sahen das anders. Viele durchblickten das gewiefte Spiel des alten Jupp sofort. War er es doch, der den größten persönlichen Vorteil aus der Zertifizierung zog. Der kleine Karpfenbauer, mit der Figur eines Kugelblitzes, war seinerzeit der ertragsstärkste Erzeuger der Region und ein Verfechter artgerechter Fischzüchtung. Nahezu alle Fischteiche um Krausenbechhofen gehörten ihm, und damit war er immer noch nicht zufrieden. Ständig versuchte er, weitere hinzuzukaufen. Aber, wie das im Leben so ist, er hatte nicht nur Freunde und Bewunderer, er hatte auch viele Feinde.

Heino Wassermann, Vorsitzender des Vereins „Umwelt und Tierisches Leben e.V. Hemhofen-Röttenbach" und seines Zeichens Siemens-Ingenieur in Erlangen, lebte dagegen in zwei Welten: In der beruflichen Frustwelt und in der Frustwelt des gemeinnützigen Vereins, dessen Vorsitzender er seit einem Jahr war. Das berufliche Ambiente kotzte ihn an, weil er mit seinem Gehalt immer noch nicht im übertariflichen Bereich gelandet war. Mit der Vereinsarbeit, welche er gerne und motiviert übernommen hatte – damals vor zwölf Monaten – war er auch bald unzufrieden, weil der Verein in seinen Bemühungen um eine Verbesserung der Umwelt und des Tierartenschutzes nicht so schnell vorankam, wie er sich das vorstellte.

Margot Segmeier, Vereinspräsidentin der „Ferienregion Aischgrund e.V.", hätte fast verkannt, welche Chancen ihr die Zwistigkeiten und schließlich die scheußlichen Morde boten, welche sich um die geografisch geschützte Zertifizierung des „Spiegelkarpfen a. d. A." ergaben. Die gebürtige Preußin – vor vielen Jahren aus Paderborn zugezogen – machte ihren Job gut. Ihre Aufgabe war die touristische Erschließung des Aischgrundes, und sie hatte tatsächlich viele gute Einfälle. Die organisierten Tatort-Führungen war eine ihrer besten Ideen und der Renner in ihrem Ferienprogramm. Davon war sie damals überzeugt. In Folge explodierten die Übernachtungskapazitäten der Hotels und Gasthöfe in der Region. Die Anzahl der Feriengäste stieg proportional zur Anzahl der Morde. Als diese schließlich aufgeklärt waren, hätte Margot Segmeier am liebsten selbst still und heimlich weitergemordet, wenn da nicht dieser unschöne Vorgang gewesen wäre, der sie selbst in Angst und Schrecken versetzte.

Aber nun genug der Worte, bevor an dieser Stelle bereits zu viel verraten wird. Tauchen wir nun ein, in die Geschichte um den fränkischen Karpfenkrieg, der – wie wir bald lernen werden – mit äußerster Härte und Rücksichtslosigkeit geführt wird. Aber so sind sie halt, die Franken: Sie üben Zurückhaltung und viel Geduld, aber wenn die rote Linie mal überschritten ist, dann …

VORGRIFF

Der Anblick war grotesk. Der Körper des Mannes lag bäuchlings auf der schwarzen Folie der Fahrsiloanlage. Seine Arme waren im Neunzig-Grad-Winkel unnatürlich vom Körper abgespreizt. Wie ein lebloser, riesiger Kormoran sah er von oben betrachtet aus. Der Mann war tot. Mausetot. Das konnte selbst ein Laie erkennen, denn die Folie war auf einer Länge von circa fünfzig Zentimetern eingeschnitten und der Kopf des Toten steckte bis zum Halsansatz im Innern der Gärfutteranlage. Der Mann rührte sich nicht mehr. Keine zwanzig Zentimeter daneben stand das transportable Gasmessgerät X-am 5000 der Firma Dräger. Es gehörte Thomas Rusche. Der Forensiker trug einen Atemschutzanzug, der ihn vor den tödlichen Gasen schützte, die immer noch als Stickstoffmonoxid, Stickstoffdioxid und Kohlendioxid aus dem Schlitz entwichen. Thomas Rusche hatte schon viele sonderbare Todesarten untersucht, aber ein Toter auf einer Silage, der offensichtlich von den austretenden, tödlichen Gasen dahingerafft wurde, fehlte ihm noch in seiner Sammlung. Den Kommissar, das Team der Kriminaltechnischen Untersuchungsabteilung und den Rest der Polizeikräfte hatte er angewiesen, in sicherem Abstand zu warten, bis er seine Arbeit beendet hatte und ihnen weitere Anweisungen erteilen würde.

1

Erst vor wenigen Minuten war der große schwarze Vogel auf den knorrigen Ast der Schwarz-Erle geflogen, der weit über die Wasseroberfläche des Tiefweihers hinausragte. Der alte Baum, mit seiner tiefrissigen, grauschwarzen Borke, war direkt am nährstoffarmen Ufer des Fischteiches gewachsen und hatte schon viele Karpfengenerationen erlebt, welche sich im Laufe der Jahre in dem trüben, schlammigen Gewässer tummelten.

Der Vogel äugte auf die heranwachsenden Spiegelkarpfen hinab, die dicht unter der Wasseroberfläche im Schein der warmen, sommerlichen Frühabendsonne dahinzogen. Sie interessierten ihn im Moment nicht. Er war bereits satt und zufrieden. In der letzen halben Stunde hatte er sie während seiner Unterwasserjagd schon gewaltig dezimiert. Nun ruhte er sich aus, blinzelte in die tiefstehende Sonne und streckte seine gewaltigen Schwingen zum Trocknen weit von sich, bevor er sich bald wieder auf den Heimflug machen würde. So verharrte er still und ruhig auf seinem Ast und genoss die idyllische Ruhe, die nur vom Gequake der fetten Wasserfrösche unter ihm unterbrochen wurde. Von der ernsthaften Bedrohung, die sein Leben bald beenden würde, hatte der Vogel keine Ahnung.

Keine fünfzig Meter von ihm entfernt ragte aus dem Rande eines hochstehenden Maisfeldes der Lauf eines Haenel Repetier-Jagdgewehres. Der Schütze, der die aus bestem Stahl und feinstem Holz gefertigte Waffe ruhig in Händen hielt, blickte mit dem rechten Auge durch das Zielfernrohr. Er hatte den Kormoran genau im Visier. Der Mann atmete ruhig ein und aus. Er wollte sein Ziel nicht verfehlen und suchte den Druckpunkt seines Gewehres. Noch immer saß der Vogel ruhig auf seinem Ast. Johann Hammer, Teichwirt und Jäger zugleich, hasste die gefräßigen Fischräuber bis aufs Blut, welche seit einigen Jahren seine Fischernten deutlich dezimierten. Der Mann kannte den Vogel, der dort auf dem Ast saß. Er nannte ihn den *Einsamen Jäger* und hatte auf ihn gewartet. Der stattliche Kormoran – es handelte sich um ein männliches Exemplar – gehörte nicht hierher. Er lebte drüben in Neuhaus in einer kleineren Kormorankolonie, aber seit einem viertel Jahr kam er immer wieder hierher und labte sich an Johann Hammers zweijährigen Karpfen, die im Tiefweiher ausgesetzt waren.

Wie ein scharfer Peitschenknall zerriss der Schuss die Ruhe über dem Gewässer und hallte von den umstehenden Waldrändern zurück. Selbst die Frösche verstummten augenblicklich. Ein Bussard schreckte aus dem Wipfel einer hohen Buche hoch und schwang sich davon. Nur ein Eichelhäher scheckerte, ärgerlich über die Ruhestörung, aus einem nahestehenden Gebüsch.

Die Metallkugeln der Schrotladung aus Hartblei schlugen mit brachialer Gewalt in den Hals und die Brust des Fischräubers ein. Sein zerfetzter Körper verlor den Halt auf dem Ast und trudelte, sich zweimal überschlagend, der Wasseroberfläche des Tiefweihers entgegen. Es gab nur ein sanftes, kurzes Aufklatschen, als der tote Kormoran auf dem Wasser aufschlug. Die wenigen Wellenbewegungen, die sein Sturz auslöste, verliefen sich rasch. Dann stimmten die Frösche wieder in ihr Konzert ein.

Johann Hammer verließ sein Versteck im Maisfeld, in dem er sich seit mehr als einer Stunde auf die Lauer gelegt hatte. Er sah sich um. Niemand war zu sehen. Dann stapfte er die kurze Strecke auf den Fischweiher zu. Ein langer, dürrer Stecken lag neben der Schwarz-Erle. Er hob ihn auf und lehnte sein Gewehr gegen den Stamm des Baumes. Vorsichtig betrat er den abschüssigen Uferbereich des Weihers. Der tote Vogel trieb leicht schaukelnd auf den sanften Wellen des Fischgewässers, keine zwei Meter von ihm entfernt. Sein Körper war merkwürdig verrenkt. Den getroffenen Hals nach hinten gebogen, einen Flügel weit abgespreizt, bot er einen mitleiderregenden Anblick. Nicht für Johann Hammer. Johann Hammer, oder Hanni der Hammer, wie ihn seine wenigen Freunde nannten, kannte kein Mitleid. Schon gar nicht, wenn es sich um einen toten Kormoran handelte. Vorsichtig stieg er mit seinen hohen Gummistiefeln ins flache Wasser des Uferbereiches. Dunkler Schlamm wirbelte an die Wasseroberfläche. Es stank nach Moder. Hanni der Hammer nahm seinen Stecken in die rechte Hand und beugte sich weit vor. Es reichte. Mit Geduld trieb er den schwimmenden Vogelkadaver näher und näher ans Ufer. Dann packte er ihn an den mit Schwimmhäuten versehenen Füßen und warf ihn respektlos auf die Uferböschung. Der Jäger wusste genau, dass er, gemäß den Bestimmungen der Kormoranverordnung, den Abschuss des Vogels an die zuständige Jagdbehörde melden müsste. Doch darum kümmerte sich

Johann Hammer schon lange nicht mehr. Ob es Jagdzeit oder Schonzeit war, auch das interessierte ihn längst nicht mehr. Keuchend überwand er den buckeligen Uferbereich, nahm sein Gewehr wieder auf, packte den Tierkadaver erneut bei den Füßen, und steuerte auf ein dichtes Gebüsch am Waldrand zu. Füchse, Raben und selbst Ameisen sollten auch leben. Sie fraßen ihm keine Karpfen weg, aber einen toten Kormoran verschmähten sie sicherlich nicht. Erneut sah Hammer um sich und lauschte. Dann warf er den Kadaver achtlos in das Gebüsch und deckte ihn notdürftig mit herumliegendem trockenen Laub zu. Die beiden Krähen, die über ihm im Geäst des Baumes saßen, sahen ihm mit Interesse zu.

Die Sonne war zwischenzeitlich vom Himmel verschwunden. Lediglich ein glutroter Feuerball schickte hinter dem westlichen Horizont noch Lebenszeichen von ihr und setzte den Waldwipfeln eine riesige, leuchtende Mütze auf. Während im Osten ein blasser, dünner Sichelmond die nahende Nacht ankündigte, marschierte Hanni der Hammer, laut über seine beschissene Situation nörgelnd, auf dem engen Flurweg zwischen dem Breitweiher und dem Mittweiher dahin. Dann meldete sich sein Mobiltelefon. Er erkannte die Nummer auf dem Display. „Ja, Bertl, was is los?“, meldete er sich.

„Hanni, seit einer Stund versuch ich dich am Telefon zu erwischen“, blaffte ihn sein Gesprächspartner, Gisbert Holzmichl, unfreundlich an.

„Habs ausgschalt ghabt, war auf Kormoranjagd“, erklärte Hanni der Hammer.

„Hast des damische Viech wenigstens derwischt?“

„Und wie, schaut aus wie durchn Fleischwolf dreht.“

„Horch Hanni, es gibt was Wichtiges zu beredn. Der Horst is auch grad da. Kannst schnell mal vorbeikommen?“

„Eigentlich wollt ich etz zur Sissi fahrn. Hab so einen unheimlichen Druck in den Lenden. Weißt schon. Was gibts denn so Dringendes?“

„Du mit deiner Rumvögelei. Wart nur, bis dir eines Tages deine Alte dahinterkommt. Zur Sissi kannst später auch noch fahrn. Es gibt Neuigkeiten von dieser vermaledeiten Genossenschaft. Mir brennt der Buckel, und dir wirds genauso gehn, wenn mer net schnell eine Lösung findn. Unsere Existenz steht auf dem Spiel.“

„Also gut, komm ich halt schnell vorbei“, antwortet Hanni der Hammer widerwillig. „Aber bloß a Stund.“ Der Druck in seinen Lenden hatte sich verflüchtigt. Sissi musste sich noch etwas gedulden. Noch fünf Minuten Fußweg bis zu seinem Jeep Wrangler TJ.

*

„Etz trink erst mal was“, forderte Gisbert Holzmichl den Ankömmling auf, als der sich an den Küchentisch setzte, und reichte ihm eine geöffnete Flasche Alt-Bamberg Zwickl Kellerbier. Auch Horst Jäschke, Teichwirt aus Neuhaus und der Dritte im Bunde, prostete ihm zu. „Hau nei“, forderte er den Hanni auf.

„Also, was gibts denn so Dramatisches?“, wollte der ungeduldig wissen.

„Horch zu, was ich heut erfahren hab“, begann Bertl Holzmichl. „Der Antrag dieser Wichser von der Genossenschaft Aischgründer Spiegelkarpfen auf eine geschützte geografische Angabe is genehmigt worn.“

„Hör auf“, entglitt es Johann Hammer ungläubig.

„Gell, da staunst“, fuhr der Hausherr in seinen Erläuterungen fort. „Spiegelkarpfen a Punkt d Punkt A Punkt lautet die offizielle Bezeichnung.“

„Und was soll des Gschmarri haßn“, wollte Hanni der Hammer wissen.

„Spiegelkarpfen aus dem Aischgrund“, mischte sich nun auch Horst Jäschke aus Neuhaus in das Gespräch ein.

„Aber das würde ja bedeuten …“, überlegte Johann Hammer laut.

„Ja, ganz genau“, unterbrach ihn der Bertl, „das würde bedeuten, dass das Konzept der Genossenschaft, der Teifl soll sie holen, aufgeht: Nur die Mitglieder der Genossenschaft, und das sind immerhin schon mehr als zweihundert von uns Fischbauern, dürfen dieses Gütesiegel für ihre Fisch verwenden.“

„Dafür“, fuhr nun wieder Horst Jäschke fort, „müssen sie aber die Auflagen für eine artgerechte Zucht akzeptiern, welche die Deppen von der Karpfenteichwirtschaft vorschreiben und die die Genossenschaft veröffentlicht hat.“

„Und wie lauten die?“

„Kannst du dir aus dem Internet runterladen und ausdrucken", klärte ihn Bertl Holzmichl auf, „aber grob gsacht: Auf einen Hektar Teichfläche dürfen maximal 1,3 Tonnen Karpfen abgfischt werdn. Die Fütterung der Fische muss mer hauptsächlich auf Naturbasis umstellen. Mais derf net zugfüttert werdn. Der Fettgehalt der Fische muss unter zehn Prozent liegn. Die Qualitätsvorgaben für Wasser und Hygiene sind streng und müssen ständig kontrolliert und lückenlos dokumentiert werdn, und die sogenannte Besatzdichte für zweijährige Karpfen derf net größer sein als maximal achthundert Fisch je Hektar. Das ist das, was ich mir gmerkt hab."

„Des kannst ja vergessen", entfuhr es Johann Hammer, „die paar Fisch, die dann noch in dem Weiher drin sind, frisst ja scho alla der Kormoran."

„Genau", hakte der Teichwirt aus Neuhaus wieder ein und trank seine Bierflasche leer. „Geh zu Bertl, bring mer noch a Zwickl. Aber ihr habts es ja noch besser als ich. Ihr könnt die Scheißvögel vom 16. August bis zum 30. April abknalln, aber meine Weiher liegen im Naturschutzgebiet, des heißt, ich derf die Viecher nur vom 1. September bis zum 15. Januar jagn."

„Und was mach mer etz?", wollte Johann Hammer wissen.

„Des weiß ich auch noch net", zeigte sich Gisbert Holzmichl ziemlich ratlos. „Ich waß bloß, dass die Gastwirte bevorzugt den Spiegelkarpfen a. d. A. kaufen werdn, weil sie ihren Gästen ein biologisch besonders wertvolles Produkt auf den Teller bringa wolln."

„Aber des is doch Quatsch", widersprach Hanni der Hammer, „die Fisch brauchn länger, bis sie ihr ideales Schlachtgewicht erreichen und damit werdns automatisch teurer. Die Gastwirt wolln doch mittlere Karpfen, net so klane Hundskrüppl."

„Des brauchst du uns net zu erzähln", stimmte ihm Horst Jäschke zu. „Aber des is net des Problem der Gastwirte. Die gebn die Mehrkosten an ihre Gäste weiter, weil die sen bled gnuch und mehr als bereit, dafür an höhern Preis zu bezahlen, weil sie nämlich einen Karpfen a. d. A. dafür kriegn."

„Leut, so kommer net weiter", schlug Johann Hammer vor, „die Situation muss gründlich überdacht werdn, und des machen wir auch. Heut is Montag, der 11. August 2014. Habt ihr am kommenden Samstag, am 16., scho was vor?"

Horst Jäschke und Gisbert Holzmichl schüttelten nach einem kurzen Nachdenken die Köpfe.

„Dann kommt ihr am Samstag so gegen siema zu mir nach Röttenbach. Grill mer a weng. Bis dorthin kann sich jeder von uns überlegn, was wir unternehma. Is des was?“

„So mach mers“, stimmte der Bertl zu.

„Genau, so mach mers“, wiederholte Horst Jäschke aus Neuhaus.

„Und etz fahr ich zur Sissi“, verkündete Hanni der Hammer und griff sich in den Schritt seiner Hose, „ich spür ihn scho wieder, diesen Druck …“

2

Die Sektkorken knallten in den Büroräumen der „Genossenschaft Aischgründer Spiegelkarpfen“ in der Brauhausgasse in Höchstadt an der Aisch. Die lokale Politprominenz war zahlreich vertreten, als da waren: Walter Dillich, Staatssekretär und Bundestagsabgeordneter der CSU, Gerhard Trittweich, Landrat der CSU, Bürgermeister Hans Duffner aus Höchstadt an der Aisch, Sabine Hummert, Bürgermeisterin aus Neustadt an der Aisch, Benno Unterholz, Vertreter des Bayerischen Landesamtes für Landwirtschaft und Leiter der Außenstelle für Karpfenteichwirtschaft in Höchstadt an der Aisch. Die Namensliste der Bürgermeister der umliegenden kleineren Dörfer und Gemeinden, sowie die Namen aller Stadt- und Gemeinderäte hier zu nennen, wäre reine Papierverschwendung.

Punkt elf Uhr dreißig betrat Josef Hornauer, der erfolgreiche Vorstandsvorsitzende der Genossenschaft, die Büroräume. Die Unterhaltungen der geladenen Gäste verstummten, und tosender Beifall empfing den Jupp, wie sie ihn alle liebevoll, aber auch mit größtem Respekt nannten. Ihm und seinem persönlichen Einsatz war es zu verdanken, dass diese Feier heute, am Dienstag, den 12. August, stattfinden konnte.

Der Hornauers Jupp rühmte sich der größte Teichwirt im Aischgrund zu sein, was sich jedoch nicht auf seine körperlichen Maße bezog – da ähnelte er mehr der Gestalt eines kleinen, dicken Zwerges – sondern auf die Flächen seiner Fischweiher, die ausnahmslos in der Umgebung von Krausenbechhofen lagen. Dreiundsechzig Lenze zählte der Jupp nun, aber ans Aufhören dachte er noch lange nicht. Wozu auch? Gerade feierte er einen seiner größten Erfolge. „Seine Fische seien zu klein“, warfen ihm dereinst viele Gastwirte vor, die bei ihm einkauften und genau wussten, dass die „mittleren Karpfen“ von ihren Gästen am häufigsten nachgefragt wurden. Doch das störte den Jupp nicht. „Aber es kommt doch auf den Geschmack an“, argumentierte er. „Meine Karpfen werden artgerecht gezüchtet und sind biologisch wertvoll.“ Dennoch, das ständige Genörgel der Gastronomen ging ihm langsam auf den Sack. Also schaltete Jupp Hornauer die Politik ein. „Genau wie die Nembercher ihre Bratwurst ham schützn lassen, genauso brauchn wir eine geschützte geografische Angabe für unsere Karpfen“, argumentierte er. „Oder wollt ihr, dass bei uns Fisch aus Poln verkaft werdn und wir unsern Beruf an den Nagel hänga könna?“ Da hatte er den Nerv der Lokalpolitiker getroffen. Es ging um den Erhalt von Arbeitsplätzen. Die rannten los, ackerten und sprachen mit anderen Politikern auf Landes- und Bundesebene, und siehe da, am Freitag der vegangenen Woche erhielt die Genossenschaft ein hochoffizielles Schreiben, wonach ihr das Zertifikat „Spiegelkarpfen a. d. A.“ zugesprochen wurde, was so viel heißt wie „Spiegelkarpfen aus dem Aischgrund“. Der Jupp triumphierte innerlich, konnten in Zukunft doch die Gastwirte, welche einen a. d. A.-Karpfen auf den Tisch bringen wollten, nur noch bei der Genossenschaft kaufen, denn nur deren Mitglieder hatten sich den vorgeschriebenen Aufzuchtsbedingungen verpflichtet und bekamen für ihre Fische das begehrte Gütesiegel. Und bei der Genossenschaft war er größter Erzeuger und Vorstandsvorsitzender.

Der Hornauers Jupp genoss den tosenden Beifall, der ihm entgegenbrandete. Die Vertreter der lokalen Presse veranstalteten ein wahres Blitzlichtgewitter, als die kleine, gedrungene Gestalt sichtlich stolz auf das Rednerpult zustrebte, welches in einer Ecke des Raumes aufgebaut war. Das rege Stimmengewirr verstummte augenblicklich, als der Genossenschafts-Vorsitzende das Rednerpult für sich vereinnahmte, das Mikrofon zu sich herabzog und in die Runde blickte. Ihm gefiel, was er da vor sich sah. Dann erhob er laut und kräftig das Wort: „Liebe Freunde der Aischgründer

Teichwirtschaft, liebe Kollegen, liebe Vertreter unserer kommunalen und überregionalen Politik, heute ist ein besonderer Tag, auf den wir alle mächtig stolz sein können. Das Zertifikat für die lange beantragte und sehnsuchtsvoll erwartete geschützte geografische Angabe für unsere Aischgründer Spiegelkarpfen ist da." Erneut brach tosender Beifall aus. Blitzlichter zuckten durch die Büroräume, als Jupp Hornauer die Arme in die Höhe riss und allen Anwesenden das V-Zeichen entgegenstreckte. Als sich der Applaus gelegt hatte, fuhr er fort: „Die Zertifizierung für unsere Fische ist auch ein Sieg für unsere artgerechten Züchtungsmethoden und wird Maßstäbe setzen." Erneutes Klatschen. „Was artgerechte Züchtung bedeutet, nun darüber berichten wir in einem neu gedruckten Flyer, der gleich in diesen Büroräumen ausgelegt wird. Insbesondere die Vertreter der Presse möchte ich darum bitten, in ihrer Berichterstattung darauf hinzuweisen, denn ihre Leser, die Endverbraucher, sollten wissen, dass nur ein mit der Bezeichnung *Spiegelkarpfen a. d. A.*, bezeichnetes Produkt wirklich biologisch wertvoll ist. Die Teichwirte, welche noch nicht Mitglied unserer Genossenschaft sind, lade ich herzlich ein, uns beizutreten. Aufnahmeformulare finden Sie am Ausgang unserer Büroräume. Mehr als zweihundert Ihrer Kollegen sind diesen Weg bereits zufrieden und erfolgreich gegangen. Unsere Mitglieder kommen, in alphabetischer Reihenfolge, aus den Gemeinden Adelsdorf, Dachsbach, Gremsdorf, Gutenstetten, Heroldsbach, Höchstadt an der Aisch, Ipsheim, Lonnerstadt, Marktbergel, Mühlhausen, Neustadt an der Aisch, Oberreichenbach, Pommersfelden, Uehlfeld, Vestenbergsgreuth und Weisendorf. Und nun liebe Freunde und Gäste, hab ich mich gnuch angstrengt, hochdeutsch zu redn, etz hör ich auf mit meim Gwaaf, und wir solltn etz zum gmütlichen Teil übergehn und unsern Erfolg feiern. In zehn Minutn kumma Weißwürscht und frische Brezn, damit ihr mir net verhungert." Von Hochrufen und Beifall begleitet, verließ der Hornauers Jupp das Rednerpult. Ein süffisantes, zufriedenes Lächeln lag auf seinen Lippen.

*

Kunigunde Holzmann, Margarethe Bauer und Dirk Loos hatten es endlich geschafft, das neue Fernsehgerät der Marke Philips einzurichten. Gerade meldete der neue Flachbildfernseher, dass der Sendersuchlauf erfolgreich abgeschlossen wurde, und Bild und Ton erschienen auf dem Bildschirm, beziehungsweise tönten aus den Lautsprechern. „Des ist doch a Tatort“, stellte Kunigunde Holzmann fest, „mitn Leitmayr, mein Liebling. Schaut amol des scharfe Bild an“, forderte sie die beiden anderen auf.

„A Wiederholung“, merkte Margarethe Bauer an. „Des Dritte bringt immer Wiederholunga. Ham mer scho gsehn.“

„Stimmt“, bestätigte ihre Freundin, „etz, wos des sagst. Des war doch die Sendung, wo der blede Batic völlig daneben war und auf den falschen Mörder tippt hat. Waßt scho, wo der Leitmayr den Täter mehr oder weniger im Alleingang überführt hat. Kannst dich da nemmer dran erinnern?“

„Doch kann ich scho“, holte die Angesprochene zum Gegenschlag aus, „des war doch der anziche Fall wo sich der Batic – der beste Kriminaler aller Zeiten – mal geirrt hat. Sunst is doch immer der Leitmayr der Blede.“ Die beiden Freundinnen waren bei einem ihrer Lieblingsthemen angekommen, bei dem ihre Meinungen völlig auseinander gehen, obwohl sie sich schon von Kindesbeinen an kennen. Beide sind in Röttenbach geboren, gingen dort zur Schule und leben immer noch in dem Dorf, gar nicht weit voneinander entfernt. Kunigunde Holzmann bewirtschaftet in der Kirchengasse ihr kleines Häuschen, und quasi gleich um die Ecke, in der Lindenstraße, lebt ihre Freundin, mit einem Untermieter unter dem Dach. Wenn man so will, sind sie nie aus Röttenbach herausgekommen. Ihre Ehemänner hat der Herrgott schon vor Jahren zu sich geholt. Nur die Kunni hat noch eine verwandtschaftliche Beziehung im Ort. Ihr Neffe Gerald Fuchs, Kommissar der Erlanger Mordkommission wohnt in der Erlanger Straße. Sie sieht ihn nicht oft. Irgendwie haben sie zu unterschiedliche Ansichten, was die Vorgehensweise bei kriminalistischen Ermittlungen angeht. Und außerdem ist er so ein blöder Hund: Da arbeitet er seit Jahren mit so einer netten, attraktiven Assistentin zusammen, aber dass er als Single mal die Chance wahrgenommen hätte … Wie gesagt, in jeder Hinsicht einfach zu blöd. Im Dorf sind die beiden Witwen als die Kunni und die Retta fast jedermann bekannt. Nach außen hin völlig unterschiedlich, sind sie doch die besten Freundinnen. Einzig die Fernsehserie Tatort, welche nahezu jeden Sonntag im Ersten läuft, verursacht hie und da einen im Grundsatz nicht ernst zu nehmenden Streit zwischen den beiden – besonders wenn die beiden Münchner Kommissare Leitmayr und Batic ermitteln. Während die Kunni Kommissar Leitmayr und seine kriminalistischen Fähigkeiten fast abgöttisch verehrt, steht die Retta mehr auf seinen Kollegen Batic. Gerade weil die Kriminalistik sich in den letzten Jahren zu einem der Steckenpferde der beiden entwickelt hat – sie haben schon so manchen verzwickten Fall gelöst – geraten sie sich darüber nicht selten in die Haare. Doch solche Dispute sind immer nur von kurzer Dauer und werden nur oberflächlich ausgetragen. Weit vor der Kriminalistik rangiert ein anderes Hobby: Die beiden essen für ihr Leben gern. Nicht alles. Wenn schon denn schon, und das bedeutet im Fall der beiden Röttenbacherinnen vorzugsweise Gerichte aus der fränkischen Küche. Deftige Schäuferle, gebackene Karpfen aus heimischen Gewässern und Krautwickerli stehen ganz oben auf ihrer Hitliste. Grünkohl, Pinkel und ähnliches preußisches Gefresse, meiden die beiden wie der Teufel das Weihwasser. Neben den kulinarischen Exzessen betreiben die beiden Witwen außerdem ein exzellentes Networking, was heißen soll, sie lieben Klatsch und Tratsch. Was auch immer im Dorf passiert, sie sind stets bestens informiert. Sie kennen Hinz und Kunz, und selbst über so manche zugezogene Preußen wissen sie im Detail Bescheid. Natürlich führt ihr fortgeschrittenes Alter – sie befinden sich mittlerweile im vierundachtzigsten Lebensjahr – zu so manchem Handicap. Insbesondere was ihre Mobilität angeht. So bringt die Kunni bei einer Körpergröße von einem Meter neunundfünfzig ein stattliches Kampfgewicht von circa vierundachtzig Kilogramm auf die Waage. Dass da Probleme mit ihren Knien nicht ausbleiben, ist nicht verwunderlich. Immer öfter greift sie zum Rollator. Die Retta hingegen ist rank und schlank und läuft wie der Motor eines Ferraris, frisch aus der Fabrik. Okay, sie spürt die Gicht in ihren Fingergelenken, aber ihre schlanke Figur und ihr modisches Outfit geben ihr – aus der Ferne betrachtet – das Aussehen einer Endfünfzigerin. Darauf ist sie mächtig stolz.

„Aber meine Damen“, intervenierte Dirk Loos höflich wie immer, „ihr werdet euch doch wegen dieser blöden Tatort-Wiederholung nicht in die

Haare geraten.“ Diese Bemerkung war ein großer Fehler, wie er feststellen musste. Ein Ruck ging durch die beiden Witwen. Sie erstarrten zu Salzsäulen. Nach einigen Sekunden der Erstarrung kam wieder Bewegung in die beiden. Sie stemmten die Fäuste in die Hüften und wandten sich drohend dem Rentner aus dem Sauerland zu.

„Blede Tatort-Wiederholung! Hab ich da richtig ghert?“, flippte die Kunni aus, „wenn mei Leitmayr im Fernsehn auftritt! Was isn da dran bled? Des is doch allerahand! Dirk! Willst du mich und die Retta persönlich beleidign? Hast du dir genau überlecht, was du da gsacht hast? Retta, etz sach du a was dazu“, forderte Kunni ihre Freundin auf.

Das Funkeln in Margarethe Bauers Augen ließ Böses erahnen, als sie ihren Untermieter unfreundlich anging. „Dirk“, begann sie, „hab ich dir eigentlich scho amol die Miete erhöht? Ich glab net. Wie kannst du bloß sagn, dass die Kunni und ich blede Sendungen anschaua, wenn unser Batic und unser Leitmayr Verbrecher jagn? Des is höchste Kunst, was die zwa da zelebriern. Vom Feinsten. Da kannst du die zwa Deppen in Münster oder in Köln vergessen. Also, ich muss mich scho wundern über deine Äußerung!“

Dirk Loos, der immer Höfliche und Hilfsbereite, der vor Jahren aus dem Sauerland nach Franken gezogen war und seitdem im ersten Stock von Rettas Haus eine Dreizimmerwohnung belegt, war sichtlich irritiert. Mit dieser Reaktion hatte er nicht gerechnet. Er wollte doch nur schlichten. Er hatte keine böse Absicht, die beiden Damen zu beleidigen. Insbesondere Retta nicht, die er ihres attraktiven Aussehens wegen heimlich verehrte, auch wenn sie fast neun Jahre älter war als er. „Ich denke, ich gehe mal lieber“, stammelte er reuevoll. „Heute ist nicht mein Tag. Ich hatte keineswegs die Absicht, euch beide zu beleidigen. Das liegt mir völlig fern, und das solltet ihr bitte auch wissen. Ich habe mich offensichtlich ungeschickt ausgedrückt, was ich hiermit auf das Außerordentlichste bedauere. Ich wünsche den Damen noch einen schönen Tag, und viel Spaß mit den Herren Leitmayr und Batic. Solltet ihr mich dennoch nochmals brauchen, so sagt mir einfach Bescheid.“ Mit diesen Worten näherte er sich der Haustür, öffnete sie, und schlich mit hängendem Kopf davon.

„Dass der immer so empfindlich sei muss, dei Freund“, stellte die Kunni fest.

„Des is net mei Freund“, begehrte die Retta auf.

„Irgendwie scho“, widersprach die Kunni. „der steht doch auf dich. Ich kann zwar net verstehn, warum, weil an dir is doch nix dran. Aber die Geschmäcker sind halt verschieden, sacht man.“

„Was willstn etz damit scho widder sagn?“, brauste die Retta auf“, schau di doch selber an. Ein Rettungsreifen an dem andern. Werst scho langsam auf die hunnert Kilo zugeh?“

„Willst mi scho widder provoziern, wie vorhin mit deim bleden Batic?“

„Und du mit deim doofen Leitmayr“, gab die Retta zurück, „sogar der Dirk hat gsacht, dass der Leitmayr bled is.“

„Hat er net!“

„Hat er doch!“

3

Am Mittwoch, den 13. August kam Hanni der Hammer mal wieder weit nach Mitternacht von Sissi der Nutte zurück. Er stank nach billigem Parfüm und Zwetschgenschnaps. Auf der Straße vor dem Haus parkte der rote Fiat 500. Dieser Wagen war ihm ein Dorn im Auge. Hanni betrat das Wohnzimmer. Seine Frau Jana war, mit dem Neuen Testament in den Händen, auf dem Sofa eingeschlafen. Auf RTL lief eine Wiederholung von *Bauer sucht Frau.* „Wie es Schäfer Rainer mit seiner Heike erging, werden wir gleich sehen“, verkündete die Moderatorin Inka Bause.

„Nix werdn mir sehn“, widersprach Johann Hammer, „so a Gschmarri“ und schaltete das Fernsehgerät ab. Der grobe Kerl machte keinerlei Anstalten, seine Frau vorsichtig zu wecken. Er packte sie am Oberarm und rüttelte sie kräftig durcheinander. „Is er scho widder da, der Türk?“, polterte er, als sie die Augen aufschlug. „Warum lässt du den überhaupt ins Haus?“, warf er seiner Frau vor. Jana Hammer war noch schlaftrunken und musste sich erst orientieren. Ihr Oberarm schmerzte. Sie riss sich von ihrem Mann los. Augenblicklich stieg ihr der Gestank, den ihr treuloser

Mann ausstrahlte, in die Nase. In jungen Jahren musste sie eine wahrlich attraktive Frau gewesen sein, mit ebenen Gesichtszügen und einer kräftigen dunklen Haarpracht, die ihr auch heute noch bis in den Nacken fiel. Doch zwischenzeitlich hatten sich jede Menge Silberfäden in ihre Frisur geschlichen, und die Gräben ihrer Mundwinkel wurden immer tiefer. Mit ihren achtundvierzig Jahren war sie eine gebrochene Frau. Sie konnte und wollte nicht mehr. Ihr war alles egal. Dass ihr Mann sie seit Jahren betrog, hatte sie längst herausgefunden. Am Anfang war sie schockiert, doch zwischenzeitlich war es ihr ganz recht. So hatte sie wenigstens im Bett ihre Ruhe vor ihm. Als überzeugte Katholikin kam für sie eine Scheidung in keinster Weise in Betracht. Lieber lebte sie mit diesem Horror. Dennoch, fünfundzwanzig Jahre Zusammenleben mit diesem Mann hatten sie verändert, gingen nicht spurlos an ihr vorüber. Sie hatte jegliche Eigeninitiative längst verloren. Sie reagierte nur noch – ab und zu, und … sie hatte ihr Leben in die Hände der katholischen Kirche gelegt.

„Wer is da?“, wollte sie wissen, als sie die Frage ihres Mannes begriff.

„Na der Türk. Der Freind vo der Chantal. Sei Klapperkistn steht draußn vorm Haus.“

„Hab ich gar net gmerkt, dass der sich ins Haus gschlichn hat“, antwortete sie sichtlich müde und desinteressiert.

„Dem werd ich etz Beine machn“, brach es voller Wut aus Johann Hammer heraus. „Der hat immer noch net begriffen, dass wir kann Kümmeltürkn im Haus ham wolln. Da kann der su gscheit sei und studiern, was er will. Alles, bloß kan Türkn. Übrigens, da fällt mer nu ei, ich hab den Horst und den Bertl am Samstoch zum Grilln eigladn. Müssn was geschäftlich besprechen. Wegn der Teichgenossenschaft. Waßt scho. Kaffst du bis dorthin nu a Fleisch ei? An eiglechtn Bauch, a poar Steaks, Bratwerscht und vielleicht nu a poar Rippli. Wennst uns an Bodaggnsalat und an grüna Salat dazu machen tätst, wär des a net schlecht. So, und etz haui den Türkn zum Haus naus.“

*

Ungefähr zur gleichen Zeit fuhr Horst Jäschke, Knöllchen-Horst, mit seinem Ford Kuga hinter einem VW Tiguan her. Er wusste, wer da am Steuer saß und am frühen Donnerstagmorgen in Zickzacklinien die B 470 in Richtung Höchstadt an der Aisch fuhr. Der kleine Dicke am Steuer des VW kam aus Uehlfeld. Genauer gesagt aus dem Brauereigasthof Zwanzger. Knöllchen-Horst wusste auch, wohin der kleine Dicke wollte, ohne dass er ihn dazu befragt hätte. Die beiden Pkws näherten sich bereits der Stadtgrenze von Höchstadt an der Aisch. Eine Minute später preschte der Tiguan in Höchstadt in den Kreisverkehr, dort, wo Fridolin, die steinerne Karpfenskulptur steht, nahm die zweite Ausfahrt, gab erneut Gas und raste auf der Bundesstraße weiter. Horst Jäschke folgte dem VW, der fast geradewegs über den Kreisel hinweg gedonnert war. Die Bullen hatte er längst angerufen, als der kleine Dicke schwankend aus dem Gasthaus in Uehlfeld gestolpert war und sich auf die Suche nach seinem Fahrzeug begeben hatte. Die Polizei musste eigentlich jeden Moment auftauchen. Bis Krausenbechhofen würde der Fahrer vor ihm es nicht mehr schaffen. Da war er sich sicher. Ein paar hundert Meter weiter, auf der Höhe vom OBI-Markt, standen sie am Straßenrand der B 470. Als der VW Tiguan sich dem Baumarkt näherte, begann plötzlich das Blaulicht zu rotieren und eine rot beleuchtete Kelle forderte zum Stopp auf. Die Bremslichter des VW leuchteten nur kurz auf, dann gab der Fahrer dem Tiguan erneut die Sporen. Der einhundertachtzig PS starke Motor brüllte auf und das Fahrzeug machte einen Satz nach vorne. Der Polizist mit der Kelle in der Hand vollzog ebenfalls einen Sprung, allerdings in den rettenden Straßengraben. Dann ging alles sehr schnell. Der Beamte krabbelte aus dem Straßengraben, spurtete zum Polizeifahrzeug und hüpfte auf den Beifahrersitz. Sein Kollege hatte den Motor bereits angelassen, schaltete das Martinshorn ein und jagte wie ein geölter Blitz dem Tiguan hinterher. „Das wird lustig", dachte sich Knöllchen-Horst, gab seinem Ford ebenfalls Zoff und brauste seinerseits dem Polizeifahrzeug hinterher. Die Bescherung sah er wenige Minuten später: Mitten in Gremsdorf, dort, wo eine Abzweigung rechts nach Krausenbechhofen und Poppenwind abgeht, lag ein hoher, gebogener Ampelmast, sauber abgeknickt, mitten auf der Fahrbahn. Die Frontpartie des VWs war eingedellt, und aus dem Motorraum des Tiguan stieg zarter

Qualm in die laue Sommernacht. Einer der Polizisten sicherte die Straße, während sein Kollege einen um sich schlagenden, pöbelnden, kleinen Dicken gewaltsam aus dem beschädigten Pkw zog. „Lasst mich in Ruh“, schrie der aufgestellte Mausdreck erbost, „ich kumm scho alla ham. Was wollt ihr denn vo mir? Wisst ihr überhapt, wer ich bin? Haut ab, sonst hau ich eich zwa Kaschper eine in eire Fressn.“

„Des werdn wir scho noch sehn, wer wem eine in die Fressn haut“, reagierte Polizeihauptwachtmeister Max Wunderlich erbost. „Etz kummst erscht amol mit zur Blutprobe, Berschla.“

„Nix, ich will ham“, schrie der kleine Dicke, den der Polizist in den Schwitzkasten nahm, und ihn zum Polizeifahrzeug schleppte.

„Lass mi los“, schrie der Fahrer des Tiguan zappelnd, „ich bin der Hornauers Jupp, der Vorstandsvorsitzende von der Genossenschaft Aischgründer Spiegelkarpfen.“

„Und ich bin Max Um-Lei-Tung, der chinesische Verkehrsminister“, entgegnete ihm Max Wunderlich. „Wennsd weiter so um dich schlägst, muss ich dich fixiern.“

Horst Jäschke hatte seinen Ford in der Nähe geparkt und war ausgestiegen. Er hatte bereits zehn Fotos auf seinem Samsung Galaxy S4 abgespeichert und amüsierte sich königlich. „Kann ich helfen?“, fragte er scheinheilig den Polizeibeamten, der die Straße sicherte. „Ich sehe, Sie haben anscheinend Probleme mit dem Besoffenen da drüben“, und reckte dabei sein Kinn in Richtung Polizeifahrzeug, in welches Max Wunderlich gerade den randalierenden Genossenschaftsvorsitzenden verlud.

„Danke“, meinte der Polizist, „aber die Verstärkung müsste jeden Moment eintreffen.“

„Na, dann is ja gut“, meinte Knöllchen-Horst. „dann kann ich ja weiterfahrn. Ich wünsch Ihnen noch eine ruhige Nacht, und passens auf den kleinen Dicken auf. Der schaut so aus, als ob er net ganz einsichtig is.“

„Des sen die Bsuffna meistens net. Der braucht bloß nu a weng an Ärcher machn, dann wandert der in die Ausnüchterungszelln. Mit dem werdn wir scho fertig. Der hat ja mindestens zweieinhalb Promill.“

„Des waß ich net“, meinte Horst Jäschke hinterlistig, „aber Sie brauchn ja bloß den Wirt von der Brauerei Zwanzger in Uehlfeld zu fragen, was der alles trunkn hat.“

„Woher wissen etz Sie des, wo der einkehrt is?“

„Na, ich fahr dem ja scho seit Uehlfeld hinterher“, erklärte Horst Jäschke, „der is solche Schlangenlinien gfoahrn, dass ich mich net amol überholn hab traut.“

„Könna Sie des bezeugen?“, wollte der Beamte wissen.

„Jederzeit!“

„Derf ich dann noch Ihre Personalien aufnehma?“

„Jederzeit!“, antwortete Horst Jäschke erneut. „Des is ja auch meine Bürgerpflicht, die Polizei zu unterstützen.“ Er war hochzufrieden mit sich selbst. Es hatte sich gelohnt, dass er dem Hornauer gefolgt war, als der ihn am frühen Abend kurz nach Gremsdorf mit Hundert überholt hatte, obwohl dort nur siebzig Kilometer pro Stunde erlaubt waren. Als der Dicke in Uehlfeld im Brauerei Gasthof Zwanzger verschwunden war, witterte er seine große Chance, denn der Hornauer war dafür bekannt, dass er gerne mal einen über den Durst trank, auch wenn er mit dem Auto unterwegs war. Okay, er hatte Stunden mit Warten zugebracht, aber je länger es dauerte, desto mehr wuchs seine Zuversicht, dass sich der kleine Rambo ordentlich angesoffen ans Steuer setzen würde. Seine Rechnung ging auf. Eines würde er daheim noch tun, bevor er zu Bett ging: Er würde seinen Kontakten bei den „Nordbayerischen Nachrichten“ und beim „Fränkischen Tag“ noch eine E-Mail mit ein paar Fotos und einem Kurzkommentar schicken. Er spürte, wie das Adrenalin immer noch in ihm wütete.

4

Am Samstag, den 16. August 2014 berichteten die Nordbayerischen Nachrichten auf der ersten Seite des Regionalteils:

Schwere Alkoholfahrt – Ampel umgefahren
Kostet die Alkoholfahrt dem Vorstandsvorsitzenden der Genossenschaft Aischgründer Spiegelkarpfen Amt und Ansehen? Mit 2,5 Promille Ampel umgefahren und Polizeibeamte bedroht.

Zu einer spektakulären Verfolgungsjagd kam es in der Nacht von Mittwoch auf Donnerstag. Nachdem die Landpolizei Höchstadt an der Aisch einen anonymen Anruf erhalten hatte, in dem der Hinweis auf eine Alkoholfahrt gegeben wurde, gingen zwei Beamte des Streifendienstes der Sache nach und legten sich im Stadtgebiet auf der Bundesstraße 470, auf Höhe des örtlichen OBI-Marktes, auf die Lauer. Es dauerte keine zehn Minuten, als sich der gemeldete VW Tiguan mit deutlich überhöhter Geschwindigkeit der Verkehrskontrolle näherte. „Als uns der Fahrer gesehen hatte, bremste er erst leicht ab", wird einer der beteiligten Beamten, Polizeihauptwachtmeister Max Wunderlich zitiert, „dann plötzlich gab er Gas und fuhr direkt auf mich zu. Wenn ich nicht in den Straßengraben gesprungen wäre, hätte er mich überfahren. Wir verfolgten ihn dann bis Gremsdorf, dort fuhr er bei der Abbiegung nach Krausenbechhofen die Ampel um. Als ich ihn dann aus dem Auto herauszog, wurde er auch noch frech und bedrohte mich." Wie sich anschließend herausstellte, handelt es sich bei dem Unfallverursacher und Alkoholsünder um keinen Unbekannten im Landkreis. Erst Anfang der Woche feierte er mit hoher, lokaler Politprominenz einen spektakulären Erfolg seiner Genossenschaft Aischgründer Spiegelkarpfen, welche aufgrund seiner Initiative mit einem wertvollen Qualitätszertifikat für den Aischgründer Spiegelkarpfen ausgezeichnet wurde. Nun stellt sich natürlich die Frage, welche Konsequenzen die Alkoholfahrt für Josef H. haben wird. Wäre es verträglich, wenn er seine Aufgabe als Vorstandsvorsitzender der Genossenschaft beibehalten würde, oder ist er auf dieser Position nicht länger tragbar? Wir haben versucht, vom stellvertretenden Vorsitzenden, Waldemar Keller, hierzu eine Aussage zu erhalten, die uns aber leider versagt wurde. Der Alkoholfahrer wurde am Donnerstagmorgen aus der Ausnüchterungszelle nach Hause entlassen. Sein Führerschein wurde eingezogen. Er muss mit einer Strafanzeige rechnen. Wer den anonymen telefonischen Hinweis gegeben hat, ist nicht nachvollziehbar. „Der Anruf kam aus einer öffentlichen Telefonzelle in Uehlfeld", klärte uns Polizeihauptwachtmeister Max Wunderlich auf. Dass der Verkehrssünder aufgrund seiner Position in der Genossenschaft nicht nur Freunde hat, ist allgemein bekannt. Schadenfrohe Stimmen behaupten, dass er mit dem kürzlich erhaltenen Qualitätszertifikat hauptsächlich Eigeninteressen verfolge.

*

„Super, Horst“, wieherte Hanni der Hammer, „des hast du eins a gmacht.“ Die Fotos, die Knöllchen-Horst zwei Nächte zuvor in Gremsdorf gemacht hatte und die zeigten, wie der Vorsitzende der Genossenschaft Aischgründer Spiegelkarpfen in das Polizeifahrzeug verfrachtet wurde, lagen ausgedruckt auf dem Tisch herum. Es waren die gleichen Fotos, wie sie auch in den lokalen Medien abgedruckt waren.

„Des kost dem Hornauer sein Job als Genossenschafts-Boss“, gab sich auch Bertl Holzmichl zuversichtlich. Kennt ihr den Waldemar Keller?“

„Des is der gleiche Depp“, meinte Horst Jäschke, „a su a Bio-Freak. Wohnt und hat seine Weiher in Dachsbach. Da kummt nix Bessers nach. Des kannst vergessen.“

„Schad“, gab sich der Bertl enttäuscht.

Die drei Teichwirte saßen in Johann Hammers Gartenlaube und tranken ihr erstes Bier. Draußen im Garten, am Hang, der zum Brünnleinsgraben abfiel, glühten die Holzkohle-Eierbricketts in einem gusseisernen Grill und warteten auf die ersten Fleischstücke. „Trinkt aus“, ordnete der Hausherr in der Laube an, „ich glab, mir kenna des erschte Fleisch auflegn. Bertl, machst nu drei Fläschli auf, des Bier is im Kühlschrank. Und nachm Essen sollt mer mal drüber redn, was wir etz machen.“

„Geh mer zum Essn naus“, schlug Knöllchen-Horst vor, „Bertl, bringst die Seidli mit?“

„Geht ner zu, ich bring des Bier scho mit naus.“

Johann Hammer schmiss die von seiner Frau vorbereiteten, marinierten Fleischstücke auf den Grillrost. Nach wenigen Sekunden fielen die ersten Fetttropfen auf die glühende Holzkohle. Es zischte und sprutzelte. Qualmwölkchen stiegen auf, und hie und da zuckte eine Flamme nach oben und versuchte sich des Grillgutes zu bemächtigen. Johann Hammer passte auf. Sofort schüttete er etwas Bier auf den Brandherd. Erneut zischte und sprutzelte es, bis an anderer Stelle eine neue Flamme hochschlug.

„Was is Horst“, wollte er von dem Neuhauser Teichwirt wissen, „hast du dir etz scho mal überlecht, ob du den Angerweiher, den Großen Torweiher und den Großen Neuweiher an den Bertl und an mich verkafst? Schau, etz wirst bald dreiasechzig. Mit dem Kormoran ärgerst du dich sowieso ständig rum, hast gsacht. Könnst doch deim Hobby nachgehn und Autos aufschreibn, die falsch geparkt sen, wennst dich nimmer um dei Fisch kümmern müssest. Also dei Fra hätt nix dagegen, hats gsacht …“

„Mei Fra, seit wann redsnt du darüber mit meiner Fra?“, brauste Knöllchen-Horst auf. „Ich habs eich scho a poar mal gsacht: Ich verkaf nix. Basta. Und wenn ihr meine Weiher wollt, dann red gefälligst mit mir da drüber und net mit meiner Fra. Verstanden?“

„Is ja scho gut, Horst. Etz reg dich halt net su auf. Habs ja bloß gut gmant.“

Nebenan, unten im Brünnleinsgraben, quakten die Frösche, und auf dem kleinen Weiher, drüben in den Feuchtwiesen, zogen zwei Kanadagänse ihre Bahnen. „Sche habt ihrs da“, kommentierte der Bertl, „bloß die Hauptstraß is a weng zu nah dran.“

„Da hast recht“, bestätigte der Hausherr und goss erneut etwas Bier auf den Grill. „Die Lkw machen an gscheitn Lärm, aber mier ham uns scho dran gwöhnt. Horst, wo hastn dei Auto parkt?“

„Auto? Des steht dahamm in der Garage.“

„Sach bloß, du bist zu Fuß kumma?“

„No frali, des sen ja bloß knapp drei Kilometer durchn Wald. A Spaziergang sozusagn.“

„Und hamwärts?“, wollte der Bertl wissen.

„Hamwärts sens a bloß drei Kilometer”, antwortete Horst Jäschke feixend. Er hatte sich zwischenzeitlich wieder beruhigt.

„Doldi“, ging ihn Bertl Holzmichl an, „des waß ich a. Ich man, wennst bsuffen bist, dann läfst du a durch den dunkln Wald? Do siehgst doch nix.“

„Deswegn hab ich ja a mei Taschnlampn dabei, und bis ich daham bin, bin ich a widder nüchtern.“

„Mir kenna essn“, verkündete Hanni der Hammer, „hockt eich hie. Bertl, hulst du noch den Bodaggnsalat ausm Kühlschrank in der Gartnlaube? Ich geh schnell ins Haus und hol den grüna Salat.“

Es wurde ein geselliger, feucht-fröhlicher Abend. Um zweiundzwanzig Uhr dreißig waren der erste Kasten Bier und die erste Flasche Williams leer. Die drei schimpften über die Genossenschaft Aischgründer Spiegelkarpfen, und dass sie nicht nachgeben, geschweige denn dieser Raubritter-Organisation beitreten wollten. Sie würden es dieser Genossenschaft schon zeigen. Von wegen artgerechte Fischhaltung. Von wegen Besatzdichte. Und den Kormoran, schworen sie sich, den würden sie abknallen, egal wo und wann sie auf so einen Fischräuber stoßen würden. Zwischenzeitlich war die Sonne über den Waldgipfeln hinter dem Fritzenweiher verschwunden. Eine Säule Schnaken tanzte im letzten Dämmerlicht über dem Brünnleinsgraben, und drüben, auf der anderen Seite Röttenbachs, schlich sich die Nacht langsam von den Hügeln in das Dorf hinunter, geisterte durch die menschenleeren Straßen, kroch über die Hauptstraße und hielt auch in der Jahnstraße Einhalt. Die Wärme des Tages war mit der untergegangenen Sonne weitergezogen und die Luft kühlte deutlich ab. „Gemmer in die Gartnlaubn nei“, schlug Johann Hammer vor, „es wird kühl da außn. Ich hol uns nu an Kastn Bier und a Flaschn Schlehengeist. Des is was Feins.“

Es ging auf halb zwei zu. Die drei hatten kräftig weiter gebechert. Nüchtern war keiner mehr. Lautstark trällerte Helene Fischer ihr Atemlos-Lied aus dem Lautsprecher des CD-Players. Doch gegen die drei Teichwirte hatte sie nicht die geringste Chance, und auch nicht gegen deren eigene Interpretation.

♫ *Wir pfeifen auf die Regeln dieser Scheiß-Genossenschaft,*

all die Paragraphen, die sind nicht für uns gemacht, oh, oh“, schrie Hanni der Hammer wie ein brunftiger Hirsch in den Raum.

Da lachn wir nur drüber, lasst uns damit in Ruh‘,

Karpfen artgerecht, warum, weshalb, wozu? Oh, oh.

Ja, wir sind recht angepisst, falls niemand unsre Fische isst.

Euer Tun hat uns gezeigt: Jetzt gibt’s großen Streit.

Atemlos durch den Gau,

Abends sind wir meistens blau.

Dann kam die Stelle, welche den drei Fischzüchtern am besten gefiel.

Atemlos, Freudenhaus,

all die Weiber ziehn wir aus.

Atemlos durch den Gau,
nachts da werden wir zur Sau.
Atemlos, vogelfrei, ins Bordell, da geh'n wir drei.
Wir sind heute gut drauf, entfesseln unsre Triebe,
alles, was uns fehlt, sind fünf, sechs Bier …

Immer und immer wieder ließ Hanni der Hammer die Musik-CD von vorne laufen. Kurz vor drei Uhr meinte Knöllchen-Horst, dass es langsam Zeit für ihn sei zu verschwinden. „Ich hab ja a nu an Wech vor mir", argumentierte er mit schwerer Zunge.

„Wo isn dei Jackn?", wollte der Hausherr wissen, „wo hastn die hieglecht?"

„Jackn? Hab ich kane dabei", antwortete Horst Jäschke, „war doch warm, als ich mich aufn Wech zu dir gmacht hab."

„Aber etz is überhaupt nemmer warm draußn", mischte sich der Bertl ein, „da werds dich gscheit huschern, in deim dünna T-Shirtla."

„Du ziehgst mei Jeans-Jackn an", ordnete Johann Hammer an, „sunst wirst mer bloß nu sterbenskrank. Und mein grüna Filzhut setzt a auf. Bringstes halt demnächst widder vorbei. Hast dei Taschnlampn, damidst dein Wech findst?"

„Ja, in meiner Husntaschn."

„Bertl, ich man wir zwaa singa nu a Liedla, wenn der Horst weg is."

„Und a Schnäpsla trink mer a nu, gell, dann werd ich mich a langsam aufs Ohr legn. Des Sofa da schaut doch bequem aus. Auf mich wart ja ka Fra. Gott sei Dank net."

In beiger Jeans-Jacke, deren Ärmel er dreimal nach hinten gekrempelt hatte, und grünem Jägerhut wankte Knöllchen-Horst auf der Jahnstraße dahin, nahm den kurzen Weg zum alten Röttenbacher Rathaus hinauf und bog dann rechts in die Schulstraße ab. Nachdem er das Neubaugebiet Am Sonnenhang passiert und den Feldweg Richtung Neuhaus erreicht hatte, schaltete er seine Taschenlampe ein und begann lauthals zu singen. „… *Atemlos durch den Gau, nachts da werden wir zur Sau. Atemlos, vogelfrei, ins Bordell da geh'n wir drei …*", grölte er vor sich hin. Dass er nur noch wenige Minuten zu leben hatte, konnte er nicht wissen. „ … *Wir sind heute gut drauf, entfesseln unsre Triebe, alles was uns fehlt, sind fünf, sechs Bier …*" Bei dem Wort

Bier blieb er stehen. „Sakra, des schwappt in meim Bauch rum." Mit der Rechten öffnete er den Reißverschluss seiner Hose. Mit der Linken stützte er sich am mächtigen Stamm einer Eiche ab. Der Lichtschein seiner Taschenlampe, welche er im Mund hielt, leuchtete in den Straßengraben und folgte seinem Strahl der Erleichterung „Mei tut des gut", ging es ihm durch den Kopf. Trotz seines Alkoholpegels vernahm er das schleichende Geräusch hinter sich. Wie vorsichtige Schritte hörte es sich an. Er drehte sich um. „Du?" Dann fuhr ihm die aus rostfreiem AISI 420-Stahl zweiseitig geschliffene Klinge von hinten mitten ins Herz.

5

Gerald Fuchs, der Kommissar der Erlanger Mordkommission, und seine attraktive Assistentin Sandra Millberger standen am Ende der geteerten Schulstraße – dort, wo diese in einen Feldweg übergeht. Wie oft waren sie hier schon vorbeigekommen, auf dem Weg zum Neuhauser Bierkeller! Das Neubaugebiet Am Sonnenhang, hinter ihnen, lag noch im Schatten der dahin schleichenden Nacht. Drüben im Osten, über den Bäumen am Horizont, erstrahlte ein gelb-orangefarbenes Lichtband, welches von Minute zu Minute anwuchs. Der Kommissar sah auf seine Armbanduhr. Der kleine Zeiger stand genau auf der Sechs. Normalerweise lag er um diese Zeit noch im Bett und schlief. Am Sonntag sowieso. Mit seinen fünfundvierzig Jahren war er noch immer Single, dabei sah er blendend aus. Seine sportliche Figur streckte sich auf stattliche einen Meter dreiundachtzig. Sein ovales Gesicht mit dem männlich kantigen Kinn hatte schon so manches Frauenherz erwärmt, ebenso wie seine hellgrünen Augen mit den langen, gebogenen Augenwimpern unter den buschigen Augenbrauen. Er war nach seinem verstorbenen Vater, Hans Fuchs, dem Bruder seiner Tante Kunigunde Holzmann geraten. Die war ja lieb und nett, aber eine furchtbar rechthaberische und besserwisserische Furie. Er ging ihr und ihrer Freundin Retta – auch so ein tratschsüchtiges Exemplar – lieber aus dem Weg. Die beiden Besserwisser hatten ihn in der Vergangenheit schon genug geärgert. Rechts des Weges waren noch immer die Kollegen von der

Kriminaltechnischen Untersuchungsabteilung tätig. Unter ihnen tummelte sich auch Dr. Thomas Rusche, forensischer Anthropologe und Rechtsmediziner. Ein exzellenter Mann. Er hatte gerade seine Arbeit beendet und kam auf die beiden Beamten zu. „Morgen, hübsche Frau. Morgen, Herr Kollege", begrüßte er die beiden Ermittler von der Kripo. „Kein schöner Anblick", fuhr er ohne Umschweife fort. „Da ist nicht mehr so viel übrig geblieben."

„Verbrannt?", vergewisserte sich Sandra Millberger.

„Verbrannt", bestätigte der Rechtsmediziner, „aber das ist sicherlich nicht die Todesursache."

„Sondern?", fragte der Kommissar.

„Kann ich noch nicht beantworten. Dazu müssen wir erst die Ergebnisse der Leichenschau abwarten."

„Todeszeitpunkt?", ließ Gerald Fuchs nicht locker.

„Vorsichtig geschätzt, vor zwei bis drei Stunden, aber auch dazu Genaueres nach der Autopsie. Eines kann ich aber jetzt schon sagen: Da wurde nachgeholfen. Brandbeschleuniger. Wahrscheinlich Benzin."

„Wissen Sie, wer die Leiche gefunden hat? Und handelt es sich bei dem Brandopfer um eine Frau oder einen Mann?", wollte die Beamtin wissen.

„Also erstens, es handelt sich um die Überreste eines Mannes, und zweitens, eine Frau ging heute am frühen Morgen mit ihrem Hund spazieren. Das Tier hat die Leiche entdeckt. Die Frau können sie im Moment leider nicht befragen. Die hat einen Schock abbekommen. Kollegen von Ihnen haben sie zu Dr. Habicht, einem Arzt hier vor Ort, gebracht."

„Wann können wir uns den Toten ansehen?", wollte die Assistentin des Kommissars noch wissen.

„Hübsche Frau, ich weiß wirklich nicht, ob Sie sich diesen Anblick nicht besser ersparen sollten. Ach noch eins: Das Opfer trug eine beige Jeansjacke mit für ihn viel zu langen Ärmeln. Ich bezweifle, dass dies seine Jacke war. Auch die Stelle hier, an der er verbrannt wurde, ist nicht identisch mit dem Tatort. Der oder die Täter haben ihn vom Feldweg, auf dem wir gerade stehen, auf das offene Feld gezogen. Hier, sehen Sie die Schleifspuren?" Thomas Rusche zeigte auf eine Stelle des Weges, die von Männern der KTU umlagert war. „Und dort im Graben", fuhr er fort, „neben dem

Stamm der Eiche, fanden wir einen unversehrten, grünen Filzhut, wie ihn auch Jäger gerne tragen, sowie eine Taschenlampe. Nun aber genug der Rede, ich muss in die Rechtsmedizin und mir vom Gericht oder von Oberstaatsanwalt Dr. Brockmeyer die Genehmigung für die Leichenschau holen."

„Letzte Frage: Wer wird bei der Autopsie mit dabei sein, Herr Rusche?"

„Ich werde den Niethammer vorschlagen. Der hat eine Menge Erfahrung mit Verbrannten."

*

Das Lebendgewicht des Aischgründer Spiegelkarpfens betrug beinahe zwei Kilogramm. Ein stattlicher Brocken. Fein säuberlich ausgenommen, längsseitig in zwei Hälften geteilt, gewürzt und paniert lagen die beiden Teile auf einem mächtigen Küchenbrett der Fischküche Fuchs. Dann ließ der Herr des Hauses eine Hälfte in das in der riesigen Karpfenpfanne brutzelnde Butterschmalz gleiten. Schnalzend und zischend nahm die brodelnde Flüssigkeit die Fischhälfte auf, welche nach ihrem Tauchgang sofort wieder an der Oberfläche des kochenden Schmalzes erschien, sich appetitlich krümmte und eine goldbraune Farbe annahm. Neben dem Herd stand ein überdimensionaler Teller, zur Hälfte mit zwei Bergen von Endivien- und Kartoffelsalat gefüllt. *Kunni Holzmann* war in goldenen Lettern in die Glasur des Porzellans eingelassen. Kunigunde Holzmann stand ebenfalls gleich neben dem Herd und sah zu, wie ihr Karpfen in dem brodelnden Butterschmalz dahinschwamm, und hörte mit wachsendem Appetit dem Blubbern und Brutzeln der kochenden Flüssigkeit zu. Plötzlich war da so ein leises Knistern. Nein, es war eher ein leichtes Trippeln, welches immer lauter wurde. Tripp, tripp. Wie leichte Schritte kleiner Füße auf Metall, hörte es sich an. Dann drang das durchdringende Ruhgu-gu an Kunnis Ohr. Ruhgu-gu. Kunni Holzmann wälzte sich in ihrem Bett. Das Bild des brutzelnden Karpfens wurde blass und blässer und löste sich gänzlich in Nichts auf. Die Ruhgu-gu-Rufe dagegen wurden immer lauter, begleitet vom dem Tänzeln winziger Krallen auf dem kupfernen Fenstersims. Kunnis Traum war wie weggeblasen. Sie war mit einem Mal glockenwach.

„Scheiß-Taubn", fluchte sie und vertrieb mit ihrem Erscheinen am Schlafzimmerfenster die beiden Ringeltauben auf dem Fenstersims. Weit flogen die beiden nicht, nur bis zu einer Astgabel des nahestehenden Walnussbaumes, und schickten ein wütendes Ruhgu-gu herüber. Dann klingelte auch noch das Telefon.

„Gutn Morgen, Kunni, bist scho wach?", flüsterte die Retta pietätvoll in den Telefonhörer.

„Na, ich schlaf no und telefonier mit dir im Tiefschlaf."

„Hast scho ghört, drobn Am Sonnenhang hams an verbrennten Totn gfunna."

„Kannst net a wenig lauter redn", belferte die Kunni zurück, „hab kein Wort verstandn, mit deim Genuschel."

„A verbrennte Leich hams gfunna", schrie die Retta nochmals ins Telefon.

„Wer? Übrigens, schreia brauchst fei a net. Bin doch net gochhehret."

„Des waß ich doch net, alte Doldn."

„Etz werd fei net beleidigend, am frühn Morgen", schrie die Kunni aufgebracht zurück. „Was waßdn überhaupt? Wen hams denn verbrennt?"

Retta stöhnte auf. „Wenns die Polizei nu net amol waß, woher solls dann ich wissen? Des Feier muss die Leich jedenfalls gscheit hergricht ham, haßts. Dei Gerald und die Sandra warn scho am Tatort."

„Der Depp, der kricht doch sowieso nix backn. Do ruf ich besser morgen die Sandra an. Vielleicht wissns bis dahin a weng mehr. Sen die Polizistn scho weg, vom Tatort?"

„Ich glaub scho", meinte die Retta.

„Dann schau mer uns des amol o", schlug die Kunni vor, „Wies der Leitmayr a immer macht. Kummst bei mir vorbei?"

„Der Kaschper scho widder", murmelte die Retta vor sich hin. „Ja, ich kumm bei dir vorbei. Mach mi gleich aufn Wech."

„Aber erscht trink ich an Kaffee, und waschn und oziehgn muss ich mich a noch. Kannst der ruhig Zeit lassn."

„Übrigens, bald gehts widder los", merkte die Retta noch an.

„Wer is los?"

„Es geht widder los“, wiederholte die Retta etwas lauter. „Die Karpfenzeit geht bald widder los. Sollt mer uns beim Fuchsn-Wirt a Plätzla reserviern lassen. Ich frei mich scho aufs erschte Kärpfla.“

„Ich hätt heit frieh fast scho an gessn, im Bett“, antwortete die Kunni, „aber dann sen die Scheiß-Taubn dazwischn kumma mit ihrm bledn Ruhgu-gu, Ruhgu-gu.“

„Hast du heit morgn scho was trunkn?“, wollte die Retta wissen. „Also dann reservier ich uns demnächst scho amol für den siebtn September a Plätzla beim Fuchsn-Wirt“, schlug sie vor bevor sie auflegte.

*

Dass Ulrich Fürmann vom anerkannten Frauenarzt zum Obdachlosen und Landstreicher abgestiegen war, hatte er sich selbst zuzuschreiben. Warum musste er auch seine Patientinnen in verfänglichen Situationen, gerade wenn sie auf diesem unbequemen Stuhl lagen, mit einer versteckten Kamera fotografieren? Das macht ein Arzt nicht, dem man Vertrauen entgegenbringen soll. Und dann war dieser Bursche auch noch so blöd, einige der Fotos im Netz zu veröffentlichen. Das konnte ja nicht gut gehen. Er war geständig. Mit viel Glück hatte er nur eine Bewährungsstrafe bekommen, was dem Geschick seines Verteidigers zuzurechnen war, damals, vor zwei Jahren. Seine Zulassung, weiterhin als Arzt zu praktizieren, war aber dahin. Da ließ die Ärztekammer nicht mit sich reden. Der Abstieg ging schnell. Seine Frau, die frigide, fette Kuh, so sah er das, hatte nur darauf gewartet die Scheidung einreichen zu können. Zeitgleich folgten die Klagen von sechsunddreißig seiner ehemaligen Patientinnen. Sie klagten auf Schmerzensgeld, weil er mit den Fotos – angeblich, wie sie meinten – ihre Würde als Frauen verletzt habe. Der Richter gab ihnen recht. Das Haus, das Barvermögen, das Aktienpaket, wurden von den Scheidungsfolgen, den Unterhaltskosten für Frau und Kinder, den Geldstrafen, welche das Gericht verhängt hatte, ratzfatz aufgefressen. Nun war er zweiundvierzig Jahre alt, schien aber in den beiden letzten Jahren um mindestens zehn Jahre gealtert zu sein. Sein Haar war fransig und ungepflegt. Er verströmte einen eigenartigen, unangenehmen Körpergeruch, den er selbst schon gar nicht mehr wahrnahm. Es wäre ihm auch egal gewesen. Mit den anderen Obdachlosen in Erlangen konnte er es nicht. Sie waren ihm zu primitiv. Nicht sein Niveau. Mit denen konnte man nur übers Saufen reden, nicht über Politik, Sport oder wirtschaftliche Themen. Das war es, was ihm am meisten fehlte, eine gepflegte Kommunikation, die Teilnahme am aktuellen Geschehen dieser Welt. Geld für Zeitungen hatte er zwischenzeitlich aber auch nicht mehr. Mit der Zeit ging ihm die Stadt auf den Sack. Er verzog sich aufs Land. Hier waren die Menschen freundlicher, großzügiger und verständnisvoller gegenüber einem Obdachlosen. Ihre Scheunen boten oftmals Platz für die eine oder andere Übernachtung. Vor allem während der kalten Jahreszeit. Die Fallobstwiesen, Erdbeerfelder, Kirschbäume, Schrebergärten und Bierkeller boten ausreichende Angebote für Essbares – man musste sie nur zu nutzen wissen. So zog Ulrich Fürmann durch den ganzen Landkreis. Als er, von Neuhaus kommend, vor sich Röttenbach im Tal der sanften Hügel liegen sah, glaubte er, ein neues Schlaraffenland entdeckt zu haben. Er war sensibilisiert und hatte den rechten Blick für die Obst- und Schrebergärten und sonstigen natürlichen Nahrungsquellen. Es gefiel ihm, was er sah. Auch die kleine Gartenlaube auf dem Grundstück hinter der Jahnstraße, gleich an den winzigen Bachlauf angrenzend, registrierte er mit Wohlwollen und Vorfreude. Sein Hochgefühl hätte sich wahrscheinlich augenblicklich in Luft aufgelöst, hätte er gewusst, dass das Anwesen Hanni dem Hammer gehörte.

*

„Ja, Horst, ich bins, der Hanni. Bist heit Nacht gut hamkumma?" Johann Hammer hatte die Telefonnummer auf dem Display erkannt.

„Nein, hier ist nicht der Horst. Ich bins, die Hanna, seine Frau. Wo ist er denn, der alte Gauner? Habt ihr wieder ordentlich gesoffen und er schläft noch seinen Rausch aus?"

„Hallo, Hanna, grüß dich", antwortete Hanni der Hammer. „Dei Mo is net da. Der hat sich heut früh aufn Wech nach Neuhaus gmacht. Ich hab ihm noch mei Jeansjackn und mein Jägerhut mit aufm Weg geben, weil des hat ganz schee abgekühlt gestern Abend, damit er uns net a nu krank wird. Is er net daham?“

„Nein, er ist nicht nach Hause gekommen.“

„Leck mich am Arsch, der wird doch net nu irgendwo im Wald liegn und sein Rausch ausschlafn? Waßt was? Ich schwing mich mal aufs Fahrrad und fahr den Weg ab. Vielleicht find ich ihn. Dann ruf ich dich gleich an, gell. Sollte er zwischenzeitlich daham auftauchn, dann sei so gut und sag mir auf meim Handy Bescheid. Okay?“

„Okay. Schau mal, dass du ihn findest.“

Johannes Hammer hatte während des Telefonats ständig hinaus auf seinen Garten gesehen. Eine eigentümliche Gestalt trieb sich draußen auf der Jahnstraße herum. Er sah aus wie ein Obdachloser. Wie ein Landstreicher. Ein Röttenbacher war er jedenfalls nicht, und er glotzte so was von auffällig in den Garten und auf das Haus. Der Mann hatte einen irren, strengen Blick und sah zum Fürchten aus. Lange, ungepflegte, widerspenstige Haare standen von seinem Kopf ab. Seine Kleidung war abgerissen und schmuddelig. Auf seinem Rücken trug er einen abgewetzten Rucksack, und sein Blick war irre und furchteinflößend. Hanni der Hammer hatte das Telefonat mit Hanna Jäschke beendet und beobachtete nun die ungepflegte Gestalt. Die bewegte sich nicht von der Stelle. Als wäre sie festgewachsen. Dem Hausherrn wurde es zu bunt. Er musste weg, Knöllchen-Horst suchen. Wutentbrannt riss er das Fenster auf. „Heh, du Struwwelpeter“, rief er hinaus, „was willstdn du hier? Warum starrstdn du dauernd auf unsern Gartn und unser Haus? Bei uns gibts fei nix zu Bettln. Des socher der gleich! Schau dassd verschwindst, sonst macher der Ba!“

Ulrich Fürmann starrte immer noch auf die herrlich roten Eiertomaten, die ihm von vier Tomatenstöcken entgegenlachten. Er fühlte, wie der Hunger in seinem Magen rumorte. Dann besann er sich und ging weiter. Ein unfreundlicher Zeitgenosse, der da zum Fenster herausplärrte. Er nahm sich vor, das Grundstück in der Nacht näher zu inspizieren.

*

Johannes Hammer schwang sich auf sein Fahrrad und strampelte die Schulstraße hinauf. Es ging bereits auf elf Uhr zu. Wo kamen denn die ganzen Polizeifahrzeuge her, welche ihm entgegenfuhren? Das sah ja fast wie ein Betriebsausflug aus. Machten die Bullen vielleicht eine Sternfahrt? Er trat in die Pedale und machte sich Sorgen um Knöllchen-Horst. Hoffentlich war ihm nichts zugestoßen. Mit fast dreiundsechzig Jahren konnte spontan alles passieren. Herzinfarkt, Schlaganfall, Kreislaufzusammenbruch. Besonders nach so einer durchzechten Nacht. Er sah sich ringsherum um. „Horst?", brüllte er von Zeit zu Zeit in die offene Natur. Die Sonne lachte wieder von einem wolkenlosen Himmel und die Kühle der Nacht hatte sich längst verzogen. Lediglich über dem nahen Wald stiegen noch kleine Dunstwölkchen auf, die sich aber sofort verflüchtigten. Das Getreide links und rechts des Weges stand schon hoch. Bald würden die Mähdrescher mit ihren gierigen Mäulern kommen und nur noch Stoppeln hinterlassen, erste Boten des nahenden Herbstes. „Horst, hörst du mich?", rief er erneut über die Getreidefelder. „Horst, ich bin's, der Hanni." Keine Antwort. Hanna rief auch nicht an. Bertl Holzmichl ratzte bestimmt noch immer in der Gartenlaube vor sich hin und schlief seinen Rausch aus, aber Knöllchen-Horst war immer noch verschwunden. „Und wenn er in an Weiher neigfalln ist?", ging es ihm durch den Kopf. „Das wärs ja noch gwesen." Sein Mobiltelefon vibrierte. Es war Hanna. „Hast du ihn schon gefunden?", fragte sie.

„Na, ich bin etz grad an der Stell, wos im Wald ständich den Berch nach Neuhaus runter geht", antwortete er. „Wie gsacht, ich ruf di scho an, wenn ich fündich worn bin."

Fünfzehn Minuten später war Hanni der Hammer bei Hanna angekommen – ohne ihren Mann. Sie berieten, was zu tun sei. „Ruf bei der Polizei an", forderte er sie auf.

„Aber heute ist doch Sonntag!"

„Na und? Die sen doch immer besetzt", argumentierte er. „Wenn der Horst in seim Rausch in die Schwarzbeersträucher neigfalln is, finna wir den nie. Der wacht höchstens auf, wenn der vo die Ameisn odder die Schnagn zerstochen wird."

„Was soll ich der Polizei sagen? Dass der säuft wie ein Besenbinder und sich wahrscheinlich im Vollrausch nur verlaufen hat?“

„Bloß net“, riet ihr Johann Hammer, „da sens zu empfindlich, die Bulln. Die fühln sich immer gleich verarscht. Da tätn die gor net mit dem Suchn anfanga.“

„Warum müsst ihr Mannsbilder nur immer so viel trinken?“, beschwerte sich Hanna Jäschke.

„Is halt ab und zu a schee“, antwortete er.

„Ab und zu, bei euch ist das doch ein Dauerzustand.“

„Na ja, so schlimm is a net. Und sonst? Machst immer noch dei Kräuterführunga?“

„Hhm, macht immer noch Spaß.“

„Immer nu ums Schloss rum?“

„Ja, ich treffe mich mit meinen Teilnehmern immer in der Schlossstraße, beim alten Brunnen, und dann laufen wir meistens um das Schloss herum.“

„Und da wächst was?“

„Und wie! Im Frühjahr wächst dort sogar der Gundermann, das ist eine Zauberpflanze, die verrät in der Walburgisnacht die Hexen. Dort findest du auch Liebeskräuter mit aphrodisierender Wirkung.“

„Du manst, die machn geil?“

„Ihr Mannsbilder habt auch nur immer das Eine im Kopf. Bald wird es die Herbstkräuter geben und im Oktober die Wurzelkräuter. Geh doch einmal mit, dann lernst du noch etwas.“

„Na, Gundermann, Wurzlkräuter, des is nix für mich. Ich foahr etz widder ham. Helfen kann ich dir etz ja eh net.. Wenn er auftaucht, der Horst, rufst mich an. Ich schau hamwärts a numal, ob ich ihn find.“ Johann Hammer verabschiedete sich, und schwang sich draußen wieder auf den Fahrradsattel.

Als er nach knapp zwei Kilometern wieder aus dem Wald hinausfuhr und es nach Röttenbach nur noch bergab ging, erkannte er nach einer Weile die beiden Tratschtanten Kunni und Retta. Sie standen etwas abseits des Weges, ein Stück feldeinwärts, und gestikulierten heftig.

„Hallo, ihr zwei Hübschen, Ostern is fei scho vorbei. Der Osterhos kummt erscht nächstes Joahr widder.“

„Ja, do schau her“, rief die Kunni ihm entgegen, „Hanni der Hammer. Wu kummstn scho widder her, du alter Gauner? Hast dei Karpfen zählt, ob der Kormoran nu welche übrig glassn hat?“

„Kennt scho sei, kennt scho sei“, antwortete er und stieg vom Fahrrad. „Und ihr, was machtn ihr da auf dem Feld?“

„Wir schaua uns den Tatort an“, klärte ihn die Kunni auf.

„Tatort? Was mantn ihr damit?“

„Des waßt du nunni? Heit früh hams doch an Totn gfunna. Den hat sei Mörder anzundn, sacht mer. Da, wo des Gras so versengt is, muss er glegn sei.“

„Anzundn? Ermordet, sacht ihr?“ Hanni der Hammer bekam einen Riesenschreck. „Wer isn dann der Tote?“

„Des wissen wir a nu net. Des muss die Polizei ja erscht nu feststelln. Jedenfalls wars a Mo. An grüna Jägerhut aus Filz hams gfunna. Gleich da am Wech. Net weit davon entfernt, wu dei Fahrrad steht. Und a Taschnlampn.“

Johann Hammer entwich augenblicklich die Gesichtsfarbe. Er sah auf einmal leichenblass aus. „Mein Gott“, entfuhr es ihm, „des werd doch net der Horst sei.“

„Is der schlecht, Hanni?“, wollte nun die Kunni wissen. „Schaust auf amol su käsweiß aus. Was hast du grad von einem Horst gsacht?“

„Der Horst“, stammelte der Angesprochene, „der Knöllchen-Horst, der Holzmichls Bertl und ich ham gestern a weng gfeiert – grillt.“

„Und dabei gscheit gsuffn“, steuerte die Retta bei, doch ihr Kommentar verbuffte in der warmen Sommerluft.

„Jedenfalls hat sich der Horst heut früh, so umera dreia werds gwen sei, zu Fuß aufn Hamwech nach Neuhaus gmacht. *Durchn finstern Wald?*, ham wir, der Bertl und ich, nu gsacht. *Des macht nix*, mant der Horst drauf, *ich hab mei Taschnlampn dabei, und außerdem, bis ich daham bin, bin ich widder nüchtern.* Mei beige Jeansjackn habbin nu aufdrängt, dem Horst, weils ganz sche frisch war, heit Nacht, und mein grüna Filz… Mein Gott, wenn des der Jäschkes Horst is, … ich werd mir doch mei Leben lang Vorwürf machen, dass ichn geh hab lassen, den Horst.“

6

„Sandra, ich bins, die Kunni“, meldete sich Kunigunde Holzmann am Telefon.

„Ja hallo, Tante Kunni, wie geht’s dir denn? So eine Überraschung. Willst du deinen Neffen sprechen? Der ist gerade beim Chef. Du hast bestimmt mitbekommen, was bei euch am Wochenende passiert ist. Der Gerald und unser Chef beraten gerade, wie wir am schnellsten die Identität des Toten herausfinden können.“

„Deswegn ruf ich ja o, Sandra. Mitn Gerald wollt ich net sprechen, aber mit dir. Was hatn der Tote oghabt? Waßt du des?“

„Eine beige Jeansjacke, ein hellbraunes, kurzärmliges T-Shirt und eine normale Jeans“, antwortete die Polizistin. „Außerdem haben unsere Kollegen noch einen grünen Filzhut und eine Taschenlampe in einem Graben gefunden.“

„Dann gehst hie zu eiern Chef und zum Gerald und sagst den beiden an schena Gruß vo mir. Sagst bei dem Totn handelt es sich um den Horst Jäschke. Ich tät euch raten nach Neuhaus zu fahrn und die Hanna Jäschke zu besuchn, die vermisst nämli seit gestern ihrn Mo. Ob die den bei der Polizei scho als abgängich gmeldet hat, waß ich net. Solltet ihr da hinfahrn und der Hanna ihr Mo des Mordopfer sei, könnt ihr ja gleich a DNA-Probn mitnehma. Ich man a Zahnberschtla wird er wohl ham, der Horst. Und noch was: die Jackn und den Hut, welche der Tote tragn hat, die ghörn dem Johann Hammer in Röttenbach, in der Jahnstraß. Ich denk die Informationa sparn eich an Haufen Ärwert ei. Im Gegenzug – wenn die Ergebnisse vo der Leichenschau vorliegen – möchte ich gern wissen, wie der Horst Jäschke umkumma is. Kannst ja dem Gerald ausrichten, dass er sich net widder so bled anstellen soll wie beim letztn Mal und mana, er könnt den Fall alla lösn. Es wär besser, wir würdn desmal von vornherein zammärwern.“

„Tante Kunni, du bist wie immer, ein Schatz. Woher weißt du denn das alles?“

„Des kann ich eich später a nu erzähln. Machs gut, Sandra. Und der Gerald soll sich des gut überlegn, gell.“

*

Margot Segmeier, Vereinspräsidentin des Vereins Ferienregion Aischgrund e.V., geht in einer wahren Begeisterung in ihrem Job auf. Schlechte Nachrichten aus der lokalen Presse gefallen ihr gar nicht, besonders wenn das Zugpferd der Region, der Aischgründer Spiegelkarpfen für solche Negativmeldungen sorgt. In den letzten Tagen gab es zu viele schlechte Meldungen. Zuerst fuhr dieser Idiot von einem Genossenschaftspräsidenten besoffen Amok und hätte fast einen Polizeibeamten über den Haufen gefahren, und dann auch noch ein Mord an einem Neuhauser Teichwirt. Das Schicksal des toten Karpfenzüchters war ihr persönlich egal, aber was der Mord für die Sicherheit der Region bedeutete … Wenn sich das bei potentiellen Feriengästen herumspricht. Eine Katastrophe. Der Aischgrund, eine unsichere Region! Nicht auszudenken. Margot Segmeier war vor zehn Jahren aus Paderborn ins Fränkische zugezogen. Sie hatte sich in einen Franken verliebt und ihn schließlich auch geheiratet. Zuerst dachte sie, sie könnte ihren Mann Peter dazu bewegen sich in ihrer Heimatstadt niederzulassen, aber da biss sie sich die Zähne aus. „Ja glabst du denn, ich zieh zu euch Preißn?“, hatte er immer wieder gesagt. „Wisst ihr überhaupt, was a Schäuferla oder a backener Karpfn sen? Habt ihr scho mal was davo ghert? Oder vo Blaue Zipfl?“ Schließlich gab sie nach und folgte ihm nach Adelsdorf. Dort ansässig geworden, wähnte sie sich in einem fremden Land, dessen Sprache sie weder verstand, noch daran glaubte, diese jemals erlernen zu können. Aber es war nicht nur die Sprache. Es war eine andere Welt. Was diese Franken zu gewissen Anlässen trieben, verstand sie nicht. Eine Kirmes war bei ihnen eine Kerwa. Ein furchtbares Wort. Kerwa! Bam aufstelln, Betzn raustanzn, Geger rausschlogn. Warum diese Einheimischen mit verbundenen Augen, eine lange Holzrute in der Hand, auf eine leere Heringsbüchse einschlagen, würde für sie immer ein Geheimnis bleiben. Ab und zu liefen ihr andere traumatisierte Leidensgenossen aus Wolfenbüttel, Lüdenscheid oder Norderstedt über den Weg, welche von ähnlichen Verständnisschwierigkeiten berichteten. Auch im Hause Segmeier gab es diese anfänglichen Kommunikationsschwierigkeiten. Sie musste sich sehr anstrengen, ihren Peter zu verstehen. Zudem er auch noch maulfaul war. Das jung vermählte Ehepaar füllte die Kommunikationslücke durch häufigen Sex aus. Dabei musste man wenigstens nicht reden. Dachte sie. Bei Peter war das anders. „Schneggerla, ich kumm“, „Hast a schens fests Ärschla“, „Passt, wacklt und hat Luft“ und auch noch andere seltsame Sätze gab er von sich, und wieder stand Margot vor ungelösten Rätseln. Nach ungefähr drei Jahren konnte Margot unterscheiden, wo welches Wort endete und das nächste begann. Verstehen konnte sie aber immer noch nichts. Sie gab nicht auf, und langsam verbuchte sie wider Erwarten die ersten Erfolge. Sie konzentrierte sich auf sogenannte Schlüsselwörter, die sie immer wieder hörte, wie *Gschmarri, Allmächd, gaddzn, Schleppern, Hundskrübbl, Brunzkartler, Gwaaf* oder *Waggerla.* Das musste offenbar ihr Vorname auf fränkisch sein. Dann kamen ihr aber doch Zweifel, als ihr Mann sie plötzlich auch als *Schneggerla* betitelte. Sie schloss daraus, dass es im Fränkischen immer eine Doppelbezeichnung gibt. Die Schlüsselwörter schrieb sie sich fleißig auf. Ihre Liste war bereits ellenlang. Sie machte erhebliche Fortschritte. Mit der Zeit gelang es ihr – nur mittels der Schlüsselwörter – den Inhalt einer fränkischen Unterhaltung zu fünfzig Prozent richtig abzuleiten. Natürlich erlitt sie manchmal auch gehörigen Schiffbruch. Das gehörte dazu. Wenn ihr Mann Peter zum Beispiel von seinen *Gaggerli* sprach, musste das doch etwas anderes sein, als wenn die Einheimischen frische Eier im Supermarkt kauften. Die Einwohner von Paderborn, ihrer Heimatstadt, mussten auf Fränkisch jedenfalls *Gschwerdl* heißen. Da war sie sich ziemlich sicher. Ihr Vater namens Friederich war der *Fregger,* und ihre Mutter, die Doris, die *Dolln.* Das hatte sie irgendwie von Peter gelernt, wenn er von Paderborn oder ihren Eltern sprach.

Es war eine harte Zeit des Lernens, aber heute liebt Margot Segmeier das Frankenland und ihre Arbeit abgöttisch. Vor drei Jahren wurde sie zur Vereinspräsidentin der Ferienregion Aischgrund e.V. gewählt. Ihr Mann Peter habe da mit seinen weitreichenden lokalen Beziehungen zu einflussreichen Politikern des Landkreises gewaltig mitgewirkt, heißt es hinter vorgehaltener Hand. Die Aufgaben seiner Frau bestehen darin, das Karpfenland Aischgrund zu einer attraktiven Urlaubsregion aufzubauen – im Mittelpunkt der Aischgründer Spiegelkarpfen, kulinarische Spezialität und Zugpferd im Land der tausend Teiche. Böse Zungen behaupten allerdings, dass Margot nur deshalb zur Präsidentin gewählt wurde, weil sie selbst einem Aischgründer Spiegelkarpfen zum Verwechseln ähnlich sieht. „Sie hat ein Maul wie ein Karpfen", sagen viele. „Und an Buckl hats a". Kurz nach ihrer Wahl zur Vereinspräsidentin versuchte ein einheimischer Karpfenzüchter ihr zu erklären, dass der Aischgründer Spiegelkarpfen nur ganz wenige Schuppen habe. Als sie daraufhin antwortete: „Ach wie niedlich, ich habe gar nicht gewusst, dass der Fisch auch Haare hat", galt sie auch als brunzdumm. Natürlich hat Margot auch Neider. „Eine Preußin als Vereinspräsidentin, des geht doch net gut." Doch mit neununddreißig Jahren und ihrer preußischen Hartnäckigkeit steht Margot Segmeier über den Dingen, und gute Marketing-Ideen hat sie tatsächlich.

*

Die komplette Familie saß im Wohnzimmer versammelt: Hanni der Hammer, seine Frau Jana und Tochter Chantal. Kommissar Fuchs hatte darauf bestanden. Er und Sandra Millberger wollten sich ein Gesamtbild machen. Vielleicht hatte ja doch eines der Familienmitglieder eine wichtige Beobachtung in der besagten Nacht gemacht, als Horst Jäschke erstochen wurde. „Wenn wir die Situation richtig verstehen, Frau Hammer, haben Sie letzten Samstag Ihren Mann dabei unterstützt, das Grillfest zu organisieren, beziehungsweise ihm bei der Speisenzubereitung geholfen. Kann man das so sagen?"

Ein zustimmendes „Hm" war alles, was ihr der Kommissar entlocken konnte.

„Haben Sie an dem Abendessen teilgenommen?"

„Mhmh", und ein dazugehöriges Kopfschütteln sollten eine Verneinung bedeuten.

„Etz Kreiz nochamol, Jana" fuhr ihr Mann dazwischen, „etz mach halt amol dei Schleppern auf! Was solln der Kommissar mit *Hm* und *Mhmh* ofanga?“ Jana Hammer zuckte bei den scharfen Worten ihres Mannes zusammen.

„Schrei doch die Mama nicht so an“, ging Chantal Hammer dazwischen und sah ihren Vater mit wütenden Augen an.

Sandra Millberger erkannte sofort, dass in dieser Familie jegliche Harmonie fehlte. „Das ist eine, am täglichen Leben zerbrochene Frau. Kein Wunder, bei der Ehe mit diesem Mann, und die Tochter hasst ihren Vater“, ging es ihr durch den Kopf. Jana Hammer saß mit auf den Oberschenkeln aufgelegten Armen auf dem Sofa, die Blicke auf einen imaginären Punkt auf dem Fußboden gerichtet. Die Augen der Polizistin wanderten durchs Zimmer. Ein riesiges Holzkreuz mit dem gekreuzigten Jesus hing an der Wand. In einem kleinen Porzellanschälchen lag ein wertvoller Rosenkranz aus Jade, gleich daneben ein Gebetbuch in einem weißen, ledernen Umschlag. „Sie ist bestimmt eine überzeugte Katholikin“, war sich Sandra Millberger sicher.

„Haben Sie irgendetwas Auffälliges bemerkt?“, bohrte ihr Chef weiter.

Jana Hammer hatte die Frage gar nicht richtig registriert. Erst als ihr Mann sie anstieß, besann sie sich. „Na“, antwortete sie mit feiner, brüchiger Stimme, „ich bin um halba neina vo die Fürbitten ham kumma. Dann hab ich den Fernseher eigschaltn. Wenn Sie mich aber fragn, welche Sendung ich angschaut hab, dann kann ich Ihna des gar net amol sagn. Mei Mann und seine Gschäftsfreund warn da am Feiern. Jedenfalls hab ich ihre Stimmen ausm Gartn ghört. So ummera dreiundzwanzig Uhr bin ich dann ins Bett ganga. Wie lang die Männer zamm warn, waß ich net. Da hab ich schon längst gschlafn. Am nächstn Morgen ham mich dann Martinshörner gweckt. Der Lärm muss vo der Schulstraß kumma sei. Ich hab aber ka Ahnung ghabt, was da gschehn is.“

„Wann haben Sie Ihren Mann tags zuvor das letzte Mal gesehen?“, wollte Sandra Millberger wissen.

„Am Samstag?“

„Genau.“

„Des war, als seine Gäst kumma sen. Jedenfalls, als mei Mann den grüna Salat aus der Küchn gholt hat, war ich schon weg. Der Gottesdienst is ja a um viertl achta anganga. Wir ham es ja net weit, zum Gotteshaus von St.

Mauritius. Wehe jenen, die in schwerer Sünde sterben. Selig jene, die sich in deinem heiligsten Willen finden, denn der zweite Tod wird ihnen kein Leid antun. Des is der Sonnengesang des heiligen Franziskus", murmelte sie noch, dann klinkte sie sich aus dem Gespräch aus und starrte wieder auf den nicht vorhandenen Punkt auf dem Fußboden.

„Hm", murmelte Gerald Fuchs, „interessant", und richtete seinen Blick auf die Tochter des Hauses. „Und Sie, was haben Sie am Samstagabend gemacht?"

Chantal Hammer biss sich auf die Unterlippe und sah ihren Vater ganz kurz von der Seite an. „Ich war mit meinem Freund weg."

„Ich hab dir doch scho so oft gsacht", brach es aus Johann Hammer heraus, „dass du mit dem Kümmltürkn …"

„Herr Hammer!", unterbrach ihn der Kommissar scharf und wandte sich wieder an Chantal. „Dürfen wir fragen, wie Ihr Freund heißt, und wo und von wann bis wann Sie mit ihm unterwegs waren?"

Wieder dieser kurze Blick zu ihrem Vater. „Mein Freund heißt Jlkan Hawleri und studiert an der Uni in Erlangen Medizin. Jlkan hat mich Punkt siebzehn Uhr an der Bushaltestelle, gleich um die Ecke, abgeholt."

„Macht er das immer so?", fragte die Polizistin nach. „An der Bushaltestelle?"

„Na ja", druckste Chantal Hammer herum, „mein Vater …", und erntete einen wütenden Blick.

„Verstehe", bestätigte die Beamtin. „Und dann?"

„Dann sind wir nach Erlangen gefahren und ins Kino gegangen."

„Aha, welcher Film lief denn?"

„Monsieur Claude und seine Töchter, im Cine-Star", kam die Antwort, kurz und präzise.

„Und dann? Am besten erzählen Sie, was Sie mit Ihrem Freund den Abend über gemacht haben. Dann brauchen wir nicht ständig nachzufragen", schlug Sandra Millberger vor.

„Also", überlegte Chantal und kratzte sich an ihrer kleinen Stubsnase, „der Film war so circa um zwanzig Uhr zu Ende. Dann hat mich Jlkan zum Sushi-Essen nach Nürnberg eingeladen. Danach, es war gerade halb elf vorbei, sind wir zu seiner Schwester und ihrem Mann nach Fürth gefahren und haben uns dort verquatscht Wir waren so gut drauf und haben gar nicht bemerkt, wie die Zeit verflogen ist. Als Jlkan auf die Uhr gesehen hat, rief er auf einmal: *Schon gleich halb drei!* Jedenfalls sind wir dann kurz danach aufgebrochen und Jlkan hat mich nach Hause gefahren."

„Zur Bushaltestelle?"

Chantal nickte.

„Wie spät war es, als Sie das Haus betreten haben, und was ist Ihnen dabei möglicherweise aufgefallen", übernahm nun der Kommissar wieder das Gespräch.

„Es war viertel nach drei", antwortete Chantal Hammer ohne zu zögern.

„Haben Sie auf die Uhr geguckt?"

„Das nicht", antwortete sie, „aber als ich den Schlüssel ins Schloss steckte, hat die Kirchenglocke viertel nach geschlagen."

„Haben Sie Horst Jäschke noch gesehen?"

„Nein, der muss schon weg gewesen sein. Jedenfalls haben Papa und der Bertl, der Gisbert Holzmichl, lautstark in unserer Gartenlaube gesungen. Ich müsste eher sagen, gegrölt. *Atemlos durch die Nacht*, aber mit einem anderen Text. Die zwei müssen ganz schön besoffen gewesen sein. Ich bin dann jedenfalls gleich ins Bett."

„Was machen Sie eigentlich so?", wollte die Polizistin noch wissen.

„So?"

„Na ja, ich meine, gehen Sie noch zur Schule, arbeiten Sie schon? Sie sind jetzt neunzehn, richtig?"

„Ach so, das wollen Sie wissen. Genau. Ich bin neunzehn und habe im Juni dieses Jahres mein Abi abgeschlossen. Im Moment genieße ich noch den Abstand von der Schule, ich meine die freie Zeit, denn im Oktober beginne ich mit meinem Studium an der Friedrich-Alexander-Universität in Erlangen."

„Fein, und was werden Sie studieren?"

„Sinologie"

„Pah", staunte die Beamtin, „da haben Sie sich aber was vorgenommen. Waren Sie schon mal in China?"

„Das nicht, aber mich interessiert alles, was mit China zu tun hat. Die Leute, das Land, die Kultur, eben alles."

„Na gut“, unterbrach Kommissar Fuchs die Unterhaltung. „Wir wollen Sie nicht länger stören. Wir“, und dabei sah er Johann Hammer an, „haben uns ja schon ausgiebig unterhalten. Dennoch gehe ich davon aus, dass es nicht das letzte Mal war. Sind Sie die nächste Zeit im Lande?“

„Ganz sicher, was glaubn denn Sie? Die Karpfensaison geht bald los. Was mana Sie, was des für Ärwert is. Do haßts zupackn.“

*

„Eine pfiffige junge Frau, die Chantal“, meinte Sandra Millberger, als die beiden Polizisten wieder im Auto saßen.

„Aber ihre Mutter …“, entgegnete ihr Chef, „ein lebendes Wrack.“

„Schau dir doch ihren Mann an“, warf Sandra ärgerlich ein, „gefühllos, aufbrausend, selbstherrlich und ein Fremdenhasser. Verbietet seiner neunzehnjährigen Tochter den Umgang mit einem in Deutschland geborenen Türken. Mittelalter. Apropos Türke“, sinnierte die Beamtin, „wollen wir diesen Jlkan auch befragen, ob die Angaben, die Chantal gemacht hat, stimmen?“

„Können wir später noch nachholen“, meinte ihr Chef, „oder glaubst du, dass die den Horst Jäschke umgebracht hat? Fragen wir zuerst Thomas Rusche. Vielleicht hat der schon ein Ergebnis und kennt zwischenzeitlich die genaue Todesursache des Opfers. Kann ja sein, dass es sich bei der Leiche gar nicht um den Teichwirt aus Neuhaus handelt.“

„Wenn du meinst.“

*

„Es war ein direkter Stich ins Herz, von hinten ausgeführt“, erklärte ihnen der Rechtsmediziner. „Übrigens, bei dem Toten handelt es sich tatsächlich um Horst Jäschke. Die Überprüfung der DNA ist eindeutig.“

„Und das Feuer?“

„Wurde anschließend gelegt. Das Opfer wurde mit Benzin übergossen und angezündet.“

„Was macht das für einen Sinn?“, überlegte Sandra laut.

„Keine Ahnung, liebe Kollegin“, zuckte Thomas Rusche mit den Schulterblättern, „das müssen Sie beide herausfinden. Sie sind die Ermittler. Ich kann mir nur vorstellen, dass der Täter die Identität des Toten vertuschen wollte. Aber fragen Sie mich nicht warum.“

„So ein Stich direkt ins Herz, führt der eigentlich einen schnellen Tod herbei, Herr Rusche?“, wollte der Kommissar wissen.

„Schon“, bestätigte der Forensiker. „Sehen Sie, bei der Tatwaffe muss es sich um eine zweiseitig geschliffene Stichwaffe handeln, mit einer Klinge von mindestens fünfzehn Zentimetern. Die Dinger sind übrigens in Deutschland verboten. Wenn nun so ein scharfer und spitziger Gegenstand ins Herz eindringt und wieder herausgezogen wird, dann kommt es zu einem Druckausgleich mit der Außenluft, woraufhin die Lungenflügel zusammenfallen. Bei unserem Opfer spricht man von einem Tod durch eine Herzbeuteltamponade. Ich erkläre es Ihnen. Durch die Verletzung entsteht eine Flüssigkeitsansammlung im Herzbeutel. Bereits geringe Mengen von Blut können zu einer Behinderung der Ventrikelfüllung führen, das heißt, zu einem verminderten Schlagvolumen und somit zu einer lebensbedrohlichen Funktionsstörung des Herzens. Der Blutfluss in den Koronararterien wird vermindert und der Herzmuskel wird nur noch ungenügend mit Sauerstoff versorgt. Eine Herzinsuffienz entsteht. Das Herz ist nicht mehr in der Lage, die vom Körper benötigte Blutmenge ohne Druckanstieg in den Herzvorhöfen zu fördern. Es kommt zum Pumpversagen. Aus. Exitus.“

„Na, Prost Mahlzeit“, kommentierte der Kommissar, griff in seine Jackentasche und zog einen kleinen Plastikbeutel heraus. „Wir kommen gerade aus Röttenbach und haben eine Zahnbürste von Johann Hammer mitgebracht. Das ist der Mann, dessen beige Jeansjacke und Hut das Mordopfer vermutlich trug. Ich lasse Ihnen für den DNA-Abgleich den Beutel samt Inhalt hier. Wie Sie sicherlich bereits vermuten, wäre es mal wieder sehr eilig zu wissen, ob die Jacke und der Hut des Toten tatsächlich Johann Hammer gehörten.“

„Wie haben Sie denn den Mann so schnell gefunden?“

„Wir haben eben auch unsere Agenten an allen Stellen“, antwortete Sandra Millberger mit einem spitzbübischen Lächeln. „Vor allem in Röttenbach.“

Ihr Chef konnte darüber gar nicht lachen.

Am Abend rief Sandra Millberger Kunigunde Holzmann an, und erzählte ihr von den Gesprächen mit der Familie Hammer. „Die Jana is a arme Sau“, kommentierte die Kunni, „ihr Mo, der Hundsfregger, besucht scho seit Jahrn a Nuttn in Büchenbach. Die Jana rennt bloß nu in die Kergn und betet zum Heiland. Ich glab, ich hätt den Kreizdunnerwetterhund scho längst umbracht. Aber Sandra, bevor ich des vergess, da fällt mer nu was andres ei. Sacht dir der Knöllchen-Horst was?“

„Der wer? Knöllchen-Horst?“

„Genau.“

„Nein, keinen blassen Schimmer, wer oder was das sein soll.“

„Pass auf, besorg dir amol einen Zeitungsbericht vom 16. August, vo die Nordbayrischn Nachrichtn. Ihr junga Leit find doch sowas ganz bestimmt im Internet “

„Und was für einen?“

„Schwere Alkoholfahrt – Ampel umgefahren.“

„Und was soll da drinstehen?“

„Da liest du vo an Unfall und aner Autofahrt im Vollrausch, und dass die Polizei an anonyma Anruf kricht hat, bevor sie den Bsoffnen gestellt hat. Der Anrufer war der Knöllchen-Horst, und der Knöllchen-Horst war der Horst Jäschke aus Neuhaus, die verbrennte Leich aus Röttenbach.“

7

Sissi Lohmeier ist ausgebildete Fleischfachverkäuferin, keineswegs ihr Traumberuf. Aber damals, vor vielen Jahren in der Schule, war sie einfach ein faules Stück. Null Bock auf nichts. Trotzig, widerspenstig, faul und frech. Als sie nach etlichen Abmahnungen zuerst das Gymnasium und dann auch die Realschule verlassen musste, blieb ihr keine große Auswahl an sogenannten Traumberufen mehr. Ob sie allerdings wirklich jemals an einen Traumberuf dachte, darf bezweifelt werden. Dass sie überhaupt die Chance auf irgendeine abgeschlossene Berufsausbildung erhielt, hatte sie ausschließlich ihrer Mutter zu verdanken, die seit Jahren in einer großen Erlanger Metzgerei putzt. Mit vierundzwanzig Jahren konnte Sissi kein Hackfleisch, keine Schnitzel und keinen Schweinebraten mehr sehen. Sie schmiss ihren Job hin. Von dem verdienten Geld, welches sie noch nicht ausgegeben hatte, richtete sie sich eine Zweizimmerwohnung ein – zur Miete selbstverständlich. Sie sattelte um und wurde Prostituierte. Ihr erster Freier wurde der Sparkassenmitarbeiter in der Kreditabteilung, dem sie ein Darlehen in Höhe von zehntausend Euro abschwatzen konnte – der mit der starken Akne im Gesicht und den vielen Schuppen im Haar. Sissi brauchte noch etwas Geld für ein rundes Lotterbett und eine große Badewanne mit Whirlpoolmassage. Außerdem musste sie noch in feine Dessous und das eine und andere Sexspielzeug investieren. Sie war davon überzeugt, dass die heutigen Kunden experimentierfreudiger und verspielter sind als noch vor zwanzig Jahren. Dann inserierte sie. Das Geschäft lief gut an, denn attraktiv ist Sissi allemal. Es kann ihr keiner nachsagen, dass dem nicht so sei. Jetzt, mit neunundzwanzig Jahren, konnte sie nicht behaupten, dass ihr der Job Spaß machen würde, aber sie fand, es war dennoch leicht verdientes Geld, was ihr ihre Kunden da hinterließen. Mehr als zehn Jahre plante sie diesem Gewerbe allerdings nicht mehr nachzugehen. Mit vierzig, so stellte sie sich vor, hätte sie genug Geld auf der hohen Kante angesammelt, um für den Rest ihres Lebens ausgesorgt zu haben. Eine gewaltig naive Vorstellung, aber Sissi glaubte daran. Sie hatte nur ein riesiges Problem: Irgendwann müsste sie damit beginnen, Geld zu sparen. Es gab natürlich auch noch andere Möglichkeiten. Vielleicht würde sie doch noch einen attraktiven, reichen, netten jungen Mann kennenlernen, der sie auf Händen tragen würde. Einen Millionär vielleicht, mit Yacht und so. Sie hatte zwischenzeitlich zwar viele Stammkunden, aber ein Millionär war leider nicht darunter. Noch nicht. Dafür aber Hanni der Hammer. Nett und reich war er nicht. Im Gegenteil, er stank meistens nach Fisch. Doch daran hatte sie sich bereits gewöhnt. Hanni besuchte sie regelmäßig und zahlte auch immer ganz ordentlich. Er war wirklich ein guter Kunde, aber neben den bereits erwähnten Widrigkeiten nicht ganz normal, fand sie. Er liebte Rollenspiele über alles. Erst nachdem sie ihm nach einem seltsamen, langwierigen Ritual bestätigte, dass er der größte, beste und erfolgreichste Teichwirt im ganzen Aischgrund ist, war er zu sexuellen Leistungen fähig. Ein komischer Kauz, aber solange die Kasse klingelte, war ihr das egal. Morgen wollte er wieder vorbeikommen. Sollte sie das Karpfen- oder das Koikostüm bereitlegen? Er kannte beide noch nicht. Eine Überraschung, welche sie in ihrer Buchhaltung unter dem Titel *Customer Satisfaction* verbuchte. Sie entschied sich für den Karpfen.

*

Am Montag, den 25. August, hatte Jupp Hornauer sehr unangenehmen Besuch im Haus. Er konnte sich gar nicht vorstellen, was die Mordkommission überhaupt von ihm wollte. Zuerst befürchtete er, dass ihn schon wieder jemand verraten hatte. Dabei war er doch so vorsichtig gewesen, als er mit dem Wagen seiner Frau unterwegs war. Aber dass deswegen die Mordkommission bei ihm auftauchte? Nein, das konnte er sich doch nicht so richtig vorstellen. Dennoch, sie hatten anfänglich so komische Fragen gestellt. Er musste auf der Hut sein. „Herr Hornauer, besitzen Sie eigentlich einen Benzin-Reservekanister?“. „Herr Hornauer, können Sie uns sagen, wo Sie in der Nacht vom sechzehnten auf den siebzehnten August waren?“. Er musste nachdenken. Das Herz sackte ihm fast bis in die Magengrube. 16., 17. August? War er nicht an irgendeinem Tag in dem Dreh mit dem Opel seiner Frau drüben in Willersdorf beim Rittmayer gewesen? Er schwitzte Blut und Wasser. Das konnte er diesen Deppen doch nicht auf die Nase binden, auch wenn er nur vier Bierchen und zwei kleine Schnäpse zu sich genommen hatte. Quasi eine Lappalie an Alkoholkonsum. Er hatte ja vorher das XXL-Schnitzel bestellt. Das gab doch eine kräftige Unterlage im Magen. Er konnte sich nicht mehr genau erinnern, wann genau er beim Rittmayer war. Freitag? Samstag? Sonntag? Oder war er gar nicht in Willersdorf? Aber dann, nach diesem blöden Vorgeplänkel, kamen diese zwei Affen doch noch auf den Punkt.

„Herr Hornauer“, ließ dieser Hornochse von Kommissar die Katze aus dem Sack, „Sie hatten ja erst kürzlich diese leidige Alkoholfahrt. Ich weiß, dass das Verfahren gegen Sie eingeleitet ist und Ihnen daraus noch sehr unangenehme Konsequenzen erwachsen werden. In diesem Zusammenhang möchte ich gerne von Ihnen wissen, ob Sie den Neuhauser Teichwirt Horst Jäschke kennen?“

„Was soll denn etz des“, gab der Befragte von sich, „was hat denn der Jäschke mit dera Sach zu tun? Ja freilich kenn ich den Jäschkes Horst, oder ich muss ja besser sogn, ich hab ihn gekannt. A traurige Gschicht, die Sache mit dem Mord. Ich man, die bestn Freind warn wir ja grod net, was unsere Ansichtn über die Karpfenzüchterei angeht, aber suwas wünscht mer ja seim ärgstn Feind net.“

„Was meinen Sie denn damit, wenn Sie davon sprechen, dass Sie nicht die besten Freunde waren?“, hakte Sandra Millberger ein.

Was mischtn sich etz die Schnepfn a nu ei, ging es dem Jupp durch den Kopf, die sollt besser schaua, dass ihr Maul hält, die blede Dolln. „Na ja“, meinte er, „der Jäschkes Horst hat halt scho unterschiedliche Ansichtn ghabt, was die Aufzucht der Aischgründer Spiegelkarpfen angeht. Vo artgerechter Fischhaltung wollt der nix wissen. Profit, schneller Profit, des hat ihn halt umtriebn. Und auf den Kormoran, den Vogel des Jahres 2010, hat der a gschimpft wie ein Rohrspatz. Der frisst ihm die ganzn Fisch weg, hat er immer gsacht. Mich täts ja net wundern, wenn der Horst die Vögl net a innerhalb der Schonzeit gjacht hätt.“

„Ich muss vorerst bei Ihrer Alkoholfahrt bleiben, Herr Hornauer“, insistierte der Kommissar. „Sagt Ihnen der Spitzname Knöllchen-Horst etwas?“

„Ja freilich, des is doch, … war doch der Jäschkes Horst, der Lackaff. Der hat sich doch dauernd an Spaß draus gmacht, indem er Falschparker der Polizei gmeld hat.“

„Hat er Sie auch schon mal an die Polizei verraten?“, hakte jetzt Sandra Millberger nach. „Miech? Mich doch net. Mich hat der niemals erwischt, des Orschgsicht. Da hätt der scho viel früher aufsteh müssn.“

„Vielleicht täuschen Sie sich ja, Herr Hornauer. Vielleicht hat das Mordopfer Sie ja dabei beobachtet, als Sie frühmorgens, am vierzehnten August, in Uehlfeld besoffen aus der Brauerei Zwanzger getorkelt sind. Und vielleicht war ja er es, der die Polizei informiert hat?“

„Also Sie, etz beherrschen Sie sich aber fei in Ihrer Wortwahl. Getorkelt. Wer sacht denn, dass ich torkelt bin? Dann hätt ich ja nimmer Autofahrn kenna! Aber die Vermutung, die Sie da anstelln, trau ich dem Jäschke, dem Kreizkrüpplhund, scho zu."

„Das ist keine Vermutung, Herr Hornauer", wurde der Kommissar nun deutlicher, „das ist so. Das ist Tatsache, und das wissen Sie auch. Und, geben Sie es zu, das wurmt Sie immer noch gewaltig. Und da Sie ein emotionaler und nachtragender Mensch sind, der auch zu Gewalttaten neigt, kann ich mir gut vorstellen, dass Sie dem Horst Jäschke eins auswischen wollten. Sie beobachten ihn und finden irgendwie heraus, dass er am 16. August bei Johann Hammer eingeladen ist. Sie wissen auch, dass er absolut keinen Alkohol trinkt, wenn er am Steuer sitzt. Da unterscheidet er sich schon wieder von Ihnen. Also nehmen Sie an, dass er sich zu Fuß auf den Heimweg nach Neuhaus macht. Womit Sie nicht gerechnet haben, ist, dass es so spät werden würde. Sie lauern ihm seit Stunden auf und stellen ihn zur Rede. Ein Wort gibt das andere. Er verhöhnt Sie in seinem Suff, lacht Sie aus. Sie werden immer wütender, können sich nicht mehr in Zaum halten. Sie greifen zum Messer und stechen ihn von hinten nieder. Dann nehmen Sie erst richtig wahr, was Sie da angestellt haben. Sie geraten in Panik und zünden die Leiche an."

Jupp Hornauer wurde blasser und blasser. Er rang nach Luft. Die Schilderungen des Kommissars und der Verdacht, den dieser gerade ausgesprochen hatte, nahmen ihm den Atem.

„Geben Sie zu, dass Sie das Opfer auf dem Gewissen haben", setzte der Polizist das Tüpfelchen auf das i.

„Wie hätt ich denn nach Röttenbach kumma solln, Herr Kommissar, ich hab ja kan Führerschein mehr? Immer wenn ich etz wo hin muss, muss mich mei Frau foahrn. Des geht der etz scho aufn Wecker. Und außerdem, dass ich zu Gewalttaten neig, des ham Sie sich ganz schee aus Ihre Finger gsaugt. Eine Beleidigung meiner Charaktereigenschaften. A Baby im Alter vo zwa Monat is a Terrorist gegen mich."

„So, ein Terrorist? Im Vergleich zu Ihnen? Dann frage ich Sie: Wer hat letztes Jahr unserem früheren Landrat, dem Eberhard Bierlinger, die Reifen aufgeschlitzt, nur weil er sich, wie Sie meinten, nicht ausreichend für Ihre

Teichgenossenschaft eingesetzt hat? Wer wurde gerade noch rechtzeitig erwischt, bevor er dem Teichwirt Gisbert Holzmichl eintausendfünfhundert Liter Jauche in seinen Fischteich ablassen wollte? Und schließlich, um ein weiteres Beispiel zu nennen, wer hat gedroht, eine ganze Kolonie Kormorane an den Weihern vom Johann Hammer anzusiedeln?"

Jupp Hornauer lächelte süffisant. „Lauter klane Späßli, Herr Kommissar. Nix als Späßli."

„Herr Hornauer, wollen Sie mich verarschen? Soll ich deutlich werden? Der Wagen Ihrer Frau steht doch vor der Haustür. Von Krausenbechhofen nach Röttenbach ist es auch nur ein kurzer Sprung, und Feldwege abseits der öffentlichen Straßen gibt es genügend."

„Ich red nur noch über mein Anwalt", meinte Jupp Hornauer innerlich völlig aufgewühlt, lehnte sich in seinem Sessel zurück, und betrachtete das Gespräch als beendet. „Und etz wärs ganz schee, wenn Sie geh tätn", forderte er die beiden Beamten auf.

„Wir kommen wieder, Herr Hornauer", kündigte der Kommissar an, „und dann kann es ganz ungemütlich für Sie werden."

*

Jeder in Röttenbach, besser gesagt, jeder Einheimische in Röttenbach, kennt den Jupp Hochleitner. Der Jupp ist quasi das Röttenbacher Original. Als Rentner hat er nie Geld, ist notorisch knapp bei Kasse und ein Schmarotzer sondergleichen ist er auch. Überall, wo gerade etwas los ist, ist Jupp Hochleitner präsent. Egal ob es sich um eine Vereinsfeier handelt (er ist passives Mitglied in fünfundzwanzig Vereinen), eine lokale Wahlveranstaltung der örtlichen Parteien, eine Beerdigung oder ein Schafkopfrennen – Jupp Hochleitner ist immer dabei. Gerne ergattert er ein Freibier, ein Schnäpschen oder fungiert als Brunzkartler. Nun widerfuhr dem Jupp nach zwanzig Jahren Lottospiel eine große Glückssträhne. Fünftausenddreihundertsechsundsiebzig Euro und fünfundzwanzig Cent ergab die Quote für eine Fünf ohne Zusatzzahl. Jupp Hochleitner war auf dem Weg zu Josef Habermann in die Eggartenstraße. Der lag ihm schon lange in den Ohren wegen dieser nichtigen Angelegenheit. Heute passe es gerade. Der Jupp hatte Zeit, war gut drauf und das Wetter lud ebenfalls zu einem kurzen Spaziergang ein. Die Sonne schien von einem tiefblauen Röttenbacher Himmel, und überhaupt freute sich der Jupp immer noch über den unerwarteten Geldsegen.

Josef Habermann wartete unterdessen im Adamskostüm darauf, dass seine Frau, die Gabi, endlich die Dusche frei machte. „Hast ganz sche lang braucht", beschwerte er sich. Gabi, hatte sich gerade abgetrocknet, ihre Haare ausgekämmt und ihren Luxuskörper eingecremt, als die Haustürglocke anschlug. „Ich geh schnell runter", rief sie ihrem Mann zu, den in der Duschkabine bereits das brausende, warme Wasser umtoste. Flugs wickelte sie sich das große blaue Badetuch um, hielt es über ihren drallen Brüsten zusammen, stieg in ihre Badelatschen und tippelte die Treppe in das Erdgeschoss hinunter. Es klingelte schon wieder. „Ja, ja", rief sie, „ich komm ja scho." Wenige Augenblicke später öffnete sie die Haustüre. Es war nicht, wie vermutet, der Postbote. Draußen stand Jupp Hochleitner vor dem Hauseingang. „Jupp du bist es? So eine Überraschung. Mit dir hätt ich etz net grechnet. Was kann ich denn für dich tun?"

Jupp hatte die Situation sofort erfasst und stierte mit Interesse auf Gabi Habermann in ihrem blauen Badetuch. Sie verströmte einen herrlich frischen Fliederduft. Er genoss den Anblick. Nur das blaue Badetuch empfand er als störend.

„Der Sepp net do?", drang seine Stimme krächzend an Gabis Ohr.

„Der steht grad unter der Dusche", erhielt er zur Antwort. „Kummst halt später noch amol."

Die junge Frau wollte gerade die Tür wieder schließen, als der Jupp seinen ganzen Mut zusammennahm. Er spürte Gefühle. „Du Gabi, hübsch schaust aus. Wenn du dei Badetuch falln lassen tätest, tätst du vo mir fünfhundert Euro kriegn."

Gabi Habermann wusste im ersten Moment nicht, wie ihr geschah. Dieser alte Bock. Sollte sie einfach nur laut hinauslachen und Jupp ordentlich die Meinung sagen, oder sollte sie richtig böse mit ihm werden? Aber dann, schneller als sie ihre Gedanken sortieren konnte, griff Jupp in seine Hosentasche und holte fünf grüne Scheine hervor. Er rieb die fünf Hunderter zwischen Daumen und Zeigefinger hin und her. Die fünf Scheine waren nagelneu und knisterten verlockend. Meinte es der Jupp wirklich ehrlich? „Fünfhundert Euro“, wiederholte er. „Bloß kurz schaua“, meinte er und bekam dabei rote Ohren, „dann ghert des Geld dir.“ Gabi Habermann war verunsichert und kämpfte mit sich. Sie sah sich kurz um. Dann ließ sie mit einem Ruck ihr Badetuch auf den Boden gleiten. Jupp Hochleitner sprangen fast die Pupillen aus den Augen. Er klotzte sie von oben bis unten an, dann reichte er ihr die fünfhundert Euro, drehte sich um und schlich sich mit einem breiten Grinsen auf den Lippen davon. Schnell nahm Gabi ihr Badetuch wieder auf und verhüllte züchtig ihren nackten Luxuskörper. Was sie mit fünfhundert Euro alles machen konnte, überlegte sie sich auf dem Weg nach oben ins Badezimmer. Ihr Mann stand fertig geduscht vor dem Badezimmerspiegel und bürstete seine Haare. „Wer war es denn?“, fragte er neugierig.

„War bloß der alte Jupp Hochleitner, der Schlack. Wollte mit dir redn. Ich denk, der kummt später nochmals vorbei“, meinte Gabi.

„Der Sauhund“, regte sich Josef Habermann sichtlich auf, „und von den fünfhundert Euro, die er mir no schuldet, hat der Hundskrüppel überhaupt nix gsacht?“

8

Johann Hammer lag nicht nur mit seiner Tochter Chantal wegen ihres türkischen Freundes im Clinch – viel mehr Sorgen bereitete ihm sein jüngerer Bruder Jens, seitdem der sich dazu bekannt hatte, schwul zu sein. Es war gerade mal ein Jahr her, als Hanni der Hammer seiner Tochter einen außerordentlichen Gefallen tat, indem er ihr gestattete, ihren achtzehnten Geburtstag ausgiebig zu feiern. Die ganze bucklige Verwandtschaft war anwesend und fraß sich auf seine Kosten durch: Tante Eva-Maria mit ihrem alten, geizigen Grantler Karl-Josef und den beiden Töchtern Anneliese und Doris, Onkel Albert (Gott sei Dank war seine Alte letztes Jahr verstorben – ein Esser weniger), Tante Clothilde mit ihrem Lover und Chantals beste Freundin Brigitte mit dem fetten Arsch. Ihren Onkel Jens hatte Chantal ebenfalls eingeladen. Sie mochte ihn. Er war ganz anders als ihr Vater, immer nett und hilfsbereit, und er hatte stets ein Ohr für ihre Sorgen. Ein richtiger Kumpel, der auch überhaupt nichts gegen Jlkan hatte. Die beiden kannten und mochten sich. Es geschah beim gemeinsamen Abendessen, das ihre Mutter zubereitet hatte. Tafelspitz in Meerrettichsoße mit Blaukraut, Salzkartoffeln und Preiselbeeren, Chantals Leibgericht. „Sach amol Jens", begann ihr Vater das Gespräch, während er auf einem Stück Fleisch herumkaute, „was mir scho seit ewichn Zeitn auffällt und was ich dich scho immer fragen hab wolln: Du hast doch noch nie a Freindin ghabt, mit deine achtaverzich Joahr. Jedenfalls hab ichs net mitkricht. Willst der net endlich ane anschaffn? Oder bist du am End schwul", setzte er scherzhaft hinzu. Dem Angesprochenen blieb das Blaukraut im Hals stecken und er bekam einen Hustenanfall. Er konnte gar nicht über die Bemerkung seines Bruders lachen. Betreten sah er zu Boden und schwieg. Niemand sprach mehr ein Wort. Jeder wartete auf eine Antwort und alle Blicke waren auf Onkel Jens gerichtet. Die Luft im Zimmer knisterte vor Spannung. Man hätte die berühmte Nadel fallen hören. „Was soll etz des?", brummte Johann Hammer, weil er keine Antwort bekam. Dann ging ihm ein Licht auf. Mit ungläubigen Augen wiederholte er seine Frage: „Sach bloß, du bist tatsächlich a warmer Bruder? Du, als Lehrer am Gymnasium? Als Lehrer für Sport und Kunst? Ja, was soll denn des? Was manst du, was passiert, wenn des die Eltern vo deine Schüler erfahrn. Dann kannst dein Beruf an den Nagl hänga, des sach ich dir. So a Schand, und des in meiner Familie. Mei Bruder, a Höchstadter Stadtrat bei die Freia Wähler, a Schwuler! Ja bist du denn nu gscheit? Wenn des bekannt wird, was machstn dann? Wenn mich aner anspricht, ich schäm mich ja in Grund und Bodn. Denk doch amol nach! Streng dei Hirn doch amol an! Jana hasts ghert? Hast ghert Jana?", sprach er seine Frau an, „dei Schwager is a Schwuler. Was sachdn do die katholische Kergn dazu? Des is doch a Sind, odder net? Soll ich dir a Fra besorgn, die du amol richtig hernehma kannst?

„Papa!", rief Chantal ermahnend dazwischen.

„Weils doch wahr is. Vielleicht kummt er dann auf den richtichn Gschmack."

Johann Hammer erinnerte sich, als wäre es gestern gewesen. Sein Bruder stand wortlos vom Tisch auf, legte seine Serviette auf den Stuhl, umarmte mit einem „Ruf mich an“ seine Nichte Chantal und verließ grußlos den Raum. Jana Hammer bekreuzigte sich und griff zu einem ihrer Rosenkränze.

„Gebenedeit bist du unter den Frauen und gebenedeit ist die Frucht deines Leibes“, murmelte sie und rieb ihren Rosenkranz zwischen Daumen und Zeigefinger. Chantal brach in Tränen aus, warf ihrem Vater einen hasserfüllten Blick zu und flüchtete in ihr Zimmer. Er sah sich irritiert um. Die hatten alle einen Vogel. Da deckte er endlich ein lang schwelendes Problem auf, sprach deutliche Worte, hielt seinem Bruder den Spiegel der Wahrheit vors Gesicht, machte einen konkreten Vorschlag, das Problem einer Lösung zuzuführen, und dann war er plötzlich wieder mal der böse Buhmann. Die bucklige Verwandtschaft sah nur betreten zu Boden. Er verstand die Welt nicht mehr. Waren denn alle außer ihm verrückt? Gott sei Dank hatte Sissi heute für ihn Zeit. Sollte er Jens vielleicht doch mal zu Sissi mitnehmen? Wäre bestimmt nicht verkehrt.

*

Heino Wassermann, Vorsitzender des Vereins Umwelt und Tierisches Leben e.V. Hemhofen-Röttenbach, schob schon seit Jahren puren Frust ohne Ende. Der Elektroingenieur arbeitete für eine große, international tätige Firma in Erlangen und haderte mit seinem einsamen Leben. Es ging nichts voran, weder im Beruf noch im Verein. Mit seinen fünfunddreißig Jahren gurkte er gehaltsmäßig immer noch im Tarifkreis herum. Andere, viel jünger und unerfahrener als er, Arschlöcher, Schleimscheißer, Radfahrer und Leute ohne Eier in der Hose überholten ihn mit links. Er hatte aber auch einen Scheißjob. Sein Vorgesetzter, dieser Fettwanst und Dampfplauderer, wollte ihn unbedingt für dieses blödsinnige StUB-Projekt einsetzen. Er wollte aber nicht, er war gegen diese Straßenbahn, die künftig von Nürnberg über Erlangen bis nach Herzogenaurach rollen sollte. So ein Quatsch. Umwelttechnisch okay, damit hatte er keine Probleme. An und für sich eine saubere Sache, aber finanztechnisch eine Katastrophe sondergleichen. Weder die Stadt noch der Landkreis konnten sich dieses Projekt leisten. Es gab noch nicht einmal eine betriebswirtschaftliche Kalkulation, nur Schätzungen. Und die waren getürkt. Was so ein Vorhaben später im Betrieb kosten würde, davon hatten die wenigsten nur den geringsten blassen Schimmer. Er verstand diese Politiker nicht. Die hatten keine Ahnung, was da auf sie und ihre Bürger zukommen würde Und genau das war seine größte Sorge, dass nämlich wieder die Bürger an diesem finanziellen Wahnsinn beteiligt werden würden und die Suppe auslöffeln durften. Dass die Nürnberger VGN GmbH die Straßenbahnlinie gerne bis nach Erlangen und Herzogenaurach verlängern möchte, war ihm klar. Sie würde sich eine goldene Nase dabei verdienen. Den Betrieb der Straßenbahnen würde sie gerne übernehmen und die Wartung des Systems. Die Differenz zwischen Einnahmen und Kosten wollten die Nürnberger sich mit dem Landkreis und der Stadt Erlangen teilen. Er, Heino Wassermann, hatte die Strategie längst durchschaut: Jeden Euro an Mehraufwand würden die verrechnen und dabei ordentlich draufschlagen. „Die würden sich gesund stoßen", flüsterte er vor sich hin, „und die Erlanger und wir Deppen im Landkreis können bluten wie die Ochsen, bloß weil die Herzogenauracher so eine Scheiß-Straßenbahn wollen." Die Arbeit im Verein machte ihm mehr Spaß, wenngleich auch hier Sachthemen viel zu langsam vorangingen. Es gab sie eben überall, diese Zauderer, Ewigdiskutierer und Siebengescheiten. Genau wie in der Firma. Am meisten stanken ihm diese besserwisserischen Preußen. Genau wie bei Siemens. Jeder hatte eine andere Meinung und jeder glaubte, er habe recht. Dabei lagen die wichtigsten Themen des Vereins doch klar auf der Hand – erstens: artgerechte Fischhaltung und -züchtung, zweitens: ganzjähriger Schutz des Kormorans, drittens: keine Überdüngung der Felder und Äcker. Was hatte er sich schon persönlich mit diesen Querköpfen von Teichwirten und Bauern angelegt. Aber er würde sie schon noch kleinkriegen. Die würden sich noch wundern. Er plante eine konzertierte Aktion, gemeinsam mit dem Bayerischen Landesamt für Landwirtschaft, der Außenstelle für Karpfenteichwirtschaft in Höchstadt an der Aisch. Benno Unterholz, den Leiter der Außenstelle, hatte er schon auf seiner Seite. Der neue Landrat der CSU, dieser Gerhard Trittweich, wollte sich auch engagieren. Aber mit dem hatte er ein anderes emotionales Problem. Der war für dieses StUB-Projekt. Auch so ein Traumtänzer. Mit solchen Leuten hatte er meistens ein Problem. Tatjana Rübensiehl, die kleine Dicke vom Bund Naturschutz Röttenbach, hatte ihm ihre Unterstützung bereits zugesagt. Die konnte um sich beißen wie ein Terrier. Margot Segmeier, den menschgewordenen Spiegelkarpfen, hakte er geistig ab. Die interessierte sich nur für die steigende Anzahl der Übernachtungen und die Akzeptanz ihres Ferienprogramms. Nein, die konnte er nicht gebrauchen. Die Genossenschaft Aischgründer Spiegelkarpfen war auf dem richtigen Weg mit ihrer erfolgreichen Zertifizierung. Blöd nur, dass der Hornauer mit seiner Alkoholfahrt dem Ansehen der Organisation geschadet hat. Er würde mal mit Waldemar Keller, dem neuen Vorstandsvorsitzenden, sprechen. Oder hatte der Hornauer die Fäden immer noch in der Hand? Dem traute er alles zu. Ach, es gab noch so viel zu tun.

*

Ulrich Fürmann beobachtete, wie der unfreundliche Mann sein Haus verließ, sich hinter das Steuer seines Jeeps schmiss und losfuhr. Vom nahen Kirchturm schlug es einundzwanzig Uhr. Die Sonne war bereits vor einer Stunde untergegangen, aber er wollte noch etwas warten, bis es ganz dunkel wurde und auch das Restlicht des Tages endgültig der Nacht gewichen war. Dann, so hatte er sich vorgenommen, wollte er sich über den Brünnleinsgraben auf das Grundstück schleichen und sehen, ob er da etwas zum Essen fand. Die Gartenlaube sah vielversprechend aus. Er hörte das ununterbrochene Froschgequake von den nahen Weihern und vernahm, wie sein Magen im Dreivierteltakt dazu rumorte. Zehn Minuten nachdem der unfreundliche Hausherr das Anwesen verlassen hatte, winselte ein roter Fiat 500 heulend um die Kurve, hielt am Straßenrand und hupte. Zwei Minuten später sprang die Tochter des Hauses durch die offene Gartentür, riss die Tür des Wagens auf und ließ sich auf den Beifahrersitz plumpsen. Küsschen links, Küsschen rechts. Der Fiat wendete und fuhr davon. „Sehr gut“, flüsterte der Obdachlose, „jetzt ist nur noch die Alte zuhause.“ In seinem Magen rumorte es schon wieder. Er hatte Hunger wie ein Wolf.

Nach einer weiteren halben Stunde lief er die Jahnstraße zurück zur Hauptstraße, passierte das Café Beck, welches dunkel und verlassen links vor ihm lag, und bog nach dem nächsten Weiher links in einen Feldweg ein. Sein alter Rucksack hing leer und schlaff auf seinem Rücken. Die Wiesen, die er durchlief, dufteten herrlich nach frisch geschnittenem Gras, welches bereits die zärtliche Feuchtigkeit der Nacht annahm. Schnelle Schatten flogen lautlos in Zick-Zack-Kurven über ihm hinweg – Fledermäuse. Ein Heer von Wasserfröschen hatte sich im Schilf der kleinen Weiherkette versteckt und gab in der Dunkelheit ein atemberaubendes Konzert. Sie beherrschten verschiedene Instrumente. Ulrich Fürmann war sich ganz sicher, ein paar Oboen herauszuhören. Sie hoben sich von den hohen Querflöten ab. Ein tiefer Bass schlug ganz in seiner Nähe, und da war auch noch das monotone Streichen der vielen Geigen. Ein kleines Käuzchen rief in die Nacht und bekundete seinen Beifall. Die nachtaktiven Grillen in der geschnittenen Wiese begleiteten das Froschkonzert mit ihrem hellen Zirpen. Der Landstreicher überquerte den schmalen Brünnleinsgraben, stieg auf der anderen Seite den kurzen, steilen Hang hinauf und betrat den Garten von Hanni dem Hammer von der rückwärtigen Seite. Die Gartenlaube lag in der Finsternis zweier hoher Fichten, welche den Blick zum Wohnhaus verwehrten. Ulrich Fürmann bewegte sich langsam und vorsichtig vorwärts, wohlwissend, dass die Nacht jedes unbedachte Geräusch verstärkte. Er musste aufpassen, musste jeden unnötigen Lärm vermeiden, der seine Anwesenheit verraten konnte. Er tastete sich im diffusen Licht des Halbmondes vor. Schritt für Schritt näherte er sich der Gartenlaube. Seine rechte Hand lag bereits auf der Türklinke. Langsam drückte er sie nach unten. Ein leises Quietschen ertönte. „Die könnte auch mal geölt werden“, ging es ihm durch den Kopf. Vorsichtig schlich er sich in das Innere und schloss die Türe mit Bedacht hinter sich. Er blieb stehen, legte das rechte Ohr an das Türblatt und lauschte nochmals nach draußen. Nichts. Dann griff er in seine Hosentasche, holte eine Minitaschenlampe hervor und schaltete sie ein. Die Lichtstärke entsprach ungefähr der eines stärkeren Schlüssellochsuchers. In einer Ecke stand ein hoher Kasten, der leise vor sich hin summte. Ein Kühlschrank. Links daneben eine Eckbank im Bauernstil, die einen rustikalen Holztisch einrahmte. Zwei Stühle waren darunter geschoben. Auf der anderen Seite befand sich ein Dreisitzer-Sofa. Zwei Kissen lagen aufeinander. Darüber an der Wand hingen zwei gerahmte Fotos, welche den unfreundlichen Hausherrn mit kapitalen Karpfen in den Händen zeigten. Grimmig blickte er in die Kamera. Knapp unter der Holzdecke umlief ein Holzregal drei der vier Wände, auf dem in Reih und Glied Bierkrüge und -gläser aufgestellt waren, und dann stand da noch, gegenüber vom Kühlschrank, eine Holzkommode mit einer Quer-Schublade und zwei Türen darunter. Die Laube wirkte aufgeräumt und sauber. Sicher ein Verdienst der Hausfrau. Ulrich Fürmann inspizierte als Erstes die Kommode und zog die Schublade auf. Messer, Gabel, Flaschenöffner, Grillbesteck, Korkenzieher, alles lag darin, fein säuberlich in einzelne Fächern aufgeteilt. Er erahnte bereits, was sich hinter den Türen des Möbels verbarg: Teller in verschiedenen Größen, Holzbretter zum Schneiden, Salz, Pfeffer, edelsüß Paprika und sonstige Gewürze. Der Eindringling war davon überzeugt, dass ihn auch der Inhalt des Kühlschranks nicht enttäuschen würde. Vorsichtig öffnete er die Tür. Helles Licht schlug ihm entgegen. Und tatsächlich: Ganz oben standen Gewürzgurken, Cocktailsaucen, Joghurts, Senf und Sahnemeerrettich, im mittleren Fach lag eine herrlich duftende Salami, gebratene Hackfleischküchle waren auf einem Kuchenteller angerichtet, Wienerle, eingewickelt in Papier, lachten dem Landstreicher genauso entgegen wie ein Ring Stadtwurst und geschnittener kalter Braten. Das unterste Fach war gefüllt mit gekühlten Bierflaschen, die horizontal aufeinander gelagert waren. In den Seitenfächern der Kühlschranktür steckten eine volle Flasche Williams, eine halbvolle Flasche Schlehengeist und eine angebrochene Ketchup-Flasche. In einem kleinen Fach darüber lagerten eine Butterdose und abgepackte Scheiben von Emmentaler. Dem Obdachlosen lief das Wasser im Mund zusammen. Schlaraffenland pur. Schließlich fand er auf der Kommode noch eine halb abgebrannte Kerze und einen Brotkasten. Dann ließ er sich auf einem der Stühle nieder, nachdem er vorher Teller, Besteck, Bierkrug, Salami, Gewürzgurken und noch mehr auf dem Wachstischtuch des Holztisches arrangiert hatte, und begann genussvoll zu essen. Wieder musste er darüber nachdenken, was er am frühen Morgen des siebzehnten August gesehen hatte, als er in einem der Rohbauten in der Siedlung Am Sonnenhang übernachtete. Zwei Gestalten schleiften im matten Mondlicht ein undefinierbares Etwas – war es ein alter Teppich, ein längliches Paket? – ein kurzes Stück auf ein Feld. Kurz danach brannte ein Feuer. Noch immer war dieser seltsame, penetrante Geruch in seinem Kopf, der sich wie ein Nebel über die Felder ausbreitete und bis zu ihm in den Rohbau drang. Neugierig war er schon gewesen, in Erfahrung zu bringen, was da vor sich hin brannte und schwelte. Es roch wie verbranntes Fleisch, aber er war viel zu müde gewesen, sein Nachtlager zu verlassen. Er hatte sich wieder auf seine schäbige Luftmatratze gekuschelt und seine leichte Decke über sich geworfen. Obwohl ihn dieser Gestank wirklich gestört hatte, war er doch bald wieder eingeschlafen. Erst am frühen Morgen hatten ihn unzählige, dröhnende Polizeisirenen geweckt. Mit einem Auge hatte er aus dem fensterlosen Rohbau gelugt. Polizisten, soweit das Auge reichte. Das konnte nichts Gutes bedeuten. Obwohl er nichts verbrochen hatte, hatte er sich mucksmäuschenstill verhalten. Mit der Staatsgewalt hatte er in den letzten Jahren ausnahmslos schlechte Erfahrungen gesammelt. Die brauchte er so unnötig wie einen Kropf am Hals.

Benno Führmann kehrte gedanklich in die Gegenwart zurück. Er war satt und zufrieden. Bevor er sich hier aus dem Staub machte und in seinen Rohbau zurückkehrte, wollte er noch sehen, was alles in seinen leeren Rucksack passte. Für die nächsten Tage brauchte er sich um seine Verpflegung keine Sorgen zu machen.

*

Fritz Amon, der Nachbar von Johann Hammer, hätte den Fleischsalat mit der Mayonnaise nicht mehr essen sollen. Die sah schon etwas ranzig aus. Aber die Reue kam zu spät. Drei Tage stand der Plastikbehälter in der Küche herum. Er hatte einfach vergessen, ihn in den Kühlschrank zu stellen. Aber wirft man denn so einen delikaten Fleischsalat einfach weg, nur weil er versehentlich hinter den Toaster geraten und dort vergessen worden war? Mitnichten.

Nun konnte er lamentieren und klagen wie er wollte. Bereits zum zweiten Mal innerhalb einer halben Stunde saß er auf der Toilette. Schmerzen plagten seine Gedärme. In ihm rumorte und gärte es wie in einem Zwei-Megawatt-Biogaskraftwerk. Er hatte das Gefühl, als liefe es aus ihm heraus wie aus einem Güllefass. Und dieser Gestank. Furchtbar. Er musste das Fenster öffnen, sonst würde er sich noch selbst vergasen. War da nicht eine Bewegung, drüben in Nachbars Garten, als der Mond kurz hinter der Wolke hervorgekrochen kam? Oder täuschte er sich? Halluzinierte er schon? Hatte ihn sein eigener Gestank schon so sehr die Sinne vernebelt? Ein leises Quietschen. Wieder starrte er in die Finsternis, hielt den Atem an und lauschte durch das gekippte Fenster den Geräuschen der Nacht. Dann sah er Maunz, seinen Kater, der mit glühenden Augen zu ihm herauf sah. Fritz Amons Anspannung fiel mit einem Schlag von ihm ab. Schnell tippelte er mit herabgelassener Hose und einem Rumoren im Bauch zurück zur Toilettenschüssel und ließ sich mit einem schmerzvollen „Ah!“ auf dem Brillenrand nieder. Gerade noch rechtzeitig. Es ging schon wieder los. „Nie mehr verdorbenen Fleischsalat“, schwor er sich.

*

Sissi empfing ihren Freier, wie er es liebte. Sie hatte sich eine dünne Latexmaske mit dem Gesicht eines Karpfens über den Kopf gestülpt, welche sie über das Internet in der Schweiz bestellt hatte. Achtundvierzig Euro hatte das Ding gekostet. Koi, Kormoran oder Wildkarpfen standen zur Auswahl. Sie hatte sich für den Wildkarpfen und den Koi entschieden. Die Maske reichte ihr vorne bis in den Halsansatz und hinten bis in den Nacken. Links und rechts am Hals standen zwei Flossen ab, die hin und her wabbelten, wenn sie den Kopf bewegte. Die Nasenlöcher und die Augen waren frei. Der Mund war zu einer kussförmigen Schnauze geformt, mit ausgeprägten Fischlippen. Sissis restlicher Körper steckte in einem eng anliegenden, ebenfalls dunklen Kostüm mit Schuppen rundum und einem aus Schaumstoff eingearbeiteten, hohen Karpfen-Buckel, auf dem eine große Flosse hin und her schaukelte.

„Ja suuuuper!“, jubilierte Hanni der Hammer, als er sie so vor sich sah. Unter dem engen Kostüm zeichneten sich die dünnen Ränder eines String-Tangas ab. Oben herum drückten sich zwei mächtige Bälle gegen den geschlossenen Reißverschluss. „Des schaut ja geil aus", applaudierte Hanni der Lover. „Da werd ich ja gleich spitz wie Nachbars Lumpi."

„Gefall ich dir?", gurrte sie.

„Und wie", bestätigte Johann Hammer, „an dir tät sich jeder Kormoran verschluckn."

„Dann komm doch her, mein wilder Fischräuber und zeigs mir."

„Langsam, langsam, so schnell schießn die Preißn net", wehrte er ab, „da muss ich erst mei Anglrutn rausholn."

„Sprichst du vo einer Angelrutn odder vo deim klan Wurm?", reizte ihn Sissi der Karpfen.

„Pass na auf, dassd di net dran derschluckst."

„Oh, größter Teichwirt aus dem Land der tausend Weiher, Herrscher über zehntausend Karpfen, Schrecken der gefräßigen Fischräuber, streichle meine Kiemen, massiere meine Schuppen und bringe meinen Leib zu wollüstigen Zuckungen. Wirf deine Angelrute aus, damit ich mir den kostbaren Köder schnappen kann."

„Mensch, machst du mich geil", grunzte Hanni der Hammer schweratmig und riss sich sein Hemd vom Leib. Dann stellte er sich breitbeinig vor Sissi und forderte sie auf: „Lass den Aal aus der Reuse."

9

Sandra Millberger und Kunigunde Holzmann hatten vereinbart, sich mindestens ein Mal in der Woche anzurufen, um sich gegenseitig über die neuesten Entwicklungen in dem Mordfall zu informieren und nächste Schritte abzustimmen. Es war Freitag, der 29. August, als Kunni zum Telefonhörer griff.

„Sandra Millberger, hallo Tante Kunni."

„Woher waßtn etz du, dass ich anruf?", staunte die Röttenbacherin.

„Weil ich deine Telefonnummer auf meinem Display sehe, ganz einfach", erklärte die Polizistin.

„Ich hab bloß a Drehscheibn. So modern wie du bin ich nu net. Sach amol Sandra, gibts bei eich was Neis?"

„Nicht viel“, meinte diese. „Dass die Kleidung – ich meine der Hut und die Jeansjacke – die der Ermordete getragen hat, dem Hammer gehören, hat sich mittlerweile bestätigt. Ansonsten hat sich nicht viel getan. Ach ja, das Opfer wurde mit einem sehr spitzen Gegenstand erstochen, bevor es in Brand gesetzt wurde, von hinten mit einem einzigen, präzisen Stich mitten ins Herz.“ Dann erzählte sie Kunni noch von ihrem Besuch bei Jupp Hornauer.

„Des is a Batzi, der Hornauer“, warnte sie die Kunni. „Mit dem musst aufpassen, dem derfst nix glabn, wenn der sei Maul aufmacht lücht er wie gedruckt. Sei Fra is kurzfristich auszogn – zu ihrer altn, krankn Mutter – nachdem der im Suff sei Auto an die Ampl gsetzt hat.“

„Uns hat er erklärt, dass ihn jetzt seine Frau überall hinfährt, seitdem ihm der Führerschein entzogen wurde.“

„Soch ich doch, der lücht, wie tausend nackerte Necher. Aber Sandra, vielleicht hat der Mord goar net dem Jäschkes Horst gegoltn?“

„Wie meinst du das, Tante Kunni?“

„Ganz einfach. Stell dir vor, der Knöllchen-Horst verlässt mittn in der Nacht dem Hammer sein Gartn, mit dem Hammer sein Hut aufn Kopf und dem Hammer seiner beigen Jeansjackn. Es is stockfinster. Der Jäschkes Horst is net recht viel klenner als der Hanni Hammer. Bloß kürzere Arm hat er. Also verwechseln könnt mer die zwa scho in der Nacht. Vor allem mit der Jackn und dem Hut vom Hammer. Stell dir amol vor, jemand will dem Hammer was Bös antu und net dem Jäschke. Tät der gleich merkn, wen er da vor sich hat? Mittn in der Nacht? Ich glab net!“

„Ich überlege gerade“, kam es zaudernd durch den Telefonhörer, „wahrscheinlich hast du recht, Tante Kunni. Ich stelle mir gerade vor, dass der Mörder kaum Zeit hatte, sich zu vergewissern, wen genau er da vor sich hatte. Der hatte seinem Opfer bestimmt nicht ins Gesicht gesehen. Und dann, als er seinen Irrtum erkennt, beschließt er aus einer gewissen Panik heraus, das Opfer bis zur Unkenntlichkeit zu verstümmeln, und zündet es an. Ich denke, wir müssen bei unseren Ermittlungen umdenken und auch diese Möglichkeit in Betracht ziehen. Du hast mal möglicherweise wieder den richtigen Riecher, Tante Kunni. Was würden wir bloß ohne dich tun. Ich spreche gleich mal mit dem Gerald.“

„Aber andererseits, Sandra“, sinnierte die Kunni weiter, „wenn ich mir des recht überlech, der Hammer und der Holzmichl, die hättn vielleicht a nix dagegn, dass der Jäschke ins Gras beißt …“

„Du überrascht mich schon wieder, Tante Kunni?“ Sandra Millberger war hellwach.

„Na ja, die zwa Kotzbrocken wolln unbedingt die größtn Karpfenzüchter in dera Gegend wern und ham ein riesiges Interesse, dem Jäschkes Horst seine Karpfenweiher in Neuhaus abzukafn. Die zwa ham den Horst scho oft gfracht, des waß ich. A mit seiner Frau, der Hanna ham die zwa sich scho öfters drüber unterhaltn. Die hätt goar nix dagegen, wenn ihr Mo mit dera Ärwert aufhörn und die Weiher verkafn tät. *Ich möchet mir a amol a weng die Welt oschaua*, solls scho öfters gsacht ham. *Etz bin i fünfafufzig Joahr. Mei Mo wird scho bald dreiasechzig. Unser ganz Lebn ham wir bloß gärwert, aber solang mei Mo mit dera Karpfnzüchterei net aufhört, kannst des vergessn.*“

„Aber bringt man deswegen jemanden um?“, wunderte sich die Sandra.

„Da hats scho viel wenicher triftige Gründ geben, jemanden umzubringa“, klärte sie die Kunni auf.

„War der Jupp Hornauer auch an den Weihern von dem Horst Jäschke interessiert?“, spann die Polizistin den Faden weiter, „der will doch bestimmt der größte Teichwirt im Aischgrund bleiben?“

„Da kannst du auch recht ham, Sandra. Der Horst hätt dem Hornauer sei Weiher niemals verkaft. Niemals! Aber etz, wo der tot is?“

„Also doch der Hornauer?“

*

Für die beiden Teichwirte, Johann Hammer und Bertl Holzmichl, war der Käs so gut wie gegessen. Sie hatten beschlossen, die Gunst der Stunde wiedermal zu nutzen. Mit Hanna Jäschke waren sie sich bereits handelseinig geworden. Hanna war richtig froh darüber, dass sie die fünf Karpfenweiher losbekam. Zumindest hatte sie sich so artikuliert. Sobald das Erbe für rechtskräftig erklärt werden würde, wollten sie noch am selben Tag den Kaufvertrag mit ihr unterschreiben. So war es ausgemacht. Doch das war nur der eine Teil ihrer Strategie. Gerade saßen sie in Röhrach, in der Gaststätte Jägersruh, und tüftelten über den Inhalt eines Rundbriefes, den sie an die einhundert wirtschaftlich stärksten Karpfenzüchter im Aischgrund verfassen wollten und welche noch nicht der verhassten Genossenschaft beigetreten waren. Das sollten sie auch weiterhin nicht. „Wir werden diese Saubande vo der Genossenschaft ausbluten lassen“, schwor sich der Bertl laut, „die werdn noch schaua, wos bleibn, mit ihre a.d.A.-Karpfen.“

„Psst, net so laut!“, ermahnte ihn der Hanni, „Feind hört vielleicht mit. Waß mers, wer do alles rumhockt. Paul“, rief er dem Wirt am Tresen zu, „bring uns nu zwa Williams, dann denkt sichs leichter.“

Zwei Tische weiter saß Jupp Hochleitner. Er hatte gerade auf dem Stuhl von Manni Drummer Platz genommen, weil der mal zum Pieseln musste und der Meiers Schorsch, der Gumberts Sepp und der Bierfelders Holger, die drei anderen Schafkopfer, das Spiel nicht unterbrechen wollten. „Horch, du Brunzkartler“, hatte ihn der Manni nochmals ermahnt, „spiel net wieder so riskant, wie du des meistens machst, gell. Sunst warst du des letzte Mal Brunzkartler. Denk dro, des is mei Geld in dem Schüsserla. Net deins. Bin gleich widder da.“

„Lass der na Zeit“, beruhigte ihn der Jupp. „Die ziehch ich etz aus, dass nern die Ohrn schlackern. Wennst vom Schiffen zruck bist, quillt dei Schüsserla über. Werst scho sehn.“ Er nahm seine ersten drei Karten auf: der Schelln Buckel, der Alte und die Blaue, die Grün-Sau. „Raus glecht is“, verkündete er, schaute in die Runde und verdoppelte damit das Spiel.

„Is fei scho a Doppelts“, verkündete der Schorsch, der auch Ausspieler war.

„Vo jedm Dorf an Köter“, stöhnte der Gumberts Sepp, nachdem er seine zweiten Karten aufgenommen hatte.

Der Jupp zog unterdessen seine vierte Karte. Der Rote. Dann kam der Schelln-Zehner und schließlich noch die Eichel-Ass. „Zefix“, schimpfte er, „die hat mir grad nu gfehlt.“

„Drückt di was?“, stichelte der Bierfelders Holger.

„Scheiß drauf“, meinte der Jupp. „Tät spieln. Schelln sticht. Schorsch, du kummst raus!“ Doch bevor der Schorsch noch seine Finger am Blatt zum Ausspielen hatte, schrie der Holger: „Kriegst a Spritzn, Jupp!“ Der Jupp zuckte zusammen. Ihm ahnte nichts Gutes.

„A Fehl werst scho ham, wenn ich mei Kartn so oschau", meinte der Schorsch und klatschte die Eichel-Zehn auf die Tischplatte.

„A Eichl habbi net", kommentierte der Sepp und schmierte seine Grün-Sau ab.

„So ein Scheiß", rief der Jupp wütend und gab seine Eichel-Ass dazu.

„Da ghert die Odlmannsquatschn drauf", rief der Holger gut gelaunt. „Dreiaverzg Augn", frohlockte er.

„Etz macht ihr eh kann Stich mehr", gab sich der Jupp zuversichtlich, doch man merkte ihm an, dass er seinen eigenen Worten selbst nicht so recht traute.

„Wennst manst", ärgerte ihn der Holger und spielte Trumpf, seine Schelln-Neun aus.

„Wenn ich so beinander wär wie du, könnt ich a schpritzn", gab sich der Jupp bereits halb geschlagen. Er musste einen Ober setzen. Nur der Schelln-König fiel, kein einziger Unter. Verzweifelt spielte der Jupp das Spiel zu Ende. Es geschah aber kein Wunder mehr.

„Vierzig Euro pro Mann und Maus", rechnete der Sepp schnell vor. „Da werd si der Manni aber gfreia."

„Wie kannst denn du des Solo ohne Unter spieln?", warf ihm der Drummers Manni vor, als er wieder vom Pieseln zurück war.

„Wenn die Trümpf a weng ausanander gstandn wärn …", versuchte sich der Jupp zu rechtfertigen.

„Wenn, wenn, … wenn der Hund net gschissn hätt, hätt er den Hosn derwischt", wies ihn der Manni ärgerlich zurecht. „Glab bloß net, dass ich dir dafür a nu an Schnaps spendier. Geh nüber zu die zwa Karpfenbauern. Die hecken sowieso scho widder was aus."

„Na, Jupp", kam prompt die Antwort vom Nachbartisch, „bleib ner du, wost bist. Wir kenna dich bei unserer wichtign Ärwert fei net brauchn. Des was wir grad machen is moderne Kommunikationskunst auf höchstem Rang."

„Auf allerhöchstem", schickte Hanni der Hammer hinterher. „Wennst drübn hocken bleibst, bei die Schafkopfer, spendiern wir dir sugoar an Schlehengeist."

*

Liebe Freunde der Karpfenzuchtkunst, liebe Kormoranfeinde,

unser lieber Freund, Knöllchen-Horst ist von uns gegangen. Durch Mörderhand. Wir fragen uns, wer ihn auf dem Gewissen hat. Doch wie wir auch darüber nachdenken, uns fällt nur eine Antwort ein: Er fiel einem teuflischen Komplott, einem Racheakt aus niedrigsten Beweggründen zum Opfer. Wir kennen die Mörderhand, doch wir nennen sie hier nicht. Ihr kennt den gemeinen und niederträchtigen Mörder auch. Niedertracht, Eigenbereicherung und Betrug waren schon immer und sind nachwievor seine Lebensinhalte. Er lebt mitten unter uns und versucht uns alle in sein Spinnennetz zu locken, um uns auf Dauer, einen nach dem anderen, zu vernichten. Sein Spinnennetz ist seine Organisation, die er im Laufe der Zeit hauptsächlich für sich geschaffen hat. Lasst euch nicht täuschen, auch wenn er nun nicht mehr im Zentrum seiner selbst erschaffenen Organisation sitzt, er webt immer noch seine Fäden und wird die anderen Spinnen, die ihm in sein Netz gefolgt sind, eine nach der anderen auffressen. Nehmt euch vor den klebrigen Fäden in Acht, die er immer noch spinnt.

Wir wollen diesem Ungeheuer den Garaus machen. Unterstützt uns dabei. Sprecht mit uns, bevor es zu spät ist, bevor euch sein Giftstachel getroffen hat und ihr rettungslos verloren seid.

„Waß damit eigentlich jeder, wen wir überhaupt mana und worums überhaupt geht?", zweifelte der Bertl den Inhalt des Rundbriefes an, „oder solltn wir net deutlicher werdn?"

„Dass wir den Hornauer als den Mörder vom Jäschkes Horst verdächtign, könna wir doch net so offn reinschreibn", gab Hanni der Hammer zu bedenken.

„Des is scho klar", gab ihm der Bertl recht, „aber was wir da zammgschriebn ham, des könnst genauso gut an die Bäckerinnung oder an den Vatikan schickn. Da wird doch kaner draus schlau, was wir überhaupt wolln. Kein Wort von Karpfenzucht, vo die Kormoran oder der Scheiß-Genossenschaft. A weng deutlicher müss mer scho werdn." Johann Hammer stöhnte. Nachdem er den gemeinsamen schriftlichen Erguss nochmals durchgelesen hatte, musste er den Argumenten seines Freundes im Grunde recht geben.

„Dann fang mer halt noch amol an."

Nebenan, am Tisch der Schafkopfer, ging es hoch her. Der Drummers Manni hatte als Ausspieler einen Herz-Tout mit fünf Laufenden gespielt und natürlich gewonnen – und das bei einem eh schon gedoppelten Spiel. „Siehgstes, Jupp, so macht mer des“, ging er den Röttenbacher an.

„Mit fünf Laufende kann des a jeder Depp“, gab der zurück. „Des kost di aber etz scho a Schnäpsla“, setzte er auffordernd hinzu.

„Mindestens, wenn net sogar an doppeltn Willi“, klagten auch die drei Verlierer des Spiels.

„Paul“, rief Manni Drummer, der sich nicht lumpen lassen wollte, dem Wirt zu, „fünf doppelte Willi. Und dene zwa Karpfen-Quäler stellst a zwa Schnäps hin. Auf meine Rechnung. Seids etz unter die Schriftsteller ganga“, rief er zum Nebentisch hinüber. „Oder schreibts scho eure Memoiren?“

„Wolln Sie den Karpfen blau essen?, fracht der Wirt den Gast. Na, sacht der, bringens mir erst den Fisch, und dann den Schnaps!“ Die vier Kartelbrüder hieben sich grölend auf die Oberschenkel über den Witz, den der Bierfelders Holger gerissen hatte.

„Kennt ihr den scho?“, fuhr der Holger fort. „Drei Aischgründer Fischbauern streiten si, wer von ihna der Faulste is. Sacht der Erste: Neili hab ich an Zwanzger gfunna, aber ich hab den net aufghobn, war zu faul zum Buckn. Mant der Zweite: Des is ja gar nix. Ich hab bei an Preisausschreibn a Auto gwunna, aber ich habs net abgholt, war zu faul dazu. Der Dritte sacht: Vor aner Wochn, beim Karpfenangeln, hab ich zwa Stunden ununterbrochen bloß gschria. Hab mir beim Hinsetzn in dem Klappstuhl meine Eier einklemmt, aber, ob ihr des glabt oder net, ich war einfach zu faul zum Aufsteh.“

„Prost ihr zwa“, rief der Drummers Manni zum Nebentisch hinüber und hielt sein Schnapsglas mit dem Williams-Christ hoch, „auf euer Wohl.“

„Manni“, erwiderte Hanni der Hammer und trank sein Schnapsglas leer, „ihr wisst scho, dass ihr net zu lang Schafkopfn sollt, sonst gehts eich wie dem Bauers Sepp.“

„Wie is es denn dem Bauers Sepp ganga?“, wollte der Manni wissen.

„Des war a so ein süchtiger Schafkopfer, wie du. Früh um halba dreia war der so bsoffn, dass der nimmer aufsteh hat kenna. Alsn der Wirt auf seine Füß gstellt hat, is der umgfalln. Drei Mal hats der Wirt probiert. Drei Mal is der Sepp umgfalln. Dann hat er beschlossn, ham zu krabbeln. Am nächsten Toch wirft ihm sei Fra vor, dass er stinkbsuffn gwesen sei muss. Warum?, mant der Sepp. Na ja, sacht sei Fra, der Wirt vom Goldna Hirschn hat mi angrufen und hat mer erzählt, dass du drei Mal umgfalln bist und dass du dein Rollstuhl in der Wirtschaft vergessn hast."

*

Liebe Fischzüchter im Aischgrund, liebe Kollegen,

wie ihr alle wisst, ist unser Kamerad Horst Jäschke (seine Seele ruhe in Frieden) einem feigen Mordanschlag zum Opfer gefallen. In unserem Landkreis war er auch unter seinem Spitznamen „Knöllchen-Horst" bekannt. Ob sein Hobby – Falschparker anzuzeigen – bei jedermann Gefallen gefunden hat, sei dahingestellt. In den frühen Morgenstunden des 14. Augusts übertrieb er es wohl, als er den ehemaligen Vorstandsvorsitzenden der Genossenschaft Aischgründer Spiegelkarpfen bei einer schweren Alkoholfahrt erwischte und ihn der Landpolizei Höchstadt an der Aisch meldete. Wie gesagt, es lässt sich darüber unterschiedlicher Meinung sein, ob dieses Verhalten ehrenhaft war oder nicht. Andererseits ist es auch nicht nur ein Kavaliersdelikt, wenn man durch unverhältnismäßig hohen Alkoholkonsum sich und andere Verkehrsteilnehmer gefährdet. Unser Kamerad hat diese Aktion um nur wenige Tage überlebt. In der Nacht vom 16. auf den 17. August wurde er in Röttenbach auf gemeine Weise hinterrücks erstochen. Seitdem fragen wir uns: Wer ist sein Mörder? Warum wurde Horst Jäschke umgebracht? Wer könnte auf ihn einen derartigen Hass gehabt haben, ihn zu töten?

Nun, uns fällt dazu nur ein Name ein, aber wir sprechen ihn nicht aus. Bis vor Kurzem hat diese Person – unter dem Deckmantel einer guten Sache – noch ihr eigenes Spinnennetz gewoben. Es geht um Marktbeherrschung, Preisdiktat und mafiaähnliche Verhältnisse. Auch die Camorra liebt es, ihre Feinde zu vernichten, wenn diese ihr in die Quere kommen und sich gegen ihr Spiel auflehnen, wie auch Horst Jäschke es getan hat. Auch wir spielen dieses Spiel nicht mit. Sind wir deshalb die nächsten Opfer? Nur wenn wir alle gemeinsam zusammenhalten, schaffen wir es, den organisierten Sumpf auszutrocknen. Tragt auch Ihr euren Anteil dazu bei. Sprecht mit uns!

Johann Hammer *Bertl Holzmichl*

P.S.: Am Mittwoch, den 3. September 2014, um 19:00 Uhr, wollen wir uns in Röhrach im Gasthof Jägersruh treffen, um über Abwehrmaßnahmen gegen den Kormoran zu beraten und Erfahrungen auszutauschen. Wer Zeit hat, ist gerne willkommen.

Hanni der Hammer und sein Kumpan Bertl hatten sich nach stundenlanger Arbeit endlich auf den Inhalt ihres Rundbriefes geeinigt. Einhundert Kopien hatten sie bei Copy-Müller anfertigen lassen und in einer gemeinsamen Aktion am 1.September einhundert Teichwirten im Landkreis persönlich in ihre Briekästen geworfen.

10

Natürlich schlug der Rundbrief der beiden Teichwirte nicht nur bei den einhundert direkten Empfängern wie eine Bombe ein. Er wurde vielfach kopiert und verteilt. Am 3. September wurde er im Netz veröffentlicht, und jeder, der davon wusste, konnte ihn lesen. Jupp Hornauer raste vor Wut. Diese beiden Idioten bezichtigten ihn des Mordes und stellten ihn mit einem Mafia-Boss auf eine Ebene. Er überlegte, ob er nicht rechtlich gegen sie vorgehen sollte. Sein Anwalt riet ihm ab. „Sie haben keine ausreichend rechtliche Handhabe gegenüber den beiden“, beurteilte er die Situation. „Die haben das ganz geschickt gemacht. Jeder, der im Geschäft ist, weiß, was Sache ist, aber direkt beschuldigt haben die beiden Sie nicht. Lassen Sie die Sache im Sande verlaufen.“

*

Auch Heino Wassermann hielt den Brief in der Hand. Er war stinksauer. Nicht weil darin indirekt der ehemalige Vorstandsvorsitzende der Genossenschaft Aischgründer Spiegelkarpfen aus niedrigen Beweggründen des Mordes bezichtigt wurde, sondern weil versteckt auch zum Widerstand gegen eine artgerechte Fischzüchtung aufgerufen wurde. Heino kannte seine Pappenheimer. Er war schon oft mit Hanni dem Hammer und Bertl Holzmichl in Streit geraten. Zudem beschuldigte er die beiden im Stillen, auch gegen die Kormoranverordnung zu verstoßen. Er konnte zwar nichts beweisen, aber es sollte mit dem Teufel zugehen, wenn die beiden Karpfenbauern den Vogel nicht auch innerhalb der offiziellen Schonfrist jagten. Erst kürzlich hatte er, ganz in der Nähe des Tiefweihers, ein erschossenes Tier in einem Gebüsch vorgefunden. Gut, es war noch keine Schonzeit, aber ein verantwortungsvoller Jäger wirft einen Tierkadaver nicht einfach achtlos in ein Gebüsch am Waldrand. Er wusste, dass der Tiefweiher dem Hammer gehörte. Das Gewässer strotzte nur so von K2-Karpfen. Von wegen artgerechte Karpfenzüchtung. Er hatte sich vorgenommen, die beiden im Auge zu behalten.

*

Margot Segmeier saß in ihrem Höchstadter Büro und las den Rundbrief auf dem Bildschirm ihres Notebooks. Ganz verstanden hatte sie die geschilderten Zusammenhänge nicht. Vielmehr gingen ihr die Begriffe wie *Alkoholfahrt, Mord, mafiaähnliche Verhältnisse, Camorra* und *Tatort* durch den Kopf. Eine Idee keimte in ihrem Kleinhirn. Sie konnte sie bloß noch nicht so richtig konkretisieren, aber sie ahnte, dass sie gerade vor einem ganz großen Wurf stand. Sie war schier am Verzweifeln. Die zündende Idee wollte sich einfach nicht einstellen. Dabei war sie nahe dran. Das spürte sie. Dann fiel ihr Blick auf die Tageszeitung, die auf ihrem Schreibtisch lag. *Krimi-Dinner werden immer beliebter*, las sie. Und plötzlich fiel es ihr wie Schuppen von den Augen. Das war es. Das war die zündende Idee. Sie war sich sicher, das würde einschlagen wie eine Bombe. Sie räumte sämtliche Utensilien von ihrem Schreibtisch, griff sich Papier und Bleistift, druckte den Rundbrief der beiden Karpfenzüchter aus, sowie den Zeitungsartikel der Nordbayerischen Nachrichten vom 16. August *Schwere Alkoholfahrt – Ampel umgefahren*. Sodann gab sie in ihren Computer die Orte *Uehlfeld, Höchstadt an der Aisch, Gremsdorf, Krausenbechhofen* und *Röttenbach* ein und druckte die google-Landkarten ebenfalls auf DIN-A4-Papier aus. Sie breitete die Dokumente auf ihrem Schreibtisch aus, überlegte kurz, und schon huschte ihr Bleistift über die erste leere Seite ihres Notizblockes. *Konzept: Morde – Tatorte – Dem Mörder auf der Spur*, stand da. *Action: Detektei gründen – In*

Ferienprogramm integrieren – Werbung, kritzelte sie darunter. Noch purzelten die Gedanken etwas ungeordnet in ihrem Kopf durcheinander, aber sie nahmen Gestalt an, fügten sich allmählich wie ein Puzzle ineinander. Mann, das wird der Hammer. Das wird einmalig werden in Deutschland. Sie war gerade dabei, einen neuen Benchmark für die Touristikbranche zu setzen. *Online* schrieb sie noch auf ihren Zettel und *RTL?* Franken, Franken über alles!

*

Selbst Jens Hammer wusste über den Rundbrief seines Bruders Bescheid. Ein Stadtratskollege der Freien Wähler hatte ihm eine Kopie mit der Bemerkung „Unmöglich“ in die Hand gedrückt. Seit Johann ihn vor etwas über einem Jahr vor der ganzen Verwandtschaft bloßgestellt hatte, hatte er sich bei ihm nicht mehr gemeldet. Auch seinem langjährigen Freund und Lebensgefährten Bastian Wirth, einem sehr erfolgreichen Nürnberger Innenarchitekten, hatte er damals von dem Vorfall erzählt.

„So ein taktloser, intoleranter, verbohrter Mensch“, hatte sich Bastian erbost. „Dem würde ich liebend gern persönlich den Marsch blasen.“ Bastian Wirth war mit seinen vierundvierzig Jahren etwas jünger als Jens Hammer, und nach vier Jahren reiner Wochenendbeziehungen noch immer, wie am ersten Tag, in ihn verliebt. Wie oft hatte er seinen Freund schon gebeten, sich endlich zu outen, aber da stieß er bei ihm bis heute auf taube Ohren. „Basti, wenn das raus kommt, kann ich meinen Beruf vergessen“, argumentierte Jens auch heute noch.

„Na und, dann steigst du bei mir mit ins Geschäft ein“, hatte er ihm schon so oft vorgeschlagen. Doch noch war Jens nicht so weit. Basti merkte natürlich, dass sein Lebensgefährte extrem unter der schlechten Beziehung zu seinem konservativen Bruder litt. Ein Trost, dass die nette und hübsche Chantal regelmäßigen Kontakt zu ihrem Onkel hielt, doch Hanni dem Hammer hätte er am liebsten den Kragen umgedreht.

*

Chantal schämte sich für ihren Vater, als ihr Onkel Jens von dem Brief erzählte. Das war mal wieder typisch Papa: Rumpoltern und um sich schlagen. Ohne Kopf und ohne Hirn. Immer drauf auf die anderen. Sie sehnte den Tag herbei, an dem sie ihr Elternhaus verlassen konnte. Doch wenn es soweit wäre, würde sie ein schlechtes Gewissen haben. Das wusste sie. Wie konnte sie Mama diesem Teufel in Menschengestalt allein überlassen? Doch am meisten litt sie unter der Tatsache, dass ihr Freund Jlkan im Haus nicht gelitten war. Ständig mussten sie sich heimlich treffen. Alleine wenn der Name Jlkan fiel, wurde ihr Vater zur rasenden Wildsau. Erst letzte Woche erzählte sie ihrer Mutter von Jlkan. Wie exzellent er sein Abitur gemeistert hatte. Dann kam für ihn die Enttäuschung. Sein Vater, erzkonservativ bis zum Gehtnichtmehr, wollte nicht, dass er Medizin studiert. Kfz-Mechaniker sollte er werden. Widerwillig trat Jlkan eine Lehre an, nur seinem Vater zuliebe. „Das ist bei uns so", hatte Jlkan ihr erklärt, „das liegt in unserer Kultur. Vater und Mutter bestimmen unser Leben, selbst wenn wir längst erwachsen sind. Was Vater sagt, gilt." Ein halbes Jahr später war sein Vater tot. Bauchspeicheldrüsenkrebs. Jlkan sprach nochmals mit seiner Mutter und seinen Geschwistern. Sprach erneut von seiner Berufung zur Medizin und auch davon, dass er sich dem Kampf gegen diese heimtückische Krankheit stellen wolle, an der Vater gestorben war. Wenige Monate später meldete er sich für das im Oktober beginnende Wintersemester an. Mit einem Abi-Durchschnitt von 14 Punkten hatte er keine Probleme mit dem Numerus clausus. Heute befand sich Jlkan bereits im achten Semester. Den vorklinischen Teil seines Studiums hatte er längst hinter sich, und es sah nicht danach aus, dass Jlkan länger als die Regelstudienzeit von zwölf Semestern und drei Monaten benötigen würde, um schließlich seine Approbation zu erhalten. Chantal konnte nicht erkennen, ob ihre Mutter alles begriff, was sie ihr über Jlkan erzählte. Ein anderer verstand sehr wohl. Ihr Vater stand im Türrahmen und lauschte ihren Worten. „Wie lange stehst du schon da?", fauchte sie ihn an.

„Lang gnuch, um aus deiner Erzählung entnehma zu könna, dass du des mit dem Kümmeltürkn offensichtlich ernst manst", polterte er los. „Des ane sag ich dir: Da wird nix draus. Des kannst du dir abschminkn. A Türk kummt mir net ins Haus. Mir langt scho der warme Bruder in unserer

Verwandtschaft. Und wenn ich den Turbanträger nochmal um unser Haus streichen seh, dann hau ich dem sowas ins Kreiz nei, dass er mant, a Elefant hätt ihn troffen. Des kannst du ihm ruhig ausrichtn."

*

Jana Hammer fühlte sich wie immer leer und ausgebrannt, als sie das Stück Papier auf dem Schreibtisch ihres Mannes fand, welches von ihm und Bertl Holzmichl unterschrieben war. Sie las es aufmerksam durch. „Zu Gott hinken die Leute, zum Teufel laufen sie", murmelte sie vor sich hin. Das Leben, welches sie seit Jahren führte, kotzte sie an. Dass sie ihren Mann vor fünfundzwanzig Jahren geheiratet hatte, war ihr größter Fehler gewesen. Dafür hätte sie sich selbst heute noch jeden Tag ohrfeigen können. *Einsam fühle ich mich, wenn ich eine Hand suche, aber nur Fäuste finde,* stand in ihrem Gebetbuch geschrieben. „Manchmal wünsche ich mir, dass mich der Herr heimholt, denn meine Seele ist so leer", hatte sie vor Kurzem dem Gemeindepfarrer gebeichtet. „Soll ich mit ihm reden?", hatte sich der Pfarrer angeboten? „Es hat keinen Zweck", hatte sie ihm geantwortet. „Besser nicht. Sein Name steht sowieso nicht im Buch des Lebens. Sehen Sie, Herr Pfarrer, fast täglich vollzieht er die sieben Todsünden und es macht ihm nicht das Geringste aus. Um seine Ziele zu erreichen, würde er zu jedem Zeitpunkt Götzen oder das Tier anbeten. Auf dem Papier ist er auch ein katholischer Christ und er zahlt nach wie vor Kirchensteuer, aber wahren Glauben lehnt er kategorisch ab. Macht bedeutet ihm alles, er ist der geborene Diktator, andere zu unterdrücken erfreut ihn. Ich glaube, er würde auch vor deren Tod nicht zurückschrecken. Dass er zu Prostituierten geht und für seine Begierden bezahlt, weiß ich. Ihm sind alle Mittel recht, wenn sie ihm Vorteile bringen. Für Geld und Macht ist er zu jeder Lüge bereit. Das ist mein Mann. Ersparen Sie sich ein Gespräch mit ihm. Er wird im Feuersee enden."

Ihre Tochter Chantal war das Einzige, was ihr in ihrem Leben noch wichtig war. Für ihren Mann empfand sie nur noch ein Gefühl des Hasses, eigentlich existierte er für sie nicht mehr. Gut, sie lebte mit ihm unter einem Dach, sprach mit ihm, wenn er etwas wollte, kochte für ihn, wusch seine Schmutzwäsche und hielt den Haushalt sauber. Aber das war's auch. Sie brach keinen Streit vom Zaun. Das hatte sie längst aufgegeben. Sie wusste, sie würde den Kürzeren ziehen. Es war die Sache nicht wert. Am liebsten war es ihr, wenn Johann nicht zuhause war. Dann konnte sie sich ins Wohnzimmer zurückziehen und in der Bibel lesen. Das war ihr Leben, aus dem sie jeden Tag so gerne ausgebrochen wäre. Chantal wurde von Tag zu Tag selbständiger. Sie ging ihren eigenen Weg. Dieser Jlkan war ein netter Kerl. Immer höflich und freundlich. Sie wünschte den beiden das Allerbeste.

*

Die Stimmung war aufgeladen im Gasthof Jägersruh in Röhrach. Dreiundsechzig Karpfenbauern diskutierten hitzig über den Saukrüppel des Jahres, den Kormoran. „Fufzich Prozent vo meine Fisch hams weggfressn, die Teiflsfregger", erboste sich der Sauers Michl aus Dachsbach.

„Fufzich Prozent? Bloß?", vergewisserte sich der Krupps Peter aus Poppenwind, „da hast du ja no Glück ghabt, bei mir sens achtzig Prozent."

„Weil deine Weiher im Naturschutzgebiet liegn", gab der Sauers Michl zurück, „da hams a längere Schonzeit, die Viecher."

„Schonzeit, Schonzeit", mischte sich der Welkers Gerd in die Diskussion ein, „der Schadn kummt net vo unsere Kormoran, der kummt vo dene Hundskrüpplviecher, die aufm Durchzuch bei uns sen."

„Was manstn du mich Durchzuch?" Der Krupps Peter hatte das Problem noch nicht voll verstanden.

„Des sen die Vögl, die im Februar und März aus ihre Winterquartiere in ihre Brutreviere, drobn bei die Preißn, zurückfliegn", wusste der Welkers Gerd. „Hunderte, tausende fliegn über unsre Weiher und legn a Pause ei. Trupps vo hunnertfufzich Vögl sen ka Seltenheit. Der Klimawandl is schuld. Mier ham doch kane Winter mehr. Die Weiher sen a net zugfrorn. Do sterzn die sich aus der Luft auf unsre Fisch und räuma auf. Mei Fisch ham scho Panik, die versteckn si scho in Abflussrohrn. Des sen Angstreaktiona. Des is a Phänomen, wie ichs bis etz nunni gsehn hab. Da machst der fei scho Gedankn, ob sich des Gschäft überhaupt no lohnt."

„Und dann kummt da a nu die dahergschissne Genossenschaft und faslt vo artgerechter Karpfenhaltung“, meinte Bertl Holzmichl, der gerade am Tisch vorbeikam.

„Des is alles dem Hornauer sei Schuld“, pflichtete ihm der Sauers Michl bei, „der hat vor Joahrn mit dem Bledsinn ogfangt.“

„Was machtn eigentlich der gegn die Fischräuber?“, wollte der Wirths Georg aus Dachsbach wissen, der sich bisher aus der Diskussion herausgehalten hatte, „ Krausenbechhofen is doch a a Naturschutzgebiet, der muss doch des gleiche Problem ham wie wir. Da geltn doch a verlängerte Schonzeitn.“

„Goar nix“, wusste der Welkers Gerd, „dem seine Fisch moch der Kormoran net.“

„Und warum net?“, wollte der Krupps Peter wissen.

„Die sen zu mocher“, erklärte der Welkers Gerd, „da is nix dro, weil der die artgerecht füttert. Dem seine Fisch sen ja krachrappldürr, und schmeckn tuns wahrscheinli a net.“

„Net amol dem Kormoran“, wieherte der Krupps Peter.

„Jedenfalls is des Ganze a schener großer Scheiß“, kam der Sauers Michl wieder auf das eigentliche Thema zurück.

„Hast no mehr zu klagn?, Michl“, fragte ihn ihn der Welkers Gerd.

„Frali. Mehr als die Hälft vo meine K2-Karpfen kann ich a vergessn. Die tragn Verletzunga vo dene bledn Vögl. Schaua aus wie Dracula nach an Boxkampf mit Doktor Mabuse. Die werd ich als Speisefisch woahrscheinli goar nemmer verkafn könna.“

11

Der Hornauers Jupp konnte nicht an sich halten. Trotz des Rates, den ihm sein Anwalt gegeben hatte. Er musste reagieren, die indirekte, aber klare Anschuldigung konnte er nicht so ohne Weiteres auf sich sitzen lassen. Diese zwei Deppen hatten ihn zum Mörder abgestempelt. Der Jupp wandte sich an die Zeitung. Am Donnerstag, den 4. September 2014, wurde das Schreiben, welches Hanni der Hammer und Bertl Holzmichl an einhundert

Teichwirte im Landkreis verteilt hatten, in den Nordbayerischen Nachrichten abgedruckt. *Infame Beschuldigung – Rufmord auf unterstem Level* verkündete die Schlagzeile.

Kunigunde Holzmann las den dazugehörigen Artikel während des Frühstücks. „Was habt ihr zwa Arschlöcher denn euch dabei wieder denkt?“, murmelte sie vor sich hin und schenkte sich die zweite Tasse Kaffee ein. Dann nahm sie ihr Telefon mit zum Frühstückstisch und wählte eine örtliche Nummer.

„Johann Hammer“, ertönte eine feste, tiefe Stimme aus dem Hörer.

„Hier spricht die Kunni. Die Kunni Holzmann.“

„Ja, die Kunni. Leck mich am Arsch. Was gibt mir denn die Ehre, dass du mich anrufst?“, wollte Hanni der Hammer wissen.

„Hams eich, den Bertl und dir, in letzter Zeit ins Hirn nei brunzt, odder seid ihr vo selber so bled?“, raunzte sie durch den Hörer.

„Wieso, was isn passiert“, kam nach einer Weile die Gegenfrage.

„Was isn passiert, was isn passiert? Wisst ihr zwa Deppen net, was ihr angstellt habt mit eierm Brief?“

„Na, was denn?“

„Der Hornauers Jupp, der dreht den Spieß etz um und erzählt überall, dass ihr zwa Deppen den Jäschkes Horst umbracht habt.“

„So a Quatsch“, erregte sich Johann Hammer am Telefon, „warum solln wir den Horst umbringa? Wir ham überhaupt kann Grund dafür.“

„Habt ihr scho!“

„Ham wir net!“, kam es zurück.

„Der Hornauer“, fuhr die Kunni fort, „hat überall seine Spione und Spetzl. Die ham ihm erzählt, dass ihr der Hanna, der Witwe vom Horst, alle fünf Weiher abkafn wollt. Der Horst wollt net verkafn, und drum habt ihr den abgmurkst. Die Sach mit die Weiher sei scho gregelt, haßts. Doch da wär ich mir an eirer Stell nimmer so sicher.“

„Warum net? Is doch scho alles unter Dach und Fach. Alles paletti. Hast doch grad selber gsacht.“

„Warum sie dem Horst seine Weiher an seine Mörder verkaft, hat der Hornauers Jupp die Hanna gfracht. Und wie viel sie dafür gricht. Was, so wenich?, hat er drauf zu ihr gsacht. Da kriegst vo mir zehntausend Euro mehr."

„Der Sauhund, der elendige", schrie Hanni der Hammer ins Telefon. „Den mach ich kalt. Dem ramm ich mei Jagdmesser vo hinten nei, dass vorn widder rauskummt."

„Langsam, langsam, Berschla", riet ihm die Kunni, „so eine Aussach tät die Kripo aber auch interessiern. Bei der Gelegenheit, hast du dir scho mal überlecht, dass der Mordanschlag auch dir gegoltn hät könna?"

„Mir?"

Kunigunde Holzmann fühlte, wie Johann Hammer am Telefon ins Grübeln geriet.

„Warum mir?", wollte er wissen.

„Denk halt nach. Streng dei Gehirn mal a weng an. Was hatn der Jäschkes Horst anghabt, in dera Nacht?"

„Mei Jeansjackn habin gebn und mein Hut, weils ganz sche abkühlt hat und der Horst noch an weitn Weg vor sich ghabt hat, aber des waßt du doch."

„Aha", brummte die Kunni, „und warum soll dann der Mörder angnumma ham, dass des der Jäschkes Horst is, der da die Schulstraß entlang läuft, und net der Hanni Hammer?"

„Weil, … weil, …"

„Gell, do fällt dir nix Gscheits drauf ei", triumphierte die Kunni. „Es hilft nix, wir müssn nomal mitanander redn. Wann hastn Zeit?"

„Hm. Heit Nachmittag, wennst kannst."

„Ich geh sowieso zum Friedhof, dann schau ich bei dir vorbei."

*

Nachmittags um halb vier überquerte die Kunni, vom Friedhof kommend, die Hauptstraße und lief gerade aus in der Jahnstraße weiter. Ein Junge mit einem kleinen schwarzen Brett in der Hand stand auf dem Gehsteig. Sie schätzte ihn auf vierzehn, fünfzehn Jahre. Erst beim Näherkommen erkannte sie ihn. „Ja, du bist doch der Linus", sprach sie ihn an, „dem Amons Fritz sei Bu. Du bist aber gwachsn. Hätt dich fast net erkannt. Was machstn mit dem schwarzn Brett da? Warum fuchtelst denn damit so rum?“

„Des is ka Brett“, erwiderte Linus mit heller Stimme, „des is a Eipädd!“

„Was is des?“

„A Eipädd“, wiederholte der Junge.

„Und was macht mer mit an Eipädd?“, wollte die Kunni wissen.

Linus streckte die rechte Hand senkrecht in die Luft und deutete auf ein riesiges Insekt.

„Jesses, a Viech!“, erschreckte sich die Kunni, „und was für ein Drumm.“ Sie schaute nach oben und hielt sich die ausgestreckte rechte Hand gegen die Augenbrauen, um ihre Augen gegen die grelle Sonne zu schützen. „Und was für a große Libelln“, sprach sie mehr zu sich selbst. Dreißig Meter über ihr schwirrte und surrte das Ungetüm. Sie sah schattenhafte Flügel, die in rasender Geschwindigkeit durch die Luft wirbelten. Die Beine von dem Ungetüm mussten verkümmert sein. Sie sahen aus wie die Kufen eines Hubschraubers. Unter den rotierenden Flügeln hing der dicke schwarze Leib dieses Ungeheuers.

„Des is ka Libelln“, klärte sie Linus auf, „des is mei Kamera-Drohne.“

„Dei was?“

„Mei Kamera-Drohne. Sollis amol landn lassn?“ Linus wartete erst gar keine Antwort ab. Er wischte auf seinem schwarzen Brett herum, tippte mal hier und mal da hin, und langsam stieg das Ungeheuer vom sonnenbeschienen Himmel herab und landete genau vor Kunnis Füßen.

„Etz leckst mi aber scho“, stieß sie hervor und betrachtete das seltsame Plastik-Ungetüm. „Is des a fliegender Foto?“

„Hm, so ungefähr“, bestätigte Linus, „des da“, und dabei kniete er sich hin und deutete auf den Bauch des Ungeheuers, „is die Kamera. Die filmt alles, was ich aufnehma will. Des is a Full-HD-Kamera mit aner Drei-Achsen-Stabilisierung. Die macht vierzehn Megapixel-Aufnahma, mit Sensor Image Reprojection ohne Distortion. Als Film odder als Foto. Die Drohne steuer ich mit einer Äpp für mein Täbled. Freefleit 3 haßts, die Äpp. Is für iOS, Ändroid und Windous Phone verfügbar. Das Ding hat einen Anti-Vibration-Algorithmus, zwei Dual-Band-Antennen und zwei Frequenzen, 2,4 GigaHertz und 5,0 GigaHertz. Toll, gell?“

„Des hab ich etz alles verstanden", antwortete ihm die Kunni, „is ja alles ganz iesi, nä? Etz muss ich aber weiter. Zu eiern Nachbern, dem Hanni Hammer."

„Der wäscht grad sein Jeep vor seiner Garage", teilte ihr Linus mit.

„Woher willst etz du des wissen?"

Linus Amon grinste und deutete auf seine Kamera-Drohne, deren kleine Plastikpropeller wieder zu rotieren begannen. Immer schneller drehten sie sich um die eigene Achse und schon schwebte dieses seltsame Fluggerät wieder senkrecht in die Luft. Linus Amon wischte auf seinem schwarzen Brett herum und plötzlich schlug die Drohne einen Haken und folgte Kunigunde Holzmann. „Was heitzutoch net alles gibt", wunderte die sich, „muss ich mich doch amol erkundigen, wos so eine Äpp zum Kafn gibt. Ob ich dann auch so ein schwarzes Brett brauch? Da tät ich der Retta sche was vorwischen, auf meim Eipädd."

*

Wie Linus schon prophezeit hatte, stand Hanni der Hammer in seiner Garageneinfahrt und wusch seinen Pkw. Die vier Türen und die Heckklappe standen offen. Selbst die Motorhaube war hochgeklappt. Auf dem Pflaster lagen die Gummimatten, ein Staubsauger, dessen Stromkabel aus den Tiefen der Garage kam, und zwei mit Wasser gefüllte Eimer standen herum. „Grüß Gott, Hanni, bin ich zu früh dran?", grüßte sie den Hausherrn, der im Blaumann die Scheibenwischanlage im Motorraum seines Jeeps nachfüllte.

„Kunni, du bist es. Na, kein Problem. Ich kann auch unterbrechn und später weitermachn."

„Hast an Großputztach?"

„Net su schlimm, aber des Auto hat schlimm ausgschaut. Dreckich wie a Hoserorsch. So kann ich des dem Bertl net überlassen. Da schämst di ja."

„Warum, hat der ka eigens Auto?", fragte die Kunni nach.

„Scho, aber kans mit Anhängerkupplung. Und an Hänger hat der a net. Morgen frieh will er nach Buch bei Weisendorf fahrn. A Bekannter hat an altn Biedermeier-Schrank. Den will er sich holn. Für sei Büro. Und da hat er mich halt gfracht, ob ich ihm mei Auto und den Hänger leiha tät. Was macht mer net alles für sei gute Freind."

„Is die Jana auch da?", fragte die Kunni neugierig.

„Des net. Die is mit der Kirchngemeinde nach Vierzehnheiligen gfahrn. Die machen da heit Exerzitien. Frag mi net, was des is. Heit Abend kummts widder ham."

„Des tät dir amol net schadn, Exerzitien", meinte die Kunni, „am besten gleich die Ignatianischen Exerzitien."

„Die Igna…, was?"

„Gehmer nei ins Haus", meinte die Kunni, „bei dir is eh Hopfen und Malz verlorn."

12

Am Freitag, den 5. September, früh morgens um neun Uhr, tauchte Bertl Holzmichl in Röttenbach in der Jahnstraße auf und parkte seinen zehn Jahre alten Renault Clio am Straßenrand. Hanni der Hammer hatte schon auf ihn gewartet. „Da is der Autoschlüssel, und dass du mir fei ka Delln in mein Auto neifährst, gell! Sunst holt die der Teifl. Wennst widder da bist, müssn wir zwa unbedingt miteinander redn."

„Worüber denn scho widder?", wollte der Bertl wissen. „Gehts immer no um die Genossenschaft?"

„Net bloß um die. Der Hornauer, die bsuffne Sau, macht Stunk und verbreitet lauter Lügn über uns. Schickst di a wenig, gell."

„Ka Sorch, ich halt mi net lang auf. Ich hol bloß den Schrank, ladn bei mir daham ab und fahr gleich widder do her. In spätestens anderhalb Stundn müsst ich widder da sei."

„Na dann, zisch ab", verabschiedete Hanni der Hammer seinen Freund. Es sollte das letzte Mal sein, dass er ihn lebend gesehen hatte.

*

Ulrich Fürmann war immer noch in der Gegend. Das Neubaugebiet Am Sonnenhang kam ihm sehr gelegen. Anfang des Jahres waren die Erschließungsarbeiten beendet worden, und die Glücklichen, die ein Grundstück abbekommen hatten, konnten mit den Baumaßnahmen beginnen, wenn sie denn so wollten, ihre Bauanträge genehmigt waren und auch die Baufinanzierung unter Dach und Fach war. Jetzt, im September, war gerade mal ein Haus bezogen worden. Die Bauherrin, eine Röttenbacher Witwe, war Anfang August in ihr kleines Häuschen eingezogen. Es war wirklich ein Häuschen im Vergleich zu den Rohbauten, welche ringsherum wie Champignons aus dem Boden schossen. Die Bauherrin war nicht anspruchsvoll. Einhundertzehn Quadratmeter Wohnfläche genügten ihr. Sie lebte ja allein. Obwohl, wer konnte schon wissen, wie sich die Zukunft entwickeln würde? Seit einigen Monaten hatte Veronika Sapper einen Freund. Der Schönste war er zwar nicht, er war sogar noch verheiratet, aber Prinzen gab es eben nicht in Hülle und Fülle. Dass der Josef noch verheiratet war, störte sie schon etwas, ehrlich gesagt, aber sollte sie deswegen von ihrem neuen Glück lassen? Seine Ehe lag doch eh schon am Boden darnieder, und über kurz oder lang würde er sich sowieso von seinem Drachen daheim scheiden lassen. Das sagte er immer wieder. Viktoria Sapper dachte an ihr Schicksal. Wie hart war sie bestraft worden, als vor drei Jahren ihr damaliger Ehemann Hubertus – Hubsi hatte sie ihn immer liebevoll genannt – einem raffiniert eingefädelten Giftmord zum Opfer fiel. Ausgerechnet Knollenblätterpilze waren es, die ihm zum Verhängnis wurden. Dabei waren Pilze sein Lieblingsgericht. Mit Semmelknödel und einer sämigen Sahnesauce. Ja, sie war wirklich hart getroffen worden. Die letzten Jahre waren nicht einfach für sie. Als sie dann endlich – nach einem langen Rechtsstreit mit der Versicherung ihres verstorbenen Mannes – dessen Lebensversicherung ausbezahlt bekam, hatte sie sich spontan dazu durchgerungen, sich nochmals einen kleinen Luxus in Form eines eigenen Häuschens zu gönnen. Wie aus heiterem Himmel hatte sie dann auch noch, bei der Wahl der letzten Aischgründer Karpfenkönigin in Adelsdorf, ihren neuen Freund kennengelernt. Wie gesagt: Verheiratet und nicht ganz unbekannt im Landkreis. Bis jetzt wusste noch niemand von ihrem neuen Glück, und so sollte es auch noch eine Zeitlang bleiben. Josef besuchte sie immer nur spät abends, dann schlüpfte er schnell ins Haus. Leider war ihm vor circa zwei Wochen etwas gar Schreckliches passiert, was ihm immer noch sehr zu schaffen machte. Und dann auch noch der berufliche und private Ärger der letzten Tage.

Das alles wusste Ulrich Fürmann natürlich nicht, als er die beiden Männer in der Jahnstraße beobachtete und einer von ihnen mit einem blauen Jeep Wrangler TJ davonfuhr. Er kannte den Mann nicht. Den anderen schon. Den Unfreundlichen, der ihn schon mal als Struwwelpeter bezeichnet hatte und der seit ein paar wenigen Tagen seinen rückwärtigen Garteneingang – dort, wo das winzige Bächlein munter plätscherte – mit einer Rolle Stacheldraht gesichert hatte. Benno Fürmann konnte das Hindernis in der Dunkelheit natürlich nicht erkennen, als er das letzte Mal der Gartenlaube einen erneuten Besuch abstatten wollte. Allem Unglück zum Trotz stolperte er auch noch über eine Baumwurzel und knallte hin. Mitten hinein in die Stacheldrahtrolle. Seitdem sah sein Gesicht aus, als wäre es in einen Mähdrescher geraten. Der unfreundliche Mann war also zuhause. Schade. Vielleicht sollte er es doch noch mal in der Nacht probieren? Aber dann gleich von vorne, vom straßenseitigen Garteneingang aus. Sein Magen knurrte, wenn er an die vielen Leckereien in der Gartenlaube dachte. Ulrich Fürmann war unentschlossen, was er tun sollte. In einen der Rohbauten in der Siedlung Am Sonnenhügel konnte er sich erst nach Feierabend zurückziehen, wenn die Bauarbeiter gegangen waren. Andererseits schickte der nahende Herbst bereits seine ersten Vorboten über die bereits kahlen Getreidefelder. Die ersten böigen Winde jagten über die widerspenstigen Stoppeln und fuhren ihm in seine ungefütterte Jacke. Auch die Sonne machte sich schon rarer. Der Sommer war bald vorbei. Dafür türmten sich immer häufiger dunkle Wolken über dem Waldrand im Westen auf. Die Nächte wurden deutlich frischer. Er musste an den Winter denken, der in vier Monaten Einzug halten würde. Doch einige Zeit wollte er schon noch in Röttenbach verbringen. Ab dem 26. September feierten die Einheimischen vier Tage lang ihre Kirchweih. Da fiel für ihn bestimmt auch etwas ab. Ulrich Fürmann beschloss, sich auf den kurzen Weg zur Schule zu begeben. Wenn die Eltern wüssten, wie viele ihrer Kinder ihr Pausenbrot einfach in die Mülleimer warfen. Eine Schande, aber gut für ihn. Wieder fiel ihm sein Erlebnis in der Nacht vom 16. auf den 17. August ein: die beiden Gestalten, die er schemenhaft im Mondlicht gesehen hatte, kurz bevor es brannte. War eine davon nicht eine Frau? Klein und zierlich? Die Frau, die ihr Haus Am Sonnenhügel bereits bezogen hatte, war auch klein und zierlich. Er hatte sie schon des Öfteren beobachtet, wenn sie im Garten arbeitete. Nachts ließ sie ab und an einen Mann in ihr Haus. Ihr Lover? Attraktiv sah der ja nicht gerade aus, eher wie ein kleiner, fetter Kugelblitz.

*

Bertl Holzmichl und sein Bekannter aus Buch hatten den Biedermeier-Schrank fest auf dem Anhänger verzurrt. Da wackelte nichts mehr, das Ding lag sicher auf der Ladefläche. Bertl zückte seine Brieftasche und nahm einen Zwanziger heraus. „Da Loisl, gib des Geld deim Bubn. Soll er sich was drum kaufn."

„Geh Bertl, des brauchts doch net. Ich hätt den altn Schrank doch sowieso bloß zammghaut und verschürt."

„Des passt scho", meinte der Bertl, schwang sich hinter das Lenkrad des Jeeps und startete den Motor. „Etz muss ich widder die Scheiß-Umleitung über Falkendorf, Welkenbach und Hammerbach zurückfahrn, bloß wegen dene bledn Kanalarbeiten", klagte er durch das offene Wagenfenster. Als er auf dem Herweg den Weisendorfer Berg hochgefahren war und von der Staatsstraße 2263 nach Buch abbiegen wollte, wies ihn ein Verkehrsschild darauf hin, dass die Weiterfahrt bis Buch wegen Kanalarbeiten nicht möglich sei. *Umleitung über Hammerbach, Welkenbach, Falkendorf,* besagte das Hinweisschild unter dem Durchfahrt-Verboten-Zeichen.

„Fahr halt gleich über Herzogenaurach ham", riet ihm sein Bekannter.

„Da kenn ich mich net so aus", meinte der Bertl, „fahr ich halt den Umwech. A net so schlimm." Mit einem „Vergelt's Gott noch mal", fuhr er vom Hof auf die Ortsdurchgangsstraße und weiter in Richtung Falkendorf. Hinter ihm schepperte und hüpfte der Anhänger durch eine Mulde, die mit Regenwasser gefüllt war. Natürlich stank es ihm gewaltig, dass er den Umweg nochmals vor sich hatte. Musste der Hanni halt etwas länger warten, davon ging die Welt auch nicht unter. Er jagte den Jeep Wrangler TJ, soweit es mit dem Anhänger hintendran eben ging. Immer wieder musste er vor den engen Kurven der Kreisstraße ERH 13 scharf abbremsen. Nach wenigen Kilometern polterte er die kurze steile Abfahrt nach Falkendorf hinab und setzte den linken Blinker. Weiter ging es in Richtung Herzogenaurach. Der Verkehr war dicht, und das ständige Stop-and-go nervte ihn zusätzlich. Endlich erreichte er die Abzweigung nach Welkenbach. Er befand sich wieder auf der Staatsstraße 2263. Mit achtzig donnerte er in die Ortschaft und bremste gerade noch rechtzeitig vor der ersten scharfen Linkskurve ab. Der Anhänger war nahe daran, nach rechts auszubrechen. Auf den nächsten Kilometern verlief die Fahrt problemlos. Bertl Holzmichl hatte keine Ahnung, dass seine rasante Fahrt und das ständige Gas geben und Abbremsen im Innern des Bremssattels bereits Temperaturen von über einhundert Grad erzeugt hatten. Normalerweise kein Problem, aber ein ernsthaftes Problem dann, wenn der Bremsflüssigkeit Wasser zugesetzt worden war. Es bildeten sich die ersten Dampfblasen. Bertl Holzmichl zog den Jeep in eine weite Rechtskurve, bevor es gleich den Weisendorfer Berg hinuntergehen würde. Das grüne Ungetüm, welches plötzlich vor ihm auftauchte, war nicht zu übersehen und zwang ihn zu einem weiteren Bremsvorgang. Der grüne John Deere 8295 R brachte mehr als zwölf Tonnen auf die Straße und hatte zweihundertfünfundneunzig PS unter der Haube. Bertl Holzmichl betrachtete das zweihunderttausend Euro teure Monster, welches vor ihm dahinzuckelte. Es blieb ihm nichts anderes übrig, er musste hinter dem Traktor bleiben. Ein Überholen vor der Abfahrt nach Weisendorf hinunter war nicht mehr möglich. Zu unübersichtlich war der Straßenverlauf. Ein Verkehrszeichen am rechten Straßenrand zeigte in zweihundert Metern Entfernung ein Gefälle von dreizehn Prozent und sofortiges Überholverbot an. Schon hatten die beiden Fahrzeuge die Spitze der Kuppe erreicht. Bertl trat leicht auf das Bremspedal und wollte Abstand halten. Er musste das Pedal fast ganz niedertreten, bevor der Jeep überhaupt etwas reagierte. „Was so ein Anhänger hintendran ausmacht“, dachte Bertl Holzmichl. Nun ging es die nächsten eineinhalb Kilometer nur noch bergab. Der Hänger hinten schob. Bertl stieg nochmals auf die Bremse. Auch der Traktor vor ihm hatte seine Geschwindigkeit verringert. Das Tachometer des Jeeps zeigte 45 Stundenkilometer an. Das Gefälle der Straße wurde immer steiler. Der Anhänger schob immer kräftiger von hinten. Im Bremssattel brodelten die Dampfblasen. Wieder musste Bertl in die Eisen steigen. Durch das Treten des Gaspedals komprimierte das Gasgemisch. Der Druck der Bremsbeläge auf die Bremsscheiben blieb aus. Was war mit dem Bremspedal los? Der Jeep war nicht mehr zu bremsen. Das Gefährt nahm sogar Geschwindigkeit auf. Es ging weiter bergab. Verzweifelt trat der Bertl nochmals in die Eisen. Der Traktor vor ihm nahm erneut Geschwindigkeit zurück, das Gefälle nahm weiterhin zu. Bertl kam dem Traktor bedrohlich nahe, der Hänger drückte den Pkw immer kräftiger nach vorne. Bertl versuchte eine Vollbremsung. Nochmals versuchte er mit aller Kraft zu bremsen. Wieder keine Bremswirkung. Der John Deere war nur noch zwanzig Meter von der Schnauze des Jeeps entfernt. Dann, als der Wald zu Ende war, ging es in eine langgezogene Linkskurve. Bertl standen dicke Schweißperlen auf der Stirn. Zwei Spaziergänger linkerhand der Straße glotzten ihn an. Der Anhänger hinter ihm verhielt sich unruhig, das spürte er. Er wollte ausbrechen. Bertl musste Gas geben, um ihn aus der Kurve zu ziehen. Als das Gespann sich wieder einigermaßen stabilisiert hatte, versuchte er ein letztes Mal das Gespann abzubremsen. Nichts, und es ging immer noch bergab. Schneller als vorher. Bertl blieb nichts anderes übrig, er musste sich jetzt voll auf die Lenkung konzentrieren. Der Traktor kam näher und näher. Zehn Meter. Bertl hupte verzweifelt wie wild. Der Traktorfahrer vor ihm zeigte ihm den Vogel. Sie hatten das Ortsschild bereits passiert. Nur noch fünf Meter Abstand. Rechts flogen die parallel verlaufende Siedlerstraße, links die Neue Bergstraße vorbei. Noch einhundert Meter bis zur Einmündung des Reuther Weges. Die Bremsleuchten des Traktors leuchteten auf. Bertl Holzmichl hörte das Knirschen von Metall auf Metall, als sich die Motorhaube des Jeeps in die hinteren Aufbauten des John Deere bohrte und sich dort verhakte. Der Anhänger, durch den Aufprall in seiner Geschwindigkeit gehemmt, bäumte sich hinter dem Pkw auf, riss sich aus der Verankerung der Kupplung los, flog über den Jeep Wrangler TJ und schlug im Führerstand des Traktors ein. Der alte Biedermeierschrank traf den Traktorfahrer am Kopf und zerschellte anschließend am Führerhausgestänge. Der Fahrer des John Deere wurde durch die Wucht des Schlages, welche er durch den Schrank erlitt, auf die Straße geschleudert. Er schlug mit dem Kopf auf dem rauen Asphalt auf und erlitt einen tödlichen Genickbruch. Die Lenkung des riesigen Landwirtschaftsfahrzeuges war nun völlig außer Kontrolle und zog die Vorderräder auf die Gegenfahrbahn. Der verhakte Jeep hintendran driftete nach rechts und wurde regelrecht um einhundertachtzig Grad herumgeschleudert.

Der Fahrer des Mähdreschers, der aus dem Reuther Weg kommend links abgebogen war und bergan fahren wollte, hatte keine Chance mehr, rechtzeitig anzuhalten oder dem außer Kontrolle geratenen Traktor auszuweichen. Die beiden Giganten aus Blech, Stahl und Gummi donnerten ineinander und Bertl Holzmichl in dem blauen Jeep Wrangler TJ wurde mitten hineingezogen. Mit angsterfüllten Augen und einem Schrei der Verzweiflung hauchte er sein Leben aus, als der Pkw regelrecht zwischen den beiden Landwirtschaftsfahrzeugen zermalmt wurde. Metall donnerte gegen Metall. Die mächtigen Reifen des Traktors rollten über den eh schon zerstörten Jeep hinweg. Durch die Wucht des Aufpralls kippte der Mähdrescher wie in Zeitlupe in den Straßengraben. Die Schnauze des John Deere stellte sich ein letztes Mal auf, um Sekunden später endgültig auf die Straße zu donnern. Dann roch es nach Benzin. Eine riesige Stichflamme fauchte aus dem umgekippten Mähdrescher und setzte das Ungetüm in Brand. Der Tank explodierte und setzte den vorläufigen Schlusspunkt des Unfallgeschehens. Dann brannte und qualmte es nur noch.

Die Mobiltelefone der wenigen Fußgänger, welche das Spektakel beobachtet hatten, spuckten die 110 und die 112 in den Äther. Kurz darauf verkündete vom Dach des Weisendorfer Rathauses eine klagende, im Ton auf- und absteigende Sirene eine dringende Notfallsituation. Vier Minuten später rückte die Freiwillige Feuerwehr Weisendorf aus. Die Einsatzwägen der Landpolizei Herzogenaurach waren ebenfalls unterwegs, hatten aber noch nicht einmal Welkenbach erreicht. Auch ein Rettungshubschrauber am Nürnberger Flughafen stieg auf und drehte seine Schnauze in Richtung Nord-West. Ganz Weisendorf war in heller Aufregung und auf den Beinen zum Unfallort. Nur Hanni der Hammer in Röttenbach war noch guter Hoffnung, dass Bertl Holzmichl in der nächsten halben Stunde wieder in der Jahnstraße eintreffen würde. Er musste unbedingt mit ihm darüber reden, was sich der vermaledeite Hornauer wieder einfallen hat lassen. Sie mussten einen neuen Beschluss fassen. Was für eine verdammte Fehleinschätzung. Der Bertl Holzmichl war vor genau fünf Minuten qualvoll verstorben.

13

Kunigunde Holzmann und Margarethe Bauer hatten für Sonntag, den 7. September, um achtzehn Uhr, im Restaurant Fischküche Fuchs einen Tisch reserviert. Sie wollten die achtmonatige Karpfensaison endlich eröffnen. In allen Monaten, die ein „r“ in ihrem Namen tragen, also von September bis April, ist Karpfenzeit.

Das hatte zwischenzeitlich auch Kathrin de Buhr, geborene Bellingröhr, aus Norderstedt gelernt. Eigentlich wollte sie im Juli im Internet nur die Kursentwicklung des Schweizer Franken recherchieren. Sie hatte sich etliche Male verklickt und war schließlich auf der Homepage der Ferienregion Aischgrund e.V. gelandet. Von *günstigem Preis- Leistungsverhältnis* las sie da. *Liebliches, romantisches Franken, Land der 1.000 Weiher, Schäuferla und gebackene Spiegelkarpfen, Ausgangspunkt für Tagestouren in die Fränkische Schweiz, ins romantische, mittelalterliche Rothenburg ob der Tauber, Weltkulturerbe Bamberg, Kaiserstadt Nürnberg, Mainfränkisches Weinanbaugebiet,* waren weitere Schlagworte, welche sie und ihren Mann Lars ergötzten und neugierig machten. Dann googelten sie noch intensiver und trafen eine Entscheidung. Seit Monaten überlegten die beiden schon, was für ein besonderes Geschenk sie Kathrins Eltern zum Anlass ihrer Rubinhochzeit machen sollten. Nach ausgiebigen Diskussionen buchten die beiden zwei Doppelzimmer im Hotel Acantus, in Weisendorf-Oberlindach. „Ein bisschen Luxus sollte es schon sein“, meinte Lars de Buhr. Die Homepage versprach Candle-Light-Dinners, einen Fitnessraum, eine Lichtsauna, ein Dampfbad, Abgeschiedenheit von der Stadt, einen Fahrradverleih, den Karpfen-Radweg und vieles mehr. Gestern waren die vier Nordlichter mit ihrem Mercedes 250 SL in ihrem fränkischen Feriendomizil angekommen. Eine Woche Aufenthalt hatten sie gebucht und einen Plan in der Tasche, was sie alles unternehmen wollten. Für das sonntägliche Abendessen hatten sie in der Röttenbacher Fischküche Fuchs einen Tisch reserviert. Ein Geheimtipp, hatte ihnen ein fränkischer Aborigine verraten, den sie auf ihrer morgendlichen Wanderung durch das Landschaftsgebiet Mohrhof getroffen hatten. „Um dreiviertel siema wird widder a Tisch frei“, hatte ihnen der freundliche Wirt der Fischküche Fuchs am Telefon angeboten. Eigentlich wollten sie etwas früher zum Abendessen gehen. Gott sei Dank hatte ihnen der überaus nette Spaziergänger, den sie vormittags zwischen Mohrhof und Poppenwind getroffen hatten, nach vielem Hin und Her und etlichen sprachlichen Missverständnissen beigebracht, dass „dreiviertel siema“ nicht viertel vor acht, sondern viertel vor sieben bedeutete. Eine komische Sprache, in der die Einheimischen miteinander kommunizierten, fanden sie. Aber durchaus nette Leute, diese Franken.

Pünktlich um achtzehn Uhr hielten Kunni und Retta Einzug in die Fischküche Fuchs und ließen sich an ihrem Tisch, an dem sie meistens saßen, nieder. Das Lokal war fast voll besetzt. Nur am Nebentisch, an dem vier Gäste gerade ihre Zeche bezahlt hatten, wurden Plätze frei. Doch schon platzierte eine der Bedienungen ein Reservierungsschild für eine Familie de Buhr auf dem Tisch.

„Eine Tragödie, der Unfall mit dem Bertl“, sinnierte die Retta.

„Wie des überhaupt passiern hat könna?“, rätselte die Kunni. „Warum fährt der Doldi dem Bulldogg hinten drauf? A jeder kennt doch den Weisendorfer Berch und waß, wie steil der is. Da hält mer doch Abstand!“

Die Bedienung trat an den Tisch der beiden. „Was krieg mer denn heit? Wie immer? Zwa gebackene Kärpfli?“

„Für mich an Karpfen“, monierte die Kunni, „an richtigen, ka Kärpfla. So an klan Hundskrüppel brauchst mir fei net zu bringa. Und a Inkreisch dazu.“

„Und zum Trinken?“, ließ die Bedienung nicht locker. „A Hells odder a Dunkls?”

“Habt ihr a Märzen a do?“

„No frali!“

„Bringst uns heit amol zwa Märzen, gell Retta?“

„Vo mir aus.“

„Zwa Märzen", wiederholte die Bedienung, „und an großn und an klan backna Karpfen. Die Bierli kumma gleich, gell", versprach sie und schwirrte ab.

„Da muss doch was mit dem Auto net in Ordnung gwesen sei", mutmaßte die Kunni. „Anerscht kann ich mir des goar net erklärn."

„Aber des woar doch no gar net so alt", meinte die Retta, „der Hanni hat sein Jeep doch immer in Schuss ghaltn."

„Ich waß ja a net, aber irgendwas stimmt an der Sach net", mutmaßte die Kunni.

„Hat er ament was gsuffn ghabt, der Bertl?", versuchte die Retta den Sachverhalt von einer anderen Seite zu betrachten.

„Geh zu, am Freitoch früh, kurz nach neina! Nie und nimmer", gab sich die Kunni sicher. „Der war völlich nüchtern. Des hat der Johann Hammer a bestätigt."

„Was sachtn dann der zu dem Unfall?", wollte die Retta wissen.

„Na der is fix und fertich. Des kannst dir vorstelln. Erscht der Jäschkes Horst und etz der Holzmichls Bertl. Ich waß net, ich waß net", zweifelte die Kunni, „mir kummt des alles a weng zu komisch vor. Ob da alles mit rechtn Dingen zuganga is?"

„Wieso, was solln do scho sei?", monierte die Retta, „a bleder Unfall wars halt. Schau doch nei in die Zeitunga, was heitzutoch alles passiert. Schlimm genuch."

„So, es hat doch a weng dauert, mit die Bierli", entschuldigte sich die Bedienung. „Es geht ja heit widder zu bei uns! Wie im Taubenschloch. Do kumma scho die nextn Leit zur Tür rei. Eire Karpfen wern a nemmer lang brauchn. Die schwimma scho in der Pfanna."

Die Eingangstür war aufgegangen und die de Buhrs spitzten ins Restaurant, gefolgt von den beiden Bellingröhrs. Eine der Bedienungen stürzte sich sofort auf die vier. „Sie ham reserviert?"

„Ganz genau", bestätigte Lars de Buhr, „für viertel vor sieben, auf den Namen de Buhr."

„Sie sen aber net vo hier, gell?"

„Wie bitte?"

*

„Seht euch nur die alten Bügeleisen auf den Fenstersimsen an", schwärmte Isadora Bollingröhr. „Die musste man früher mit glühenden Kohlen beschicken."

„Und die alten Waagen dort drüben", stimmte ihr Mann Ottokar in den Lobgesang seiner Frau mit ein, „wie romantisch."

„Alles schön und gut, aber lasst uns zuerst auf die Speisekarte gucken", schlug Lars de Buhr vor, „die haben ja eine reichliche Auswahl hier."

„Sieh dir nur die Preise an", flüsterte seine Frau Kathrin hinter vorgehaltener Hand, „das kann doch gar nicht sein. So günstig. Da zahlst du bei uns mehr als das Doppelte." Die vier studierten die in schwere Lederhüllen gepackten Speisekarten.

„Hier, hier stehen sie. Auf der dritten Seite, unter der Rubrik *Fränkische Spezialitäten*: Karpfen blau, Karpfen gebacken, Pfefferkarpfen, Karpfenfilet in Dillsauce", las Lars de Buhr begeistert vor. „Die gebackenen Fische sollen ja die besten sein, vorzüglich im Geschmack, sagt man. Seht, da bringt die Bedienung zwei solche Exemplare."

Am Nebentisch warteten die Kunni und die Retta bereits sehnsüchtig auf ihr Abendessen. „So, do sens, die backna Fisch", erklärte die Bedienung und stellte die beiden Teller vor den beiden Witwen auf den Tisch. „Deiner hätt fast net aufn Teller passt, Kunni", merkte sie an. „Lassts eich schmeckn, gell." Dann rauschte sie voller Elan einen Tisch weiter.

„So, Grüß Gott die Herrschaften, wiss mer scho, was mer zu trinken kriegn?"

„Wie bitte?", fragte Lars de Buhr, „können Sie das bitte nochmals wiederholen?"

„Au weiha, Preißn", flüsterte die Kunni der Retta ins Ohr, „etz wird's interessant", und biss herzhaft in die ausgerissene Schwanzflosse ihres Monsters.

„Wissen wir denn schon, was wir zu Trinken haben möchten?", wiederholte die Bedienung nebenan.

„Warum wir?", wollte Kathrins Ehemann wissen, „trinken Sie denn auch etwas mit uns? Ist das hier so üblich?"

„Haben Sie schon ausgewählt, was Sie zum Trinken bestellen möchten?", verbesserte die Bedienung ihre Wortwahl zum zweiten Mal und verdrehte ihre Augäpfel ungeduldig zur Holzdecke.

„Wir nehmen an, es gibt auch einheimisches Bier, wohl?"

„Wohl, das führen wir auch", erhielt er zur Antwort. „Sie finden selbige Produkte am Ende unserer Speisekarte unter der Bezeichnung *Kitzmann-Biere*. Die Brauerei Kitzmann ist eine traditionsreiche, fränkische Privatbrauerei mit Sitz in Erlangen. Seit mehr als dreihundert Jahren wird sie ununterbrochen im Familienbetrieb geführt. Das Wasser, welches zum Brauen verwendet wird, kommt aus dem Steigerwald. Es ist mehrere tausend Jahre alt und hat somit einen hohen Reinheitsgrad. Über tiefe, unterirdische Erdschichten fließt es bis auf das Betriebsgelände der Brauerei und wird dort über einen hauseigenen Tiefbrunnen zu Tage gefördert …"

„Wir nehmen vier Kitzmann-Pils."

„Sehr gerne. Zur Essensbestellung schicke ich Ihnen den Chef des Hauses höchstpersönlich vorbei. Der kann Sie am besten beraten." Mit diesen Worten entschwand sie in Richtung Tresen. „Ich geh da nimmer hin zu dem Tisch", klagte sie, „da kriegst du ja an Krampf in der Zunga. Die verstehn mi net", klagte sie, „und was die alles wissen wolln. Da soll der Chef selber hie geh. Des is in meim Gehalt net mit abgedeckt."

„Die Herrschaften, was ham mer denn für an Wunsch?", sprach kurz darauf der Herr des Hauses bei den Gästen aus Norderstedt vor.

„Hammer?", stellte Isadora Böllingröhr in den Raum.

„Was wünschen Sie denn zu essen?", verbesserte auch der Wirt seine Wortwahl.

„Sagen Sie, Herr Fuchs", übernahm Lars de Buhr die Gesprächsführung der Gäste, „führen Sie in Ihrem Speisenangebot auch diese biologisch hochwertigen Karpfen a.d.A., die mit dem geringen Fettgehalt?"

„Nein, die gibts bei uns net. Die sen viel zu kla. Ich züchte unsere Karpfen in eigenen Weihern."

„Kla?", führte Isadora Böllingröhr aus.

„Klein", erklärte der Chef des Hauses.

„Ach so."

„Mhm“, gab sich das männliche Nordlicht noch nicht ganz überzeugt. Dann nach einigen Sekunden des Zögerns: „Na gut, dann bringen sie uns doch bitte vier gebackene Karpfen aus eigener Zucht.“

„Sehr gern. Vier gebackene halbe Karpfen“, wiederholte der Wirt.

„Nein, nein!“ Ein Aufschrei. Kathrin de Buhr meldete sich zu Wort. „Da muss ein Missverständnis vorliegen. Wir möchten schon ganze Karpfen haben. Keine halben.“

„Gnädige Frau“, übte sich der Fuchsn-Wirt in Geduld, „halbe Karpfen sen bei uns scho die ganzen.“

„Das verstehe ich nicht“, meldete sich nun wieder Kathrins Mann zu Wort, „die Fische der beiden älteren Damen am Nebentisch sahen doch auch ganz aus, als sie an den Tisch gebracht wurden. Das waren doch auch keine halben Karpfen, die in ein Kopf- und in ein Schwanzteil geschnitten waren.“

„Die sprechen von dir, die Preißn“, bemerkte die Kunni nebenan.

„Vo mir?“

„Na ja, ältere Dame ham's gsacht.“

„Also, ein Kopfteil will ich aber nicht“, stellte Isadora Böllingröhr energisch fest.

„Keine Sorch, die Herrschaften, unsere Karpfen werden nicht in ein Kopf- und ein Schwanzteil zerschnitten.“

„Also gibt es doch ganze Karpfen?“, schloss der Preuße daraus.

„Ja, aber nur im Weiher.“

„Na, dann bringen Sie uns doch bitte vier ganze Karpfen aus dem Weiher.“

„Des geht net, weil bei uns in der Küchn gibts nur halbe. Des sind quasi die ganzen, die auf die Teller kumma.“

„Dann muss es logischerweise ganze und halbe Karpfen geben, die in Ihren Weihern herumschwimmen?“

„Is mir noch nicht aufgefallen. Ich fisch immer nur Ganze.“

„Ach, wissen Sie was“, Lars de Buhrs Puls geriet allmählich in leichte Wallungen, „bringen Sie uns doch ganz einfach solche Karpfen, wie sie auch den Damen am Nebentisch serviert wurden.“

„Also doch halbe, kane ganzen? Des lässt sich machen. Sonst noch was?“

„Ja, noch eine Frage.“ Isadora Böllingröhr meldete sich wieder zu Wort. „Sagen Sie, diese Karpfen haben doch sicherlich auch Gräten?“

„Alle Fische ham Gräten“, antwortete der Wirt genervt.

„Welche Karpfen haben mehr Gräten, die halben oder die ganzen?“, wollte Kathrins Mutter wissen.

„Also die ganzen Karpfen ham mehr Grätn“, beschied der Wirt, „fast doppelt so viel wie die halbn.“

„Aber die ganzen schwimmen doch nur im Weiher herum, richtig? Wohingegen die halben, wie soll ich sagen, die mit den weniger Gräten, sich in Ihrer Küche tummeln. Also, dann nehm ich doch nur einen halben Karpfen“, entschied sich Isadora endgültig. „Aber da muss man doch sicherlich höllisch aufpassen, mit den Gräten? Ist das so ähnlich wie mit den Knochen?“

„Da muss man sogar besser aufpassen als mit Knochen“, antwortete der Wirt. „Wenn Sie aber etwas mit Knochen bevorzugen, ich kann Ihnen auch etwas mit Knochen bringen. Des wär dann allerdings kein Karpfen. Des wär dann ein gebackener Biber. Halbe Biber ham wir aber net. Die gibts nur als ganze Exemplare.“

14

Der furchtbare Unfall in Weisendorf hatte natürlich auch die Kriminalpolizei auf den Plan gerufen. Verzweifelt bemühten sich die Beamten darum, den Unfallhergang zu rekonstruieren. Zwei Spaziergänger, die etwas abseits der Staatsstraße am Waldrand entlangliefen, bestätigten einstimmig: „ … und dann is der Pkw mit dem Anhänger dem Bulldogg immer näher und näher kumma. Spinnt der, ham wir no gsacht, warum bremstn der net?“

„Und, … hat er gebremst?“, wollte der vernehmende Beamte wissen, „haben die Bremslichter aufgeleuchtet?“

„Ich hab nix gsehgn. Du, Gustl?“

„Na, ich a net. Der hat net bremst.“

„Wollte er bremsen und die Bremse hat vielleicht nicht funktioniert?“, ließ der Beamte nicht locker.

„Des wissen wir doch net. Wir warn doch net in dem Jeep drin ghockt. Gott sei Dank net. Den hats dann untn am Dorfeingang ganz sche derbreselt.“

„Konnten Sie den Fahrer des Jeeps beobachten, wie er sich im Innern des Wagens verhalten hat?“

„Und ob. Wir warn ja ganz nah an der Straß, als der an uns vorbeigrauscht is. Der hat ganz sche mit die Händ und Arm rumgfuchtlt. Rumbrüllt hat der a, in seim Auto. Wir ham da außen bloß nix verstandn. Die Fenster warn ja zu. Aber des hat scho so ausgschaut, dass der ganz sche ins Schwitzn kumma is. Armer Teifl. Es könnt ja a so gwesn sei, dass – wie Sie scho gsacht ham – die Bremsn wirkli net funktioniert ham. Aber, wie gsacht, des kenna wir net mit absoluter Sicherheit sogn. Aber Ihre Spezialistn müsstn des doch feststelln kenna?“

Der Fahrer des Mähdreschers hatte leicht verletzt überlebt. Als sein Fahrzeug in den Straßengraben kippte, konnte er gerade noch abspringen und war so dem Inferno mit viel Glück entronnen. Durch den Aufprall erlitt er einen glatten Durchbruch von Elle und Speiche des linken Arms sowie Schürfwunden an Nase, Kinn und Stirn. Er war froh, das Unglück überlebt zu haben, und hatte sich bereits wieder einigermaßen beruhigt, nachdem der Notarzt seinen schmerzenden Arm geschient und seine Schürfwunden vom Dreck der Straße gereinigt hatte. „Er war plötzlich einfach da, wie aus heiterm Himml“, wiederholte er immer wieder, „und is in mein Mähdrescher neikracht. Ich waß net, was ich hätt machen solln, um dem noch auszuweichn. Ich war ja scho rum um die Eckn, ausm Reuther Weg. Aber da kummt mir der Bulldogg auf meiner Seitn entgegen und schleidert a nu den Jeep in mich nei. Regelrecht rumgschleidert hat er den. Ka Wunder, dass den zermalmt hat. Als es den Sprit vo dem Bulldogg aufn haßn Motor vo meim Drescher gspritzt hat, war ich Gott sei Dank scho widder aufgstandn und weggloffn. Sunst wär ich etz vielleicht a tot, wie der arme Mo im Auto. Is der vielleicht verbrennt? Hams a Zigarettn für mich, ich bin scho no a weng aufgrecht?“

„Sorry, ich bin Nichtraucher. Nein, die Feuerwehr konnte die Flammen ja schnell unter Kontrolle bringen. Der Fahrer des Jeeps kam durch den heftigen Aufprall ums Leben“, erklärte ihm der Sanitäter, der sich um ihn kümmerte.

„Schad. Also ich denk mir, dass an den Bremsen vo dem Jeep irgendetwas net in Ordnung war. Der is dem Bulldogg immer näher und näher kumma, bis er in ihn neigfahrn is.“

Die Aufräumarbeiten an der Unfallstrecke dauerten. Die Experten der Kripo Erlangen sicherten Spuren und bargen die demolierten Unglücksfahrzeuge. Die Staatsstraße 2263 blieb ab der Einfahrt Reuther Weg in Richtung Herzogenaurach für vier Stunden gesperrt. Noch ahnten Gerald Fuchs und Sandra Millberger nicht, dass der schreckliche Unfall auch ihnen neue Arbeit bringen würde.

*

Es war am Dienstag, den 9. September, als Sandra, die nette, attraktive Polizistin mit dem dunklen Pagenschnitt, der scharf geschnittenen Nase und den dunkelblauen Augen bei Kunigunde Holzmann anrief. Vom Turm der St.-Mauritius-Kirche schlugen die Glocken neun Uhr. Kunnigunde Holzmann war gerade mit dem Frühstück fertig geworden und las die Zeitung. Noch immer wurde über den tragischen Unfall in Weisendorf berichtet. „Morgen, Tante Kunni. Stör ich, wenn ich so früh anrufe?“, wollte die Polizeibeamtin wissen.

„Morgn, Sandra. Na, du störst net. Bin scho ferti mitn Frühstück. Les grod mei Zeitung. Rufst wegen dem Unfall in Weisendorf an?“, vermutete die Kunni.

„Woher weißt du denn das schon wieder? Hat dich der Gerald schon angerufen?“

„Na, hat er net. Mei Gfühl hat mir des gsacht.“

„Und was sagt dir dein Gefühl noch?“, forschte Sandra Millberger weiter.

„Dass es bei dem Unfall vielleicht net mit rechten Dingen zuganga is.“

„Zum Beispiel?“

„Vielleicht is ja an dem Johann Hammer seim Auto was net in Ordnung gwesn?“

„Bist du eine Hellseherin, Tante Kunni?“

„Na, des gwiss net, aber ich mach mer halt su meine Gedankn.“

„Kennst du dich technisch bei einem Auto einigermaßen aus?“

„Iiich?“

„Also nicht. Dann versuche ich dir das mit einfachen Worten zu erklären. Hast du Zeit?“

„Red na weiter“, forderte die Kunni sie auf. „Wenn ich was net versteh, sach ich dir des scho.“

„Also pass auf: Stell dir vor, du sitzt in einem Auto und bist der Fahrer.“

„Ich hab ja goar kan Führerschein.“

„Du sollst dir das ja auch nur vorstellen. Also, du fährst Auto und bemerkst, dass du zu schnell unterwegs bist. Du willst bremsen. Wenn du ein normales Auto fährst, also keine Automatik …“

„Machs net so kompliziert“, rief die Kunni dazwischen.

„Also, wenn du ein normales Auto fährst, hast du im Fußraum von links nach rechts die Kupplung, das Brems- und dann das Gaspedal. Wenn du bremsen möchtest, trittst du mit dem rechten Fuß auf das Bremspedal. Was passiert dann im Innern deines Autos? Das Bremspedal verschwindet in einem wasserdichten Raum, eine Art Kolben oder Zylinder, in dem sich eine Flüssigkeit befindet. Die Flüssigkeit nennt man Bremsflüssigkeit und hat ganz besondere Eigenschaften. Sie lässt sich durch den Druck auf das Bremspedal nicht zusammendrücken – komprimieren nennt man das –, sondern will irgendwohin ausweichen.“

„Dann nimm halt einfach Wasser, des lässt sich ja a net zusammendrücken“, warf die Kunni ein.

„Sehr gut, Tante Kunni, aber hör mir weiter zu. Ich habe ja schon gesagt, dass die Bremsflüssigkeit – bei den meisten Autotypen wird Glykoläther benutzt – ganz bestimmte Eigenschaften hat. Haben muss. Glykoläther hat beispielsweise, im Vergleich zum Wasser, einen sehr hohen Siedepunkt, der zwischen 230 bis 250 Grad liegt. Das ist wichtig, weil in der Bremsanlage deines Autos je nach Fahrweise und Streckenführung, also Berg rauf, Berg runter, Temperaturen von weit über einhundert Grad entstehen können. Wenn die Bremsflüssigkeit aus Wasser bestünde, was würde dann passieren?“

„Es fängt zum Kochn an.“

„Sehr gut. Und was bildet sich dann?

„Wasserdampf?"

„Genau Wasserdampf. Und Wasserdampf ist ein Gas und lässt sich, im Gegensatz zu einer Flüssigkeit, zusammendrücken. Bremsflüssigkeit lässt sich nicht zusammendrücken. Das ist ganz wichtig zu wissen, weil der Siedepunkt der Bremsflüssigkeit viel höher liegt als beim Wasser, demzufolge nicht zu kochen anfängt und somit auch kein Gas entstehen kann. Den Druck, den du durch das Treten auf das Bremspedal erzeugst und an die Bremsflüssigkeit in dem Kolben weitergibst, bewirkt wiederum einen Druck auf die Bremsbeläge in deiner Bremsanlage. Und die Bremsbeläge drücken auf die Bremsscheiben, wodurch das Fahrzeug zum Stehen kommt. Und jetzt kommt noch eine weitere Eigenschaft der Bremsflüssigkeit hinzu, die man ebenfalls kennen muss. Die Bremsflüssigkeit ist hygroskopisch, das heißt, sie nimmt Wasser auf und verbindet sich mit Wasser. Bereits drei Prozent Wasseranteile können für den Autofahrer schon gefährlich werden, weil die Wasseranteile den Siedepunkt von dem Glykoläther deutlich reduzieren und somit bei hohen Temperaturen in der Bremsanlage die Bremswirkung deutlich verschlechtern oder völlig aussetzen können. Hast du das verstanden?"

„Ich denk scho. Weil dann kocht nämlich des Gemisch aus Wasser und diesem Glykodingsbums viel früher und es entstehn diese Dampfblasn, die sich zusammendrückn lassen. Bin ja net bled."

„Richtig! Und nun kommts", dramatisierte Sandra Millberger ihre Aussage. „Aus den Resten der Bremsflüssigkeit in dem Jeep haben unsere Experten nachgewiesen, dass darin ein Wasseranteil von mehr als zehn Prozent enthalten war."

„Des hasst", folgerte die Kunni, „die Bremsen vo dem Jeep sen manipul…, sen manipu… , da is dran rumgwurschtlt wordn."

„Zumindest besteht der Verdacht dazu", bestätigte die Sandra.

15

Hanni der Hammer hatte ernsthafte Probleme. Entweder hatte er die Bremsflüssigkeit in seinem Jeep mit Wasser versetzt, um Bertl Holzmichl in sein Verderben fahren zu lassen, oder jemand anders hatte an seinem Wagen herumhantiert und die Manipulation der Bremsanlage sollte ihn treffen.

„So jedenfalls denkt die Polizei", klärte ihn Kunigunde Holzmann auf. Die beiden saßen im Wohnzimmer der Hammers und diskutierten die aktuelle Situation. Jana Hammer hatte in einem Fernsehsessel Platz genommen und las teilnahmslos in der Bibel. „Und etz komm ich auf unser letztes Gespräch zurück", sprach die Kunni in ernstem Ton weiter, „des, wo wir da in eierm Wohnzimmer gführt ham. Du waßt scho, am Donnerstoch, den 4. September, als du in eirer Garagenauffahrt dei Auto putzt hast. Am nächstn Toch hat der Bertl dein Jeep abgholt und hat den Unfall baut, weil nämlich an dera Bremsflüssichkeit rumgwurschtlt worn is. Als ich am letztn Donnerstoch hier bei dir auftaucht bin, hast du grad was in dein Motorraum neigschütt. Die Polizei waß des in der Zwischenzeit a. Ich habs dene nämlich derzählt. Die wern dich dazu a nu ins Kreizfeier nehma. Also lüch dena nix vor, sunst kummst gleich in Teifls Küchn. Aber bevor die kumma, will ich vo dir wissen: Hast du den Bertl Holzmichl umbracht? Und wenn, warum?"

„Kunni", jammerte der sonst so coole und selbstsichere Johann Hammer, „warum sollt ich denn den Bertl umbracht ham? Wir wollten doch gemeinsam der Hanna Jäschke ihre Weiher abkafn, um die größtn Karpfenbauern im Aischgrund zu werdn und um dieser gottverdammten Genossenschaft und dem Hornauer eins auszuwischen."

„Grad deswegen", orakelte die Kunni. „Vielleicht hast du dir des anders überlecht. Vielleicht willst du alla der größte Teichwirt im Aischgrund werdn und der Hanna ihre Weiher alla abkafn?"

„Aber wer denkt denn sowas?", erregte sich Hanni der Hammer.

„Viele", antwortete die Kunni. „Der Hornauers Jupp, der Wassermann vo dem Verein Umwelt und Tierisches Leben, der Waldemar Keller, der neie Vorstand von der Genossenschaft, der Benno Unterholz vo der

Außenstelle für Karpfenteichwirtschaft, und die Polizei. Der Hornauer will sogar a Geldprämie für diejenigen aussetzen, die Hinweise auf dem Bertl sein Mörder geben könna. Was manst du, was da demnächst vor deim Haus los is? Wer dich alles beobachten wird."

„Woher waß der Hornauer des mit der Bremsflüssigkeit?"

„Des waß der goar no net. Aber was manst, was los is, wenn des a nu bekannt wird. Der Hornauer macht an Luftsprung. *Siehchters Leit,* wird der sagn, *wie recht ich mit meiner Vermutung ghabt hab. Zwa Menschnlebn hat der Sauhund aufm Gwissn. Wer Kormoran rücksichtslos abknallt, der bringt a seine bestn Freind um. So aner ghert eigsperrt,* wird der argumentiern. Also, Hanni, mei letztes Wort: Hast du den Bertl umbracht? Habt ihr, der Bertl und du, vielleicht den Jäschkes Horst gemeinsam umbracht, und du hast mit dem Bertl gleich no an Zeugn mit erledigt? Wennst du des woarst, sags gleich. Die Polizei finds sowieso raus. Wennst des net woarst, dann hasst des, dass dir aner nach dem Lebn tracht, und du zwamal durch Zufall seine Anschläch entganga bist. Der Mörder könnts ja nomal probiern. Waß mers? Wenn dem so is, dann helf ich dir, dem Bertl und dem Jäschke sein Mörder zu findn, a wennst a Sauhundskrüppel bist und deine Familie rauf und runter drangsalierst."

„Ich woars net, Kunni. Ich hab weder den Bertl noch den Knöllchen-Horst umbracht. Und in des Auto hab ich bloß Wasser für die Scheibnwaschanlach neigschütt."

„Kennst du dem Jupp Hornauer seine Handy-Nummer?", wollte die Kunni noch wissen.

„Ja, die hab ich abgspeichert."

*

Joerg Kraemer, der Chef vom Gerald, hatte ordentlich Dampf gemacht. Er wollte Ergebnisse sehen. So bekam Sandra Millberger doch noch den Auftrag, auch Jlkan Hawleri zu befragen. Für Mittwoch, den 10. September, hatte sie ihn in das Kommissariat an der Schornbaumstraße einbestellt.

„Herr Hawleri, können Sie sich vorstellen, warum ich Sie gebeten habe bei uns vorbeizuschauen?", begann sie das Gespräch.

„Ich habe lediglich eine Vermutung“, antwortete der junge, sympathisch wirkende Mann.

„Und die wäre?“

„Na ja, ich denke es geht um den Vater meiner Freundin und die beiden seltsamen Todesfälle seiner besten Freunde?“

„Sehr richtig“, bestätigte ihm Sandra Millberger. „Bevor ich Ihnen meine Fragen zu Herrn Johann Hammer stelle, können Sie mir sagen, was Sie in der Nacht vom 16. auf den 17. August gemacht haben?“

„Darf ich dazu mein Smartphone befragen?“, wollte der Sohn türkischer Migranten wissen.

„Selbstverständlich.“

Jlkan Hawleri griff in seine Jackentasche und holte sein Samsung Galaxy S 4 hervor. Dann drückte er die Kalender-App und scrollte zurück. „Ach, das war der Samstag, an dem ich mit Chantal unterwegs war“, stellte er fest. „Da waren wir im Kino, Chantal und ich. Dann habe ich sie zum Essen nach Nürnberg eingeladen, und anschließend haben wir noch meine Schwester und ihren Mann in Fürth besucht. Es war schon sehr spät, als ich sie nach Hause gebracht habe.“ Die Uhrzeiten, die Jlkan der Polizistin nannte, deckten sich exakt mit Chantal Hammers Aussagen.

„Okay, kommen wir zuerst auf Sie zu sprechen“, schlug die Beamtin vor. „Was können Sie mir denn Wissenswertes über sich selbst berichten?“

„Oh, so interessant war mein bisheriges Leben sicherlich nicht“, begann der junge Mann. „Ich bin jetzt vierundzwanzig und bin in Erlangen geboren. Anfang der sechziger Jahre sind meine Eltern aus der Stadt Bursa nach Deutschland zugezogen. In Erlangen-Bruck hat mein Vater eine Tankstelle gepachtet und eine kleine Kfz-Reparaturwerkstatt eröffnet. Er wollte immer, dass ich Kfz-Mechaniker werde. Schon in jungen Jahren musste ich einfache Arbeiten erledigen.“

„Dann kennen Sie sich technisch mit Pkws aus?“, wollte die Polizistin wissen.

„Im Großen und Ganzen schon“, bestätigte ihr Jlkan Hawleri. „Allerdings liegen meine Interessen nicht auf dem Gebiet von Autoreparaturen. Ich wollte schon als Junge Arzt werden. Aber selbst nachdem ich ein sehr gutes Abitur hinbekommen habe, war mein Vater dagegen, dass ich studiere. Ihm zuliebe habe ich dann doch mit einer Lehre zum Kfz-Mechaniker begonnen."

„Aber nach deutschem Recht waren Sie bereits volljährig?"

„Das schon, aber wissen Sie, ich wurde sehr konservativ erzogen, und was der Vater sagt, das gilt. So ist eben unsere Kultur. Leider hat er nicht mehr lange gelebt. Nach seinem Tod habe ich jedenfalls die Lehre abgebrochen und habe mich an der Friedrich-Alexander-Universität zum Medizinstudium eingetragen."

„In welche Richtung wollen Sie sich denn entwickeln?", zeigte sich Sandra Millberger interessiert.

„Ich will Neurochirurg werden."

„Und welche Rolle spielt da ihre Freundin Chantal?"

„Das ist ein Problem. Ihr Vater akzeptiert mich nicht. Er akzeptiert überhaupt keine Ausländer, auch nicht, wenn sie, wie ich, in Deutschland geboren sind. Ich denke, er ist ein Psychopath. Chantal mag ihren Vater auch nicht. Ich denke, manchmal hasst sie ihn sogar."

„Und Sie?"

„Ich kenne ihn persönlich so gut wie nicht … aber unter sympathisch stelle ich mir etwas anderes vor … er hat mich ja auch schon beschimpft und aus seinem Haus hinausgeworfen. Aber es hilft nichts, wir müssen mit der Situation leben. Es gibt für mich nur zwei Möglichkeiten: Entweder mit all den Widrigkeiten zu leben und sie zu akzeptieren, wie sie eben sind, oder Chantal zu verlassen. Letzteres möchte ich auf keinen Fall. Ich mag sie sehr und kann mir durchaus vorstellen, sie eines Tages zur Frau zu nehmen."

„Wann waren Sie das letzte Mal in Röttenbach?"

„Um diese Frage zu beantworten, brauche ich mein Mobiltelefon nicht. Letzten Sonntag. Ich habe sie abgeholt …"

„An der Bushaltestelle?"

„Genau. … und wir sind nach Herzogenaurach zum Atlantis gefahren."

„In das Fun-Bad?"

„Hm"

„Und davor? Wann waren Sie davor das letzte Mal in Röttenbach?

Jlkan Hawleri brauchte nicht zu überlegen. „Das war am Donnerstag letzter Woche, am 4. September. Wir haben einen Spaziergang über die Felder gemacht."

„Okay, Herr Hawleri, ich denke das war's. Vielen Dank, dass Sie sich die Zeit genommen haben, um bei uns vorbeizukommen."

„Ich dachte, Sie wollten mich noch zu Herrn Hammer befragen?"

„Das hat sich soweit wohl erledigt", merkte die Beamtin an und reichte dem Besucher mit einem freundlichen Lächeln zum Abschied die Hand.

*

Auch Jens Hammer wurde von einer Befragung nicht verschont. Während Sandra Millberger mit dem jungen Hawleri sprach, hatte sich Gerald Fuchs auf den Weg nach Höchstadt an der Aisch gemacht. Er wollte mit dem jüngeren Bruder von Johann Hammer sprechen. Während einer Freistunde der Lehrkraft schlenderten die beiden Männer um den Gebäudekomplex des Gymnasiums herum, immer der Kerschensteinerstraße, dann das kurze Stück der St.-Georg-Straße und der Bergstraße entlang. Studienrat Hammer hatte den Vorschlag unterbreitet. Er wollte nicht, dass der Kommissar in die Schule kam. Zu groß war die Gefahr, dass einer seiner Lehramtskollegen dumme Fragen stellte.

„… und dann, nachdem Ihr Bruder Sie vor der ganzen Verwandtschaft bloßgestellt hatte, haben Sie den direkten Kontakt zu ihm abgebrochen?"

„Ganz genauso war es", bestätigte Jens Hammer.

„Warum haben Sie mir von dieser Geschichte erzählt?", wollte der Kommissar wissen.

„Sie hätten es sowieso herausgefunden. Ich finde es besser, die Karten von vorneherein klar auf den Tisch zu legen, als später misstrauische Fragen zu ernten."

„Da kann ich Ihnen nicht widersprechen. Dennoch haben Sie Befürchtungen, dass Ihre Beziehung zu Bastian Wirth bekannt wird?"

„Ja, dem ist leider so. Der Wirbel, den mein Bruder mit ausgelöst hat, ist ein gefundenes Fressen für die lokale Presse. Sie wissen besser als ich, dass diese Presseleute – wie nennt man sie auch? Investigative Berichterstatter –

jedes kleinste private Detail durchleuchten und es in dicken, verirrenden Überschriften allen kundtun, egal ob sich jemand dafür interessiert oder nicht. In meinem Fall würden sich sicherlich viele Eltern für meine Beziehung zu Bastian interessieren. Da kämen doch sofort Spekulationen auf, ob ich ihren Kindern nicht auch schon zu nahe getreten bin. Die Medien würden zu den entstehenden Gerüchten ihr Übriges beitragen. Selbst in unserer Region geht es doch ausschließlich nur um Auflagen. Je reißerischer so eine Schlagzeile, desto höher die Auflage der Zeitung, desto einträglicher das Geschäft. Dem Schuldirektor bliebe doch gar nichts anderes übrig, als mich vorübergehend vom Dienst zu suspendieren. Selbst wenn sich im Nachhinein herausstellt, dass die Pressekampagne nur auf reinen Gerüchten beruhte, könnte ich meinen Job vergessen. Welche Schule will schon eine homosexuelle Lehrkraft?"

„Wie beurteilt denn Ihr Lebenspartner die Situation?"

„Bastian? Bastian ist schon lange der Meinung, ich sollte mich outen. Auch ihm geht dieses ständige Versteckspiel allmählich ans Nervengerüst. Selbst in Nürnberg können wir uns in der Öffentlichkeit nicht so geben, wie wir gerne möchten. Nürnberg ist nicht so weit weg vom Landkreis. Der 1. FC Nürnberg, Oper, Theater, Eishockey, Museen, Restaurants, Geschäfte, Messen, Kulturveranstaltungen, alle diese Events locken auch Menschen aus der Provinz an. Du gehst in den Handwerkerhof und plötzlich tippt dir von hinten deine Lehramtskollegin auf die Schulter. *Hi Jens, willst du mir nicht deinen Bekannten vorstellen?* Alles schon erlebt. Und wenn du dich dann in einer verfänglichen Situation befindest – ein Händchenhalten genügt schon – bist du aufgeflogen. Aber zurück zu Bastian: Er hat schon des Öfteren vorgeschlagen, dass ich den Lehrberuf aufgeben und in seine Firma eintreten soll. Er ist ein sehr erfolgreicher Innenarchitekt. Ich schwanke immer noch hin und her, wie ich mich langfristig entscheide. Einerseits liebe ich meinen Beruf, andererseits leide auch ich enorm unter dem Versteckspiel."

„Genau wie ihr Freund", ergänzte Gerald Fuchs.

„So ist es. Herr Kommissar, ich muss allmählich auf die Uhr sehen. Meine nächste Unterrichtsstunde beginnt in zwanzig Minuten und ich habe in der Sporthalle noch einige Vorbereitungen zu treffen. Es hat mich gefreut, sie kennenzulernen. Wenn Sie mich nochmals brauchen, rufen Sie mich einfach an, dann können wir ja nochmals ein Treffen vereinbaren. Wenn Sie wollen auch am Wochenende in Nürnberg.“

„Machen Sie’s gut, Herr Hammer. Ich melde mich, wenn es noch etwas gibt.“

*

Nach reiflicher Überlegung hatte sich Heino Wassermann die Sache doch noch anders überlegt: Er würde sich Jupp Hornauer ins Boot holen, um die Interessen seines Vereins voranzutreiben. Auch wenn der Jupp nicht mehr Vorstandsvorsitzender der Genossenschaft war, er hatte immer noch einen gewaltigen Machteinfluss. Wassermann ging sogar noch weiter. Er würde Mitglied der Genossenschaft werden, auch wenn er keine Karpfenweiher besaß. Wer weiß, in einem dreiviertel Jahr standen in der Genossenschaft wieder ordentliche Vorstandswahlen an. Vielleicht konnte er ja eine interessante, gut dotierte Position in der Organisation ergattern. Wenn ihn der Jupp unterstützte. Man musste schließlich schauen, wo man selbst blieb. Bei Siemens sah er jedenfalls nicht mehr die große Zukunft. Der Vorstand baute – wieder einmal – den ganzen Konzern um. Niemand sollte ihm sagen, dass damit kein Personalabbau geplant werde. Er erinnerte sich: Im Jahr 2008, kurz nachdem dieser österreichische Möchtegern Vorstandsvorsitzender wurde, war die Situation ähnlich. Erst mal Kosten einsparen, Personal abbauen. Einem seiner Kollegen, diesem fetten Daniel Düsentrieb aus dem Engineering, der sowieso nicht wusste, wohin mit dem Geld, hatte die Personalabteilung einen Aufhebungsvertrag angeboten. Die Abschiedssumme berechnete sich nach dem letztem Gehalt und der Firmenzugehörigkeit. Wer noch vor dem 30. Oktober unterschrieb, bekam noch dreißig Prozent oben drauf. Vierzig Dienstjahre hatte dieses fette Schwein auf seinem Arbeitsplatz herumgesabbert. Stinkfaul, träge, mit einem Job ohne Verantwortung und blitzdumm. Früher hatte man die Position als Gruppenführerfunktion eingestuft. Wie er später erfahren hatte, hatte diese Muttersau für ihren Abschied fünfhunderttausend Euro eingeheimst. Heino Wassermann hoffte auf ähnlich günstige Bedingungen bei der nächsten

Personalbereinigungswelle, obwohl er genau wusste, dass der neue Zentralvorstand nicht so blöd ist, wie es dieser Österreicher war. Sei's drum, er beschloss abzuwarten und sich parallel anderweitig zu bemühen. Dass sich die Reihen der hartnäckigen Gegner der Genossenschaft lichteten, machte vieles leichter. Dieser Röhracher Vollpfosten, der letzte Woche tödlich verunglückt war, gehörte auch zu diesen Halbverbrechern, welche gegen eine artgerechte Karpfenzucht votierten. Nun blieb nur noch dieser Oberpolterer Hanni der Hammer. Den würde sich der Jupp bestimmt schon bald zur Brust nehmen. Er würde dem Hornauer dabei helfen, das hatte er ihm bereits versprochen.

*

„Sandra Millberger. Tante Kunni, bist du es?"

„Ja, Sandra ich bins. Bin unterwegs und ruf vo meim Handy aus an. Ich hab amol a Frach. Könnt ihr a Bewegungsprofil vo an Mobiltelefon rausbringa, wenn ich eich die Nummer vo dem Telefon geb? Ich hab da an gewissn Verdacht, dass jemand net die ganze Wahrheit gsacht hat."

„Über den URL, den Uniform Resource Locator, müsste das möglich sein, denke ich."

„Wer ist der Herr und wo kann man mit dem Herrn Locator sprechen?", wollte die Kunni wissen. „der hat aber komische Vornama. Uniform. Wer haßtn scho Uniform? Is gwiess a Engländer? Na ja, Englisch kann ich sowieso net. Kannst du mit dem sprechen?"

Sandra musste in sich hineinlachen. „Ich kümmere mich darum, wenn du mir die Telefonnummer und den Namen des Teilnehmers gibst", antwortete sie. „Wie konkret ist denn dein Verdacht?", wollte die Polizistin noch wissen.

„Ganz konkret", antwortet die Kunni. „Wie gsacht, ich bin unterwegs. Hab ich grad erscht erfahrn. Hast was zu schreiben?"

„Ja, habe ich."

„Also pass auf …"

16

Das Wochenende stand kurz bevor. Es sollte ein ganz besonderes Wochenende werden, zumindest für Kunni und Retta. Die Kommissare Leitmayr und Batic gaben sich mal wieder die Ehre. Tatortzeit. Die beiden Witwen fieberten dem Sonntag entgegen. „Da gehts um Waffenhandl", las die Retta aus der Kurzbeschreibung des Fernsehprogramms vor. „Nasir Al Yasaf, der fünfte Sohn des Emirs vo Kumar, spielt da mit."

„Verrat net zu viel", schritt die Kunni ein, bevor ihre Freundin weiterlesen konnte. „Ich denk, da wird der Leitmayr dem bledn Ivo mal widder zeign, wo der Bartl den Most holt. Da lernt er widder was dazu, dei Batic."

„Des glabst aber a bloß du. Des werdn wir morgen ja sehn", gab die Retta zurück.

*

Pünktlich zur Tagesschau saßen die beiden Witwen vor Kunnis neuem Fernsehgerät. „Sen des net prachtvolle Farbn?", schwärmte die Kunni immer noch.

„Is scho widder a Flüchtlingsboot auf dem Mittelmeer unterganga. Die arma Menschn", klagte die Retta.

„Nur Mord und Totschlach auf dera Welt", kommentierte wenig später auch die Kunni. „Sem mer bloß froh, dass wir in Frankn leben und net in dera Ukraine."

Dann endlich war auch der Wetterbericht zu Ende. Die Tatort-Erkennungsmelodie und der Abspann liefen. Das Fadenkreuz eines Zielfernrohrs erfasste die blaue Pupille eines Auges. Dann: Ein Sportwagen raste mit atemberaubender Geschwindigkeit durch die Straßen Münchens. Der Fahrer, ein südländischer Typ, fuhr bei sämtlichen Ampeln, die sich ihm entgegenstellten, über rot. „Des werd er sei, der Nasir Al Yasuf", kommentierte die Retta, „a so ein unsympathischer Typ."

„Pssst", zischte die Kunni. Die Szene lief weiter. Noch immer preschte der Sportwagen durch die Stadt. Eine Polizeisperre wurde eingeblendet. Der Sportwagen durchbrach die Absperrung. Eine Polizeistreife jagte dem

Fluchtwagen hinterher. Wenig später stoppten die Beamten das Fluchtfahrzeug. Auf dem Beifahrersitz saß ein Toter. Szenenwechsel. Die beiden Helden traten auf.

„Mei Leitmayr!"

„Mei Batic!"

Die Handlung floss dahin: Batic findet eine größere Menge Heroin. Die Freundin des Toten taucht auf. Ihre Recherche führt die beiden Kommissare zu einer Teppichhandlung, in der dunkle Geschäfte abgewickelt werden. Ein Ginger Ali wird erschossen. Anfeuerungsrufe: „Ja, Ivo, zeigs dene".

„Hau dem doch ane auf sei frechs Maul, lass der net alles gfalln, Franz." Die Freundin des ersten Mordopfers wird überfallen, der Täter entwendet ihr einen USB-Stick. Batic stellt ein Paket sicher, in welchem sich ein Steuermodul für Lenkwaffen befindet. Der gestohlene USB-Stick taucht bei einem Generalkonsul wieder auf. „Retta, mach amol den Ton a weng lauter", bat die Kunni ihre Freundin. Retta griff zur Fernsteuerung und drückte einen Knopf.

Plötzlich verzerrte sich der Bildschirm in ein schwarz-weißes Desaster und dann war da nichts mehr. Nur noch Schwärze. Der Bildschirm blieb schwarz und stumm. „Was hastn etz widder gmacht, alte Dolln?", beschwerte sich die Kunni. „Lauter sollst machen, net aus. Schalt widder ei!"

„Hab ich doch", wehrte sich die Retta, „ auf amol woar des Bild weg", wunderte sie sich.

„Gib mir amol die Fernsteuerung", wies die Kunni sie an, schaltete daraufhin den Stromkreis aus und wieder ein. Nichts passierte. Der Bildschirm blieb schwarz und stumm. Sie drückte auf andere Programmtasten. Nichts. Unten, an der Konsole des Fernsehgerätes, brannte ein rotes, kreisrundes Lichtsignal. „A so ein Klump, wie kriegn wir etz den Fernseher widder ein?", wollte die Kunni wissen.

„Der is gfreckt", stellte die Retta nüchtern fest, „mausetot, kaputt."

„Des kann ja net sei, den hab ich doch erscht vor a poar Wochn beim Saturn in Erlang kaft. Der Dirk und du, ihr wart doch mit dabei. Ob der Dirk des waß, wie mer den widder zum Lafn bringt?"

„Rufn halt o, den Dirk, der is bestimmt dahamm."

„Tut mir leid, meine Damen, aber das Gerät ist hinüber“, lautete das fachmännische Urteil des sauerländischen Rentners, zehn Minuten später. „Nichts zu machen.“

„Na, die kenna was erlebn, morgn. Dene werd ich aber den Marsch blasn, morgen früh. Dirk, fährst du uns nei, morgn früh, zum Saturn, nach Erlang?

„Wann soll's denn los gehen, die Damen?“

„Glei nachm Frühstück.“

*

Am nächsten Morgen, früh um neun Uhr, standen Kunigunde Holzmann, Margaretha Bauer, Dirk Loos und ein rechteckiger Pappkarton vor den noch verschlossenen Glastüren an den Erlanger Arcaden. „Bis die aufmachn, is ja der halbe Toch rum“, redete sich die Kunni in Rage. „Na, die vom Saturn könna ihr blaues Wunder erlebn“, belferte sie vor sich hin, „die werd ich heit aber aufmischn.“ Dreißig Minuten später öffnete ein Mitarbeiter des Sicherungsdienstes den Schließmechanismus der gläsernen Eingangstüren. Kunigunde Holzmann war die Erste, welche das Gebäude erstürmte. Gleich dahinter folgte die Retta, während sich Dirk Loos mit dem unhandlichen Pappkarton abmühte. „Ausm Wech“, rief die Kunni und stürmte zur Rolltreppe, welche in das Untergeschoss führte. Sie rannte in den riesigen Verkaufsraum hinein. Dort traf sie auf eine Frau, welche gerade die Geschäftsräume verlassen wollte. „Halt, do werd bliebn. Ja, mana Sie, dass Sie so einfach abhaua kenna? Mir an Fernseher andreha, der nach a poar Wochn sein Geist aufgibt, und dann still und heimlich verschwindn wolln? Net mit mir! Net mit der Kunni Holzmann. Da ham Sie sich aber täuscht! Schau dir na die Schlackn o“, rief sie der Retta zu, welche zwischenzeitlich auch am Ort des Dramas angekommen war, „abdampfn wollt die und mich mit meim kaputtn Fernseher do allans steh lassen. Do hert sich doch alles auf.“

„Was ist denn das für ein Geschrei hier?“ Ein Mann in dunkelblauem Anzug, weißem Hemd und dezenter gestreifter Seidenkrawatte näherte sich der Szene.

„Ghern Sie a zu der Bande da?“, ging ihn die Kunni an.

„Ich bin der Geschäftsführer“, beschied er und deutete auf sein Namensschild am Anzugrevers.

Kunni tippte mit dem rechten Zeigefinger auf das silbern farbige Schild. „Herr Schaschlik?“, meinte sie.

„Sczaptzicz“, stellte er richtig.

„Scho widder a Ausländer!“, entfuhr es der Kunni.

„Sie können gehen“, nickte der Geschäftsführer der türkischen Putzfrau mit ihrem roten Kopftuch, der blauen Arbeitsschürze und den in gelben Gummihandschuhen steckenden Armen zu, die mit ihrem grünen Plastikeimer immer noch verdattert neben der kleinen Gruppe stand. „Und nun zu Ihrem Problem. Was liegt denn an?“

„Was liegt denn an?“, wiederholte die Kunni. „A kaputter Fernseher, den ich erscht vor a poar Wochn hier bei Ihna kaft hab und der gestern beim Tatort sein Geist aufgebn hat. Des liegt an. Ratzfatz kaputt. Wo isn der Dirk mit dem Scheiß-Apparat?“ wollte sie wissen.

„Der kummt grad die Rolltreppn runter“, klärte sie die Retta auf.

„Dirk, kumm her!“, rief die Kunni, „zeig dem Herrn Schaschlik den Hundskrüppl-Fernseher. Den kann er gleich da behaltn und uns an neia mitgebn.“

„Das wird kaum möglich sein“, bemerkte der Mann im dunkelblauen Anzug. „Wir reparieren nicht und tauschen auch nicht um. Wir sind nur Verkäufer. Im Gewährleistungsfall müssen sie die Herstellerfirma direkt ansprechen.“

„Und was hasst des“, wollte die Kunni wissen.

„Das bedeutet, dass ich Ihnen die Telefonnummer des zuständigen Philips-Call-Centers geben werde. Dort rufen Sie dann an und reklamieren das defekte Fernsehgerät.“

„Ah Papperlapapp“, empörte sich die Kunni, „Erschtens waß ich goar net, ob in dem Fernseher da der Callsender eiprogrammiert is, und zweitens, was kann denn der Fernsehsender dafür, wenn der Scheiß-Fernseher freggt?“

„Das Call-Center ist das Service-Center der Firma Philips”, versuchte der Geschäftsführer zu erklären.

„Die ham an eigenen Fernsehsender, die von Philips?" Kunigunde Holzmann war sichtlich verwirrt, bis Dirk Loos einschritt.

„Das Call- oder Service-Center ist die Stelle der Firma Philips, an die wir uns wenden und telefonisch das defekte Fernsehgerät monieren müssen."

„Genau so ist es", atmete der Mann in Blau sichtlich erleichtert durch.

„Hasst des", wollte die Kunni wissen, „dass wir den ganzen Rotz da widder mitnehma müssn?"

„Leider ja", meldete sich Herr Schaschlik nochmals zu Wort, bevor er auf seinem Computer herumtippte und eine Telefonnummer ausdrucken ließ.

*

Während eine enttäuschte und sprachlose Kunigunde Holzmann, Margarethe Bauer und ein unhandlicher, rechteckiger Pappkarton von Dirk Loos wieder nach Röttenbach zurückgefahren wurden, lief im zweiten Stock in der Schornbaumstraße eine Besprechung unter sechs Augen. Joerg Kraemer, Gerald Fuchs und Sandra Millberger sondierten die aktuelle Situation. „So wie ich das sehe, haben wir mehrere Tatverdächtige mit unterschiedlichen Motiven", konstatierte der Kriminalhauptkommissar. „Ich fasse mal zusammen und schreibe an das White Board:

1. Johann Hammer

Motiv: Persönliche Bereicherung, will größter Teichwirt im Aischgrund werden, tötet gemeinsam mit Gisbert Holzmichl Horst Jäschke. Als ihm die Sache zu heiß wird, entledigt er sich seines Mitwissers (vielleicht drohte Gisbert Holzmichl zur Polizei zu gehen?)

Joerg Kraemer trat etwas von der Wandtafel zurück, als er mit dem Schreiben fertig war. „Bei den nachfolgenden Verdächtigen gehen wir davon aus, dass Johann Hammer zu Schaden kommen sollte, dass aber durch Verwechslung und/oder falscher Annahme Horst Jäschke und Gisbert Holzmichl zu Tode kamen. Vordringlich ist zu klären: Wer hat die Bremsanlage des Jeeps manipuliert." Der Hauptkommissar schrieb weiter:

2. Chantal Hammer

Motiv: Sie hasst ihren Vater aus zwei Gründen. Erstens hat er über lange Jahre den Lebenswillen ihrer Mutter gebrochen (zudem betrügt er seine Frau mit einer Nutte), zweitens lehnt er Chantals Freund ab und wird niemals einer engeren Verbindung zustimmen (Jlkan Hawleri könnte mit seiner Freundin unter einer Decke stecken, hat technisches Verständnis für Kfz, Bremsflüssigkeit!).

3. Jens Hammer (Bruder) und Bastian Wirth (Lebensgefährte von Jens Hammer)

Motiv: Johann Hammer diskreditiert seinen jüngeren Bruder vor der gesamten Verwandtschaft als „schwule Sau", Jens Hammer befürchtet, dass sein Bruder auch vor weiterer Veröffentlichung nicht zurückschreckt. Bastian Wirth hilft seinem Lebensgefährten bei der Ausführung der Taten.

4. Jupp Hornauer

Motiv: Persönliche Rache gegen alle drei Teichwirte, die sein Lebenswerk zerstören wollen, a) erkennt und ersticht Horst Jäschke als direkte Konsequenz für den Verrat seiner Alkoholfahrt, b) erkennt Horst Jäschke nicht und glaubt, Johann Hammer vor sich zu haben, leugnet, dass er sich in der Nacht vom 16. auf den 17. August in der Nähe des Tatortes aufgehalten hat. Auch am Donnerstag, den 4. September, hat sich Jupp Hornauer nachweislich in Röttenbach aufgehalten (Zugang zu Johann Hammers Jeep möglich? Bremsflüssigkeit!)

5. Unbekannter Obdachloser

Motiv: Persönliche Notsituation. Suche einleiten.

„Und nun, Frau Millberger, übergebe ich zu Punkt vier und fünf das Wort an Sie. Berichten Sie uns doch bitte, was Sie letzten Freitag von Frau Holzmann erfahren und zwischenzeitlich recherchiert haben."

„Ich beginne damit, dass mich Geralds Tante – Sie kennen sie ja – am Freitagnachmittag angerufen und mich gefragt hat, ob wir Bewegungsprofile von Mobiltelefonen ermitteln können. Sie habe den Verdacht, dass Jupp Hornauer uns bei seiner Befragung angelogen habe."

„Wie kommt sie darauf?", wollte der Kriminalhauptkommissar wissen.

„Ich komme gleich auf diesen Punkt zurück", antwortete die Polizeibeamtin, „lassen Sie mich der Reihe nach erzählen. Sagt Ihnen der Name Veronika Sapper noch etwas?"

„Veronika Sapper?", wiederholte Joerg Kraemer, „war das nicht die Frau eines Mordopfers in einem Fall vor drei, vier Jahren? Knollenblätterpilze!", fügte er hinzu.

„Genau", bestätigte die Assistentin von Gerald Fuchs. „Frau Sapper geht es heute – nach einer langen Leidenszeit – den Umständen entsprechend wieder gut. Sie konnte es sich jedenfalls leisten auf dem neuen Röttenbacher Baugebiet Am Sonnenhang ein kleines Häuschen zu errichten. Wenn Sie sich erinnern, die Leiche von Horst Jäschke wurde auf einem Feld unweit gegenüber der neuen Siedlung in Brand gesetzt. Jedenfalls ist das Häuschen von Frau Sapper das bisher einzige, welches schon bezogen ist. Ringsherum schießen Rohbauten wie Pilze aus dem Boden. Nun will Frau Sapper schon an mehreren Tagen und Nächten bemerkt haben, dass sich offensichtlich ein Landstreicher auf dem Baugebiet herumtreibt und sich dort wohnlich eingerichtet hat. Natürlich nicht während des Tages, aber in den Nächten soll er angeblich in diversen Rohbauten sein Nachtlager aufgeschlagen haben. Frau Sapper will dies zum wiederholten Male beobachtet haben. Nachdem Frau Sapper und Frau Kunigunde Holzmann sich gut kennen und Erstere hohes Vertrauen in Kunni Holzmann setzt, hat sie diese um Rat gefragt, was sie denn tun solle. Sie fühle sich nicht wohl, wenn ein Landstreicher während der Nacht auf dem Gelände herumstrolche. Na ja, die beiden Frauen haben offensichtlich ihr Gespräch um weitere Themen vertieft und dabei hat Frau Sapper angedeutet, dass sie auf dem besten Wege sei, wieder eine Beziehung zu einem Mann einzugehen. Da es sich aber um einen noch verheirateten Mann handle, wolle sie die Geschichte nicht an die große Glocke hängen. Er sei auch nicht aus Röttenbach, meinte sie, sondern aus der näheren Umgebung. Frau Sapper war nicht dazu zu bewegen, den Namen ihres Freundes kundzutun. Aber wie es der Teufel will, hat Frau Holzmann eine Visitenkarte in einer Sitzspalte des Sofas gefunden, auf dem sie saß. Und nun dürfen Sie dreimal raten, welcher Name auf der Karte stand."

„Jupp Hornauer", tippte Joerg Kraemer zielbewusst.

„So ist es", setzte Sandra Millberger ihre Erklärungen fort, „und als ich mir dann das Bewegungsprofil von Jupp Hornauers Mobiltelefon besorgt hatte, habe ich nicht schlecht gestaunt. Er war, wie Sie ja bereits an die Tafel geschrieben haben, in der Nacht vom 16. auf den 17. August in der Nähe des ersten Tatorts und war auch am 4. September in Röttenbach. So viel zu den Personen Nummer vier und Nummer fünf auf der Tafel."

„Leute, das habt ihr großartig recherchiert", lobte der Chef seine Mitarbeiter.

„Dank Frau Holzmann", warf die Polizistin ein.

„Sei's drum", fuhr er fort, „wir haben damit eine gute Ausgangsbasis die beiden Todesfälle aufzuklären. Ich schlage vor, wir gehen die Sache folgendermaßen an: …"

*

Kunni Holzmann konnte es kaum erwarten, bis sie wieder daheim war. Dirk Loos schleppte das defekte Fernsehgerät samt Pappkarton ins Wohnzimmer, Retta setzte erst mal frischen Kaffee auf und die Hausherrin stürzte ans Telefon. Sie wählte die Frankfurter Telefonnummer des Call-Centers. Der Apparat tickerte.

„Herzlich willkommen beim Philips Service-Center", begrüßte sie eine freundliche, mechanische, weibliche Stimme, „bedingt durch eine starke Frequentierung ist unser Netz im Moment leider etwas überlastet. Bleiben Sie dran und legen sie nicht auf, Sie werden gleich weitergeleitet." Dann folgte seichte Schlagermusik. *Rote Lippen sollst du küssen, denn zum Küssen sind sie da. Rote Lippen sind dem fernen Himmel ja so nah.* „Bleiben sie dran und legen Sie nicht auf, Sie werden gleich weitergeleitet." *Rote Lippen sollst du küssen, denn zum Küssen sind sie da,* … „Guten Tag, Sie befinden sich beim Philips Service-Center. Wenn Sie Fragen zu Philips-Produkten haben, drücken sie an Ihrem Telefon die Taste eins, wenn Sie Fragen zum Reparaturstatus Ihrer Geräte haben, drücken Sie die Zwei, wenn Sie Fragen zu Lieferzeiten haben, drücken Sie die Drei, wenn Sie Fragen zu den nächsten Messeveranstaltungen haben, drücken sie die Vier, wenn Sie Fragen allgemeiner Natur haben, drücken Sie die Fünf. Sobald einer unserer Mitarbeiter

frei wird, verbinden wir sie weiter. Bleiben Sie dran und legen sie nicht auf." *Ich wünsch mir an Biersee, so groß wie der Schliersee, so tief und so frisch, frisch, frisch, und ich wär a Fisch, Fisch, Fisch …* " „Des halt ich net aus", jammerte die Kunni. „Die schaffn mich no. Mei Nervn …" Voller Verzweiflung drückte sie die Taste Nummer zwei. … *wie tät ich dann saufen und immer nur tauchen …*
„Guten Tag, hier spricht Berthold Niemeier von Ihrem Philips-Service-Dienst. Was kann ich für Sie tun?", meldete sich eine joviale, fast kumpelhafte männliche Stimme jugendlichen Alters.

„Mei Fernseher is kaputt", beschwerte sich die Kunni.

„Verraten Sie mir Ihren Namen, Wohnort, wo und wann Sie das Gerät gekauft haben und die Artikelnummer, und schon kann Ihnen geholfen werden", versprach der Kumpel im fernen Frankfurt. „Dann stellen Sie sich vor Ihr Fernsehgerät und schalten es ein. Erzählen Sie mir dann, welche Probleme Sie haben."

„Des lässt sich nemmer einschalten", reagierte die Kunni mit matter, leiser Stimme.

„Aha", klang es jovial aus dem Hörer, „macht auch nichts. Aber die Artikelnummer brauche ich trotzdem."

„Und wo find ich die?"

„Indem Sie Ihr Fernsehgerät schwuppdiwupp umdrehen."

„Schwuppdiwupp?"

„Genau. Die Nummer müsste mit einem FBS-TZ 35 E beginnen."

„Dirk, findst du auf der Rückseite von meim Fernseher eine Nummer, die mit FBS-TZ 35 E beginnt? Dirk, könntest du überhaupt für mich weiter telefonieren? Ich pack des net …, die gehn mir alle aufn Geist."

17

„Als Erstes müssen wir versuchen, dieses Landstreichers habhaft zu werden", hatte Hauptkriminalkommissar Joerg Kraemer vorgegeben. „Wer weiß, vielleicht ist er ja ein wichtiger Zeuge oder kommt doch als möglicher Täter in Frage."

„Kann das nicht die Landpolizei in Höchstadt an der Aisch übernehmen?“, schlug Gerald Fuchs vor.

Am 9. September, nachmittags um siebzehn Uhr, fuhren Polizeihauptwachtmeister Max Wunderlich und sein Kollege Otto Siefenzahn nach Röttenbach und parkten ihr Zivilfahrzeug, einen grauen Opel Zafira, im Kaibachweg. Die beiden Beamten trugen Zivil. Beide hatten Rucksäcke dabei, in denen sich, neben einem restlichtstarken Fernglas und einer Wärmebildkamera, ein großer Ring magere Stadtwurst, acht Semmeln und vier Flaschen Bier befanden. Jeder der beiden Polizisten hatte sich einen Klappstuhl, sowie eine warme, gefütterte Jacke unter den Arm geklemmt. Sie richteten sich auf eine lange Nacht in einem zugigen Rohbau ein und sie hatten sich vorgenommen, die Lage zu sondieren, solange es noch hell war, um sich dann für einen Beobachtungsstandort zu entscheiden. Von dort aus gedachten sie dem Landstreicher aufzulauern und ihn vorläufig festzunehmen. Das sollte keine große Sache werden und einfach zu bewerkstelligen sein. Als sie mit ihrer Ausrüstung auf dem Baugebiet eintrafen, waren die Arbeiten vielerorts noch voll im Gang. Vor allem die Bauherren, die Eigenleistungen erbrachten, schufteten wie die Büffel. „Schau dir den Mordskasten an“, wies Max Wunderlich seinen Kollegen auf den Rohbau eines dreistöckigen Apartmenthauses hin. „Vo der Dachterrassn da obn kannst du des ganze Baugebiet überschaua.“

„Ich denk, da lass mer uns später nieder“, willigte Polizeiwachtmeister Otto Siefenzahn ein. „Hoffentlich hockn wir net die ganze Nacht da obn rum. Scheißjob. Geh mer nu a weng spaziern. Wir sen viel zu früh dran.“

„Mit die Klappstühl, die Rucksäck und die dickn Jackn?“

„Die tun wir ins Auto“, schlug Siefenzahn vor. „Wenn wir widder zurück sen, holn mir uns die Sachn, bevor wir uns auf die Lauer legn.“

Der Gesuchte, Ulrich Fürmann, war gar nicht so weit vom Neubaugebiet entfernt. In der Verlängerung der Schulstraße, etwas unterhalb des Bergrückens und einen Kilometer vom Ortsrand Röttenbachs entfernt, lag eine wunderschöne Streuobstwiese. Die Zwetschgen leuchteten in einem tiefen, dunklen Blau aus dem Blätterdach der Bäume. Alles war in diesem Jahr zwei Wochen früher dran als die Jahre zuvor. Der letzte milde Winter war schuld. Der Obdachlose hatte sich geistig auf ein rein vegetarisches Abendessen eingestellt und füllte seinen Rucksack mit reifen Früchten. Als er damit fertig war, setzte er sich am Rand der Wiese auf eine Bank und genoss die wohltuenden Strahlen der niedrig stehenden Abendsonne. Er saß gerade ein paar Minuten, da kamen unten vom Dorf zwei Männer in Jeans und Freizeitkleidung den Weg heraufspaziert. Als sie näher gekommen waren, blieben sie vor ihm stehen.

„Na, wächst des Obst heuer gut heran?", fragte einer der beiden. „Sie sind wohl der Eigentümer vo dera Streuobstwiesn da?"

„Kann man so sagen", antwortete Ulrich Fürmann. „Die Zwetschgen schmecken schon recht süß. Wenn Sie wollen, können Sie sich gerne welche vom Baum holen. Sind ja genug da." Einer der beiden Polizisten schritt zum nächsten Zwetschgenbaum, holte sich zwei, drei Früchte aus dem Blätterwerk und probierte.

„Au ja", rief Max Wunderlich aus, „die sen wirklich scho reif. Schad, dass ich ka Plastiktütn eisteckn hab. Mei Frau tät sich freia, wenns an Zwetschgenkuchn machen könnt."

„Das dürfte kein Problem sein", sprach daraufhin der Streuobstwieseneigentümer, griff in seinen Rucksack, zog eine EDEKA-Plastiktüte hervor und reichte sie Max Wunderlich.

„Tust für mich a a poar Zwetschgen nei", forderte ihn Otto Siefenzahn auf. „Zwetschgenkuchn isst mei Frau a gern."

„Wissen Sie, wo der Wech da eigentlich hie geht?", wollte Max Wunderlich von dem freundlichen Mann wissen.

„Da geht es nach Neuhaus rüber", meinte der, „immer durch den Wald, dann kommen Sie direkt zum Neuhausener Bierkeller. Der müsste bei dem Wetter eigentlich geöffnet haben."

„Wie lang left mer vo hier aus, wenn mer stramm geht?"

„Nicht länger als eine halbe Stunde."

„Otto, was manst? Zeit gnuch ham mer ja?"

„Probiern kennt mers."

*

Sissi Lohmeier hatte sich bereits ernsthafte Sorgen um ihren Hanni gemacht. Es war noch nie vorgekommen, dass er so lange Zeit nicht bei ihr gewesen war, geschweige denn, sich nicht mal telefonisch gemeldet hatte. Er sah auch nicht gut aus. Sein Gesicht wirkte eingefallen und grau. Abgenommen hatte er auch.

„Mir is a gar net gut erganga“, jammerte er. „Beruflicher Stress und jeglicher anderer Scheiß, den man sich bloß vorstelln kann. Ärcher, nix als Ärcher.“

„Um so friehers häst zu mir kumma solln“, argumentierte sie, „ich hätt dich scho widder aufpäppelt, und dein klan Zitteraal a.“

„Der hat in der letztn Zeit a gscheit glitten“, grinste Hanni der Hammer vor sich hin, „woar quasi arbeitslos.“

„Na hoffentli hat er net scho Hartz IV beantragt“, gurrte sie. „Was hälstn davon, wenn wir drei Hübschn a Entspannungsbad nehma tätn? Iech, du und dei Zitteraal? Ich könnt mich a in an Koi verwandln?“

„Des mach mer“, willigte Johann Hammer ein. „Wenn du dich in a Koi verwandelst, verwandelt sich mei Zitteraal in a Moräna.“

*

Es war schon dunkel, als Max Wunderlich und Otto Siefenzahn aus dem Wald herausstolperten und bierselig talwärts eilten. Otto Siefenzahn sah etwas mitgenommen, besser gesagt, etwas lädiert aus. Auf seiner Stirn glänzte eine frische blutunterlaufene Schürfwunde. Er hatte die mächtige Kriechwurzel einer Kiefer übersehen, welche sich quer über ihren gemeinsamen Weg dahin schlängelte. Zu allem Unglück trug er auch noch die Plastiktüte mit den Zwetschgen. Die wollte er auf keinen Fall loslassen, als er ins Straucheln geriet und mit dem Kopf auf einem morschen Baumstumpf knallte. Nun ja, die Plastiktüte platzte auf, als er sie mit seinen fünfundachtzig Kilogramm Körpergewicht unter sich begrub. Das süße, dunkelblaue Kernobst kullerte auf den mit Kiefernadeln übersäten Waldboden. Einige der zu Brei zerquetschten Früchte hingen Otto in seiner Frisur, als er sich wieder aufrappelte.

„Waßt du no genau, wo wir unser Auto abgstellt ham?“, wollte der Polizeihauptwachtmeister wissen, „wir müssn ja erscht no unsere Ausrüstung holn.“

„Die Zwetschgen brauch mer ja nimmer in den Kofferraum tu“, meinte Otto Siefenzahn.

„Genau, du Hornochs.“

„Des Auto parkt im Kaibachweg. Wenn du den Kaibachweg widder finden tätst, Max?“

„Mal schaua. A ungefähre Ahnung habb i scho. Aber nix gnaus wass ich im Moment a nu net. Des find mer scho widder.“

Die Zeiger ihrer Armbanduhren zeigten bereits zweiundzwanzig Uhr an, als sie ihren Beobachtungsposten in dem großen Rohbau beziehen wollten. „Scheiße“, schimpfte Max Wunderlich, „wir könna ja gar net nach obn.“

„Warum net?“

„Weil nu ka Treppn drin sen, in dem Scheiß-Rohbau.“

„Macht a nix“, erwiderte sein Kollege Otto, „draußn is so finster, da hast vo da obn eh ka Aussicht mehr.“

„Wie solln wir dann den Landstreicher finna? Solln wir vielleicht jedn Rohbau durchsuchn? Hast überhaupts die Taschenlampn eigsteckt?“

„Iiiech? Woran soll ich denn nu alles denkn? Ich hab mich doch scho um die Bierli, die Stadtwurscht und die Weckli kümmert.“

„Dann müss mers halt ohne Taschnlampn probiern.“ Die beiden Polizisten änderten ihre Strategie. Sie beschlossen jeden Rohbau Straße um Straße zu durchsuchen. Ihre Wärmebildkamera, welche sie auf die ungedämmten Außenwände der Hausfassaden richten wollten, nahmen sie mit. „Da siehgst, wenn aner hinter die Wänd licht“, klärte Max Wunderlich seinen Kollegen auf, „weil der Körper Wärme ausstrahlt. Die Infrarotstrahlung geht die Wänd durch und wird vo der Kamera aufgnumma.“ Sie begannen ihre Suche im Ginsterweg und wollten sich dann in Richtung Westen vorarbeiten. Hinter den herabgelassenen Jalousien in Veronika Sappers Haus brannte noch Licht. Vor dem Haus stand ein roter Opel Caravan. Aus einem Gefühl heraus schrieb sich Max Wunderlich das Kfz-Kennzeichen auf und machte ein Foto von dem Wagen. Der Motorblock unter der Haube erglühte auf dem Bild in einem hellen Rot.

Sie suchten bereits seit einer Stunde. Ergebnislos. Mitternacht war längst vorbei. Otto Siefenzahn musste mal. „Brunz halt einfach an des Hauseck hie“, riet ihm Max Wunderlich, „trocknt doch widder“, und zündete sich hinter vorgehaltener Hand eine Marlboro an.

„Horch amol“, flüsterte der pinkelnde Siefenzahn, der sich mit dem linken Arm an der Hauswand abstützte, „da schnarcht doch aner.“

„Tatsächlich“, flüsterte Max Wunderlich zurück. „Wie mei Fra. Die sächt a immer ganze Wälder um. Auf gehts, gemmer nei. Hol mern raus, den Landstreicher.“ Otto Siefenzahn ging voran, Max Wunderlich hielt sich dicht hinter ihm. „Pass bloß auf!“, flüsterte er seinem Vordermann ins Ohr.

„Ich pass scho …“ Es gab einen fürchterlichen Krach, als die teure Wärmebildkamera auf den Betonboden knallte und Otto Siefenzahn über den Holzklotz stolperte, der mitten im Weg lag. In der hintersten Ecke des zukünftigen Wohnzimmers rührte sich etwas. Dann wurde eine Taschenlampe eingeknipst. Wild entschlossen stürzten sich die beiden Beamten auf die Lichtquelle und es entwickelte sich eine wilde Rangelei. „Ja, do schau her, der Streuobstwieseneigentümer“, hörte man Max Wunderlich erstaunt verkünden, als er dem schlaftrunkenen Ulrich Fürmann mit dessen Taschenlampe ins Gesicht leuchtete.

18

„Herr Hornauer, warum haben Sie uns eigentlich angelogen, als wir Sie am 25. August fragten, wo Sie in der Nacht vom 16. auf den 17. August waren?“

„Wieso, was soll ich denn gsacht ham? Hab ich ieberhapt was gsacht? Ich kann mich fei da net dran erinnern, was ich gsacht haben soll.“

„Auf mehrfaches Nachfragen sagten Sie aus, dass Sie zuhause waren.“

„Na ja, dann werds scho so gwesen sei, wenn ich des gsacht hab.“

„Sie sagten weiterhin aus, dass Ihre Frau Sie seit Ihrer Alkoholfahrt herumkutschieren muss. Wo ist denn eigentlich Ihre Frau?“

„Des waß ich doch net. Die werd halt zum Eikafn gfoahrn sei.“

„Mit ihrem roten Opel Caravan, der vor der Türe steht?“, wollte Sandra wissen. „Ist sie schon länger weg zum Einkaufen?“

„Kann scho sei. Bin ich der Hüter meiner Frau?“

„Das nicht, Herr Hornauer. Ich weiß, dass Ihre Frau Doris am Tag Ihrer Alkoholfahrt Hals über Kopf zu ihrer kranken Mutter gefahren ist. Seitdem benutzen Sie ihren roten Opel und fahren in der Gegend herum.“

„Iiiech? Autofahrn? Niemals! Ich rühr ka Steuer net an. Des derf ich ja a goar net. Ohne an Führerschein. Da tät ich mich ja strafbar machen. Also des könna Sie mir net anhänga. Dafür ham Sie keinerlei Beweise.“

„Herr Hornauer, ist die 0151-22602163 Ihre mobile Telefonnummer bei der Telekom?“

„Was gehtn des Sie an? Mit Ihna will ich goar net telefoniern“

„Ist das hier Ihre Geschäftskarte?“, ließ die Polizistin nicht locker und hielt ihm seine Karte entgegen, welche die Kunni bei Veronika Sapper im Sofa versteckt gefunden hatte. „Ich lese Ihnen mal vor, was darauf steht: Aischgründer Karpfengroßhandel Jupp Hornauer, Telefon 0151-22602163, karpfen@karpfen-jupp.com, www.karpfen-jupp.de. Und auf der Rückseite steht der schlaue Spruch *Spiegelkarpfen gut gebacken, mei da kannst du super kacken.* Und nun komme ich wieder auf Ihre mobile Telefonnummer zurück. Herr Hornauer, wir haben uns ein Bewegungsprofil Ihres Handys besorgt. Ich führe es Ihnen mal vor.“

Sandra Hammer öffnete ihr Notebook und schaltete es ein. Gerald Fuchs hatte bis jetzt kein Wort gesagt. Er betrachtete Jupp Hornauer, der immer unruhiger auf seinem Sessel hin und her rutsche und dem winzige Schweißperlen auf der Stirn standen.

„Sehen Sie, Herr Hornauer, das hier ist das Bewegungsprofil ihres Mobiltelefons vom sechzehnten und siebzehnten August. Das hier ist Krausenbechhofen, und die roten Linien, die Sie sehen, das sind die Wege, welche Sie mit Ihrem Mobiltelefon zurückgelegt haben. Hier, sehen Sie: nach Gremsdorf, nach Höchstadt an der Aisch, nach Lonnerstadt, und zurück nach Krausenbechhofen. Am interessantesten ist diese rote Linie hier.“ Sandra deutete mit einem Kugelschreiber auf die Linie und vergrößerte das Bild. „Sehen Sie, diese Linie führt von Krausenbechhofen über Buch nach Neuhaus. Hier führt sie auf einen Waldweg, in der Nähe des Neuhausener

Bierkellers. Die Linie biegt aber nicht zum Keller ab, sondern führt geradeaus weiter durch den Wald. Hier kommt sie oberhalb von Röttenbach wieder aus dem Wald heraus und geht weiter bis in das Neubaugebiet Am Sonnenhügel. Dort endet sie. Rechts neben der roten Linie stehen die Uhrzeiten. Am Sonntag den 17. August, früh morgens um vier Uhr, führt die rote Linie den gleichen Weg wieder zurück bis nach Krausenbechhofen. Und jetzt frage ich Sie, welche Erklärung haben Sie dazu? Erzählen Sie mir nicht, dass Sie mit dem Fahrrad gefahren sind oder dass ein guter Freund Sie durch die Gegend gefahren hat", warnte ihn die Beamtin.

„Ich waß goar net, was Sie des angeht, wo ich überall gwesn sein soll. Und Ihrn Hokuspokus mit den Bildern da, wo die rotn Linien drauf sen, den glab ich sowieso net. Und ans lassns Ihna a gsacht sei: Ich bin früherst oft mitn Fahrrad unterwegs gwesn. Ich war in meine junga Jahrn sogar beim Höchstadter Radfahrsportclub und bin Renna gfahrn. Also täuschn Sie sich fei net, was meine Radsportambitiona angeht. Und in Röttenbach woar ich scho dreimal net. Was soll ich denn dort bei die Besenbinder?"

„Wann waren sie denn das letzte Mal in Röttenbach?", schaltete sich nun auch der Kommissar in das Gespräch ein. Jupp Hornauer richtete seinen Blick zur Zimmerdecke und legte seine Stirn in Falten. Er schien angestrengt nachzudenken.

„Ach Gott, des is bestimmt scho zwanzg Joahr her, Herr Kommissar, wenn net nu länger."

„Haben Sie den roten Opel Caravan, der draußen auf dem Hof steht, in den letzten Tagen an einen Bekannten oder Freund verliehen, oder sind Sie gar selbst gefahren?", hakte der Kommissar nach. „Oder wurde er kurzzeitig entwendet und wieder zurückgebracht?"

„Der rote Opel da draußen?", fragte der Hornauer nach.

„Ja genau der, oder haben Sie zwei davon?"

„Also na, Herr Kommissar. Seit meine liebe Frau zu ihrer krankn Mutter abgreist is, um sie gesund zu pflegn, is der Opel da draussn praktisch keine Sekundn bewegt wordn. Der steht immer nu da, quasi wie hiepappt."

„Vielleicht kann der auch fliegen?", merkte Gerald Fuchs an.

„Wer?"

„Der rote Opel da draußen."

„Also Herr Kommissar, etz machns aber Ihre Späßli mit mir. Lustich!"

„Nein, Herr Hornauer, ich mache keine Späßli, wie Sie sagen. Schon gar nicht mit Ihnen, und lustig ist das auch nicht." Der Kommissar griff in sein Jackett und zog ein Foto heraus. „Ist das der rote Opel Caravan Ihrer Frau?" Er hielt die Aufnahme Jupp Hornauer unter die Nase. „Hält sich Ihre Frau ab und zu in Röttenbach auf?"

„Na, gwiess net."

„Dann lügen Sie uns schon die ganze Zeit an, Herr Hornauer. Dieser Opel", der Kommissar hieb seinen rechten Zeigefinger auf das Foto, „parkte letzte Nacht vor dem Haus von Frau Veronika Sapper, im Neubaugebiet Am Sonnenhang in Röttenbach. Gehen Sie davon aus, dass Sie demnächst zu weiteren Vernehmungen ins Präsidium geladen werden. Schreiben Sie es meiner Gutmütigkeit zu, dass ich Sie nicht gleich vom Fleck weg vorläufig verhafte. Ich denke, Sie werden auch sehr bald von der Führerscheinstelle hören."

Jupp Hornauer blieb als geknickter Mann in seinem Wohnzimmer zurück. Er war fix und fertig. Gedanken zu fassen, fiel ihm schwer. Dann stand er auf, holte sich ein großes Wasserglas aus der Küche und eine volle Flasche Whiskey aus seinem Getränkeschrank und ließ sich wieder in den Wohnzimmersessel plumpsen. Er öffnete die Flasche und füllte das Glas zur Hälfte. Im Fenster betrachtete er sein Spiegelbild. Er hob das Glas. „Prost, alter Depp", sprach er seinem Spiegelbild im Fenster zu, „etz hockst ganz sche in der Scheiße." Dann trank er das Glas in einem Zug leer.

*

Margot Segmeier war voller Elan. Sie arbeitete am neuen Programm für die Ferienregion Aischgrund. *Dem Mörder auf der Spur!*, verkündete die Überschrift der ersten Seite. Auf ihrem Schreibtisch häuften sich ausgeschnittene Zeitungsberichte, welche täglich immer mehr wurden. Fast hätte sie die Chance, die sich ihr bot, verkannt. Dann, ganz plötzlich, kam ihr diese geniale Idee. Die Feriengäste brauchten ein gewisses Kribbeln im Bauch, Abenteuer pur, ein Gänsehautgefühl. Das war es, was der Region noch fehlte. Reihenweise gab es sie schon, diese Krimi-Dinner bei Kerzenschein. Alles nur harmloses Zeugs. Langweilig. Stinklangweilig und abgedroschen. Da muss erst Margot Segmeier mit der wirklich prickelnden Idee kommen: Mörderjagd quasi online. Wie im richtigen Leben. Seit dem 18. August 2014 hatte sie alle Regionalzeitungen gelesen, welche über die beiden Todesfälle in der Region berichteten. Jedes Detail war in ihrem Kopf abgespeichert. Zwei mysteriöse Fälle. Teuflisch geplant und ausgeführt. Und noch immer tappte die Polizei im Dunkeln. Das machte die Vorgänge umso interessanter und geheimnisvoller. Noch nie hatte sie einen Krimi gelesen, in dem der Mörder die Bremsflüssigkeit manipuliert hatte. Wie raffiniert. Ob der Mörder es tatsächlich auf den verunglückten Holzmichl abgesehen hatte, stand noch nicht einmal fest. Vielleicht hatte er es ja gar nicht auf diesen Teichwirt abgesehen? Vielleicht wollte er ja den Hammer erledigen. Nur der geheimnisvolle Täter konnte diese Frage beantworten. Margot Segmeier hatte beschlossen, diesen Mörder zu jagen, ihm die Maske vom Gesicht zu reißen. Ihre Feriengäste in der Region würden das übernehmen. In dem neuen Ferienprogramm *Dem Mörder auf der Spur* war Spannung angesagt. Sie hatte das Konzept im Kopf, hatte schon mit der Aufbereitung begonnen, musste es quasi nur noch detailliert zu Papier bringen und die Fälle dokumentieren. Ein erfahrener Krimiautor musste sie unterstützen, musste die Fälle spannend, logisch und tagesaktuell aufbereiten. Gab es da nicht einen in Röttenbach, der sogar in fränkischer Mundart schrieb? Sie musste sich mal erkundigen. Fünfzehn, maximal zwanzig Personen pro Gruppe. Mehr machte keinen Sinn. Wenn die Sache einschlagen sollte, und davon war sie überzeugt, musste sie Räume anmieten. Sie brauchte virtuelle Kommissariate. Die Gruppen, die sich auf Mörderjagd begaben, mussten mit Aufgaben betraut werden, mussten ihre Rolle spielen, wie im richtigen Leben. Zwei Kommissare, vielleicht auch drei, eine Assistentin zur Unterstützung, ein, zwei Psychologen, eine Bürokraft, einen Fahrer, zwei Presseberichterstatter, welche die Ermittler mit tagesaktuellen Informationen versorgten und die echten Medienberichte analysierten. Die Truppe musste mobil sein. Sie durfte nicht vergessen, ein Fahrzeug zu leasen. Es würde Tatortbesichtigungen geben, soweit möglich natürlich. Die Fahnder würden mit den echten Zeugen sprechen. Zweimal am Tag Lagesondierung im Besprechungszimmer des Kommissariats. Über die Höhe der Teilnehmergebühren würde sie sich später noch Gedanken machen, wenn das Konzept endgültig stand und sie die ersten Kostenkalkulationen durchgeführt hatte. Klar, dass die Rolle eines Kommissars mehr kosten würde, als die Rolle einer Bürokraft. Margot Segmeier stellte sich vor, das Ganze ähnlich aufzuziehen wie RTL das Dschungelcamp, nur dass die Teilnehmer kein Geld bekamen, sondern mitbrachten. Sie würden in Hotels wohnen, Essen gehen, Tagestouren unternehmen, kurz: Geld ausgeben im schönen Aischgrund. Die Vereinspräsidentin musste sich sputen, die Sache musste schnell umgesetzt werden, weil sie hatte schon den nächsten Schritt im Kopf. Was tun mit den gelösten Fällen? Die Verbrecher mussten verurteilt, ihren gerechten Strafen zugeführt werden. Die Feriengäste konnten das virtuell durchspielen. Dazu brauchte man ein Gericht mit Richtern, Staatsanwälten, Verteidigern, Angeklagten, Zeugen, Zuschauern, Gutachtern, Gerichtsangestellten und mehr. *Strafprozessordnung besorgen* schrieb sie auf einen Zettel. Margot Segmeier sah auf die Uhr auf ihrem Schreibtisch. Schon wieder zwanzig Uhr. Eine Stunde würde sie noch arbeiten, dann war aber Feierabend. Sie freute sich schon auf den nächsten Tag. Sie hatte noch so viel zu tun. Ach wie liebte sie das Frankenland und die fränkischen Mörder, denen es bald an den Kragen gehen würde.

Die einzige Sorge, die Margot Segmeier allmählich umtrieb, war der mögliche Umstand, dass es in der Region mal keine Morde, Schwerverbrechen, Entführungen, oder dergleichen geben könnte. Dann gäbe es gar nichts aufzuklären. Niemand müsste vor Gericht verurteilt werden. Eine schreckliche Situation. Nicht vorstellbar. „Vielleicht könnte man dann einen Mörder anheuern", ging es ihr durch den Kopf. Kommt Zeit, kommt Rat. In der Ruhe liegt die Kraft.

*

Auch Heino Wassermann war mehr als happy. Jupp Hornauer hatte ihn angerufen und ihn gebeten, am Donnerstag, den 18. September, bei ihm in Krausenbechhofen vorbeizukommen. Zunächst hatte er Bedenken, dass er lediglich seine kostbare Zeit vertrödeln würde, denn Jupp Hornauer hatte wohl ordentlich gebechert. Seine Zunge war schwer und seine Stimme überschlug sich bei jedem zweiten Satz.

Nun aber, nach dem Gespräch – er kam gerade vom Jupp und war auf dem Heimweg –, war er regelrecht beschwingt und freudig aufgewühlt. Seine Zukunft schillerte rosig am Horizont. Man musste eben nur die entsprechende Geduld haben und auf den rechten Moment warten können. Er erinnerte sich an jedes Wort des Gespräches:

„Ich will goar net um den heißen Brei rumredn, Herr Wassermann“, hatte der Jupp begonnen, „Sie wissen ja, dass mir die Bulln vor Kurzem den Schein zwickt ham. Mei eigene Schuld. Hätt halt net so viel saufn beziehungsweise mich net ans Steuer setzn dürfn. Aber was passiert is, is passiert. Jammern nutzt nix. Wir zwa haben uns ja scho amol drüber unterhaltn, wie wir näher ins Gschäft kumma könntn. Also, um die Sach aufn Punkt zu bringa, um mei Gschäft weiterhin betreibn zu kenna, muss ich mobil sei. Im Moment is des net möglich. Mei Frau, die mich fahrn könnt, is net da, is bei ihrer krankn Mutter, mit der es langsam zu End geht. Aber selbst wenns da wär, wär des auf Dauer a ka Lösung. Kurzum, ich brauch an Fahrer. Aber net bloß an Fahrer, sondern jemand, auf den ich mich verlassn kann, der mich in allen Belangen unterstützt und meine Interessen vertritt. Also, ich tät Sie gern bei mir im Betrieb eistelln. Über des Gehalt werdn wir uns scho einich. Da bin ich mir sicher. Hörn Sie sich aber erscht an, was mir vorschwebt und was ich vo Ihna erwartn tät. Wenn sie zusagn und ich mit Ihrer Ärwert zufriedn bin, tät ich Sie nach, soch mer amol, … nach an halbn Joahr Probezeit zu meinem Prokuristn ernenna und zu meim Stellvertreter. Ihre Prokura wird natürlich im Handelsregister eitragn. Des is aber no net alles. Sie wissen, dass ich maßgeblich unsere Genossenschaft aufbaut hab. Die Zertifizierung für unsere Karpfen a.d.A. is a zum größtn Teil auf mein Mist gwachsen. Wegn der bledn Alkoholfahrt hab ich aber vo dem Postn als Vorstandsvorsitznder der Genossenschaft zurücktretn müssn. Damit konnt sich der Kellers Waldi, die alte Flaschn, als mei Stellvertreter ins gmachte Nest hockn. Net lang, wie ich hoff. In naher Zukunft stehn ja Neuwahln an. Ich selber kann net kandidiern, solang die Sach mit meim Fall vor Gericht net entschiedn is. Ich will aber, dass die

Genossenschaft von jemandem geführt wird, dem ich vertrau und der meine Interessn vertritt. Sie ärwern bei Siemens. Sie solltn eigentlich wissen, was Mänetschment bedeutet. Deswegen hab ich mir denkt, dass es am gscheitstn wär, wenn Sie den Job als Vorstandsvorsitzender der Genossenschaft übernehma tätn. Wenn Sie mein Angebot akzeptiern, würd ich scho dafür sorgn, dass des klappt. Da brauchns Ihna goar ka Sorgn drüber zu machen. Ich waß ja, dass Sie den Verein Umwelt und Tierisches Leben führn und die Ärwert gern machen. Also vo mir aus könntn Sie des in Zukunft a weiter machen, sofern Ihre Aktivitätn für meine Firma net drunter leidn tun. Was haltn Sie vo meim Angebot?"

Heino Wassermann schwirrte der Kopf. Das war mehr, als er sich in seinen kühnsten Träumen erhofft hatte. Doch so einfach wollte er es seinem künftigen Chef auch nicht machen.

„Das klingt alles sehr interessant, Herr Hornauer, und es ehrt mich auch, dass Sie mir diese Offerte unterbreiten. Natürlich muss ich das Thema Geld ansprechen. Sie können sich sicherlich vorstellen, dass ich mich gehaltlich nicht verschlechtern möchte. Und ich hätte eine zweite Bitte, für den Fall, dass wir uns einigen."

„Und die wär", wollte Jupp Hornauer wissen.

„Es geht um den Verein Umwelt und Tierisches Leben. Wie Sie schon erwähnt haben, führe ich derzeit den Verein und bin bestrebt, Unterstützer und Sponsoren für unsere Sache zu gewinnen. Also ich denke da an einen oder mehrere finanzkräftige Mäzene. Könnten Sie sich vorstellen, unserem Verein beizutreten, sei es als aktives oder passives Mitglied, um für die Förderung des Vereins ein gewisses Scherflein beizutragen?"

„Is des alles?"

„Im Moment schon."

„Dann verrat ich Ihnen gleich Ihr Anfangsgehalt und des Gehalt, des Sie später als Prokurist bekommen täten. Wenn ich dem Verein Umwelt und Tierisches Leben als passives Mitglied beitret und, sag mer amol pro Joahr, mit zehntausnd Euro unterstützn tät, wär des in Ordnung?"

Er konnte gar nicht anders, als das großzügige Angebot von Jupp Hornauer anzunehmen und sein Kündigungsschreiben so schnell wie möglich seinem Vorgesetzten bei Siemens mit einem Lächeln in die Hände zu drücken.

„Etz lass mer aber auch des förmliche *Sie* sei“, hatte sein zukünftiger Boss vorgeschlagen, nachdem sie sich geeinigt hatten. „Ich bin der Jupp.“

„Und ich der Heino“, hatte er geantwortet.

19

Hanni der Hammer kam in den letzten Tagen nicht mehr aus dem Grübeln heraus. Selbst Sissi in ihrem aufregenden Koi-Kostüm konnte ihm da nicht wirklich helfen. Die Kunni hatte vor Tagen deutliche Worte gesprochen. Jemand war hinter ihm her. Er war das Ziel der mörderischen Anschläge, für die andere sterben mussten. Seine besten Freunde, Horst Jäschke und Bertl Holzmichl. Wer steckte hinter dem Ganzen? Wer trachtete ihm nach dem Leben und vor allem: Warum? Er konnte sich keinen Reim darauf machen. Steckte doch dieser durchtriebene Hornauer dahinter? Diese besoffene Sau. Das konnte gut sein. Der Kerl geht über Leichen, wenn er sich angegriffen fühlt, da war sich Johann Hammer sicher. Der hatte einen langen Arm und viele Helfershelfer. Dieser Heino Wassermann, den der Krausenbechhofener eingestellt hatte, den zählte er auch dazu. „Des ist auch so a grüner Körnerfresser, a Sandalnlatscher der Extraklasse. Bei Siemens hat der noch nix backn kricht, sacht mer“, ging es ihm durch den Kopf. Dass die Kripo den Hornauer auch im Visier hatte, das hatte ihm die Kunni angedeutet. Er musste auf der Hut sein.

Oder hatte der Hornauer mit den Mordanschlägen gar nichts zu tun? Kamen die aus einer ganz anderen Ecke? Sein Bruder Jens ging ihm durch den Kopf. Was der jetzt wohl machte? Der musste immer noch stinksauer auf ihn sein. Jedenfalls hatte er sich seit Chantals Geburtstagsfeier nicht mehr bei ihm gemeldet. „Der bibbert bestimmt vor Angst, dass ich sei Homosexualität überall rumerzähl. Dann könnt der wirkli eipackn, als Lehrer und als Stadtrat. Ob ich den Jens einfach mal besuchn sollt – unangemeldet – und ihn einfach fragn sollt, ob ers auf mei Lebn abgsehn hat?

Einfach schaua, wie der reagiert. Mit der Chantal hat er ja offensichtli noch Kontakt. "

Seine Tochter war für ihn ein weiteres ungelöstes Problem. Er spürte, dass sie ihn nicht mochte, nicht respektierte, ja regelrecht verachtete. Ob die mit ihrem Onkel Jens vielleicht unter einer Decke steckte? Wusste der Schwule von dem Türken? Vielleicht hatten sich ja alle drei gegen ihn verbündet und warteten nur auf die nächstbeste Gelegenheit ihn abzuservieren? Dann fiel ihm noch dieser Landstreicher ein, der sich seit ein paar Wochen in der Gegend herumtrieb. Wer weiß, was der für eine Vergangenheit hatte. Vielleicht hatte der schon mal gesessen? Ein gewalttätiger Schwerkrimineller? Hanni der Hammer war davon überzeugt, dass dieser Taugenichts bei ihm in der Gartenlaube eingebrochen war und den Kühlschrank leergefressen hatte. Damit war's jetzt vorbei. An dem Stacheldraht kam niemand mehr vorbei.

Johann Hammer dröhnte der Kopf. Er konnte sich nicht mehr auf das Wesentliche konzentrieren. Zu viele Gedanken. Zu viele Wenn und Aber. Aber was sollte er nun tun? Er konnte doch nicht warten, bis der Mörder wieder versuchte, die Gelegenheit am Schopf zu packen. Verkriechen half auch nichts. Sollte er sein Leben deswegen ändern? Auf die Besuche bei Sissi verzichten? Das Karpfengeschäft einschränken oder gar aufgeben? Kam doch gar nicht in Frage! Im Gegenteil – jetzt erst recht. Er würde demnächst nochmals das Gespräch mit Hanna Jäschke suchen. Wenn Bertl nicht mehr war, würde er eben Horsts ehemalige Weiher alleine aufkaufen. Geld war Gott sei Dank kein Problem. Er würde weiter kämpfen. Aktiv. Er würde sich auf die Suche nach dem geheimnisvollen Mörder begeben. Er hatte beschlossen, den Spieß umzudrehen, und wehe, er würde das verdammte Schwein finden. Doch bevor er sich nochmals mit Hanna treffen würde, würde er diesem anderen Schwein, diesem Jupp Hornauer, eins auswischen. Einhundert Euro hatte ihm die Information gekostet. Wenn das stimmte, was er erfahren hatte, war dieser Betrüger erledigt. „Ich werde dich überführen, Jupp", flüsterte er vor sich hin, „und dann … Karpfengeschäft, ade. Keine Sau wird deine Karpfen mehr kaufen."

*

Die Untersuchung des demolierten Jeep Wrangler TJ und der beiden in den Unfall verwickelten landwirtschaftlichen Fahrzeuge zog sich hin. Aber nun stand das Ergebnis zu einhundert Prozent fest: Die Bremsflüssigkeit des Pkws war manipuliert worden. Es grenzte an ein Wunder, dass der Jeep mit der verwässerten Bremsflüssigkeit überhaupt so weit gekommen war. Der Druckpunkt der Bremsanlage war dahin, als die Bremsen heiß wurden und das Wasser in den Bremsleitungen verdampfte, und das geschah ausgerechnet bei der Bergabfahrt, hinunter nach Weisendorf. Nun galt es festzustellen, wer und zu welchem Zeitpunkt sich an der Bremsanlage zu schaffen gemacht hatte. Im Grundsatz gab es zwei Möglichkeiten: Entweder Johann Hammer war es selbst, oder es war ein Dritter. Die Konsequenzen, die sich daraus ableiten ließen, konnten unterschiedlicher nicht sein. Doch wer außer dem Pkw-Eigentümer konnte sich noch Zugang zu dem Motorraum des Jeeps verschaffen? Das Fahrzeug stand am 4. September ungefähr eine Stunde unbewacht auf der Garagenauffahrt von Johann Hammer – mit offenen Türen und offener Motorhaube. Das war, als Hanni der Hammer und Kunigunde Holzmann im Wohnzimmer des Hauses ein Gespräch führten. Theoretisch hätte jeder, der in der Jahnstraße an dem Haus vorbeikam, Zutritt zu dem Fahrzeug haben können. Aber das war nicht die einzige Möglichkeit. Der Jeep stand die ganze Nacht vorm Haus.

Kunigunde Holzmann und Sandra Millberger diskutierten und besprachen seit einer halben Stunde genau diesen Sachverhalt am Telefon. „Die Zeit verrennt, Tante Kunni, und wir haben noch immer nichts Konkretes in Händen. Wir schreiben bereits den 19. September. Der erste Mord geschah vor über einem Monat, und bis jetzt ist es uns nicht gelungen, den möglichen Täterkreis einzugrenzen. Manchmal überlege ich, warum die großen IT-Konzerne, wie Apple, Samsung, Google oder Microsoft, noch keine Verbrecher-App erfunden haben. Weißt du, du gibst in deinen Computer, dein iPad oder dein Smartphone eine Tatortbeschreibung und den Kreis der Verdächtigen ein und schon spuckt dein Gerät den Namen des Verbrechers aus. Egal, ob es sich um einen Mörder, Entführer, Bankräuber oder Erpresser handelt."

In Kunnis Gehirnwindungen rumorte es augenblicklich. Viele kleine Zahnrädchen griffen plötzlich ineinander und begannen sich immer schneller zu drehen. „Sandra halt di fest, wenn wir Glück ham, gibts so a Äpp. Jedenfalls so was Ähnlichs. Aber des muss ich erscht abklärn, dazu muss ich jemandn anrufen. Ich lech etz auf und meld mi gleich widder, gell. Bis gleich."

Drei Minuten später klingelte das Telefon im Kommissariat der Kripo Erlangen wieder. Sandra Millberger und Gerald Fuchs warteten bereits mit Ungeduld auf Kunnis Rückruf. „Ich bin ja gespannt, was der alten Hexe wieder eingefallen ist. Hat Sie was angedeutet?"

„Nein, nichts." Sandra nahm den Hörer ab und stellte den Lautsprecher ein. „Ja, Tante Kunni, ich bin's wieder, die Sandra. Der Gerald ist auch da und hört mit. Hast du was Neues für uns?"

„Und ob. Die Kunni hat immer was Neis für eich", klang sie ganz aufgeregt und optimistisch. „Ich hab jemanden, der möcht euch gern an klan Film vorführn."

„Tante Kunni", griff der Kommissar ins Gespräch ein, „jetzt ist wahrlich keine Zeit, Scherzchen zu machen. Uns läuft die Zeit davon und du lädst uns zu einem Filmchen ein."

„Und wenn der Film am 4. September dreht worn is und zeicht, wie eine, na, wie zwa Persona um einen blauen Jeep rumlafn?", wollte die Kunni wissen.

„Wir kommen sofort. Sind in zwanzig Minuten bei dir."

*

Das iPad war eingeschaltet. Der Kommissar, seine Assistentin und Kunni standen um Linus Amon herum. Der hielt das aufgeklappte Gerät in seiner Linken und tippte mit dem kleinen Finger seiner rechten Hand ganz kurz auf das Video-Feld in der rechten oberen Bildschirmecke. Augenblicklich öffnete sich ein Fenster und zeigte eine Filmszene, welche aus der Luft gemacht wurde. Die Kamera zoomte weg von einer älteren Frau, die auf dem Gehsteig der Jahnstraße dahinwackelte. „Des bin ja ich", stellte die Kunni fest. „Linus, alter Lauser, des hast mir aber net gsacht, dassd mich a gfilmt hast. Wie schaut denn mei Frisur aus!" Die Kamera folgte dem Weg der Alten, die nach kurzer Zeit rechts in eine Garageneinfahrt abbog. Ein

Mann im Blaumann stand gebeugt über der offenen Motorhaube eines blauen Jeep Wrangler TJ. Johann Hammer. Die beiden sprachen miteinander und gestikulierten wild. Die Kamera drehte Kreise über den beiden, die manchmal größer, manchmal kleiner wurden. Dann verschwanden Johann Hammer und Kunni ins Innere des Hauses. Die Kamera ging tiefer und näherte sich dem Pkw. Sie umtanzte das Fahrzeug, dessen Motorhaube und Türen offen standen, und schoss plötzlich wieder in die Höhe. Dann, zwei, drei Sekunden später geriet eine andere Person in den Aufnahmebereich der Kamera.

„Aber das ist doch …“, entfuhr es Sandra erstaunt, „… und dahinter kommt …“

*

Am Spätnachmittag machte sich Kunni auf den Weg zur Sparkasse. Sie wollte ihre Kontoauszüge ausdrucken lassen. Außerdem brauchte sie mal wieder etwas Bares aus dem Geldautomaten. Margarethe Bauer, die in den letzten drei Tagen mit dem Seniorenkreis einen Ausflug nach Dresden und ins Elbsandsteingebirge unternommen hatte, begleitete sie. Auch Retta musste ihre Portokasse wieder auffüllen. „Wie wars denn auf dem Ausfluch?“, wollte die Kunni wissen.

„Schee, also einfach schee.“ Die Retta war immer noch begeistert und beeindruckt. „Des Dresdn is so eine wunderbare Stadt. Schad, dassd net mit dabei warst. Der Zwinger, die Frauenkergn, die Semperoper, die Hofkergn, also die ganze Stadt, … so schee widder hergricht. Des is a Genuss.“

„Und wie woar des Wetter?“

„Des woar net su schee. Grengt hats die ganze Zeit.“

„Na, Gott sei Dank, dass ich net mit dabei woar. Und die Leit?“, erkundigte sich die Kunni.

„A furchtbarer Dialekt! Aber glacht ham wir. Über dene ihre Witz. Horch zu: Sacht a Bu zu seim Vater: Baba, hier steht *ägyptisch,* was issn das? – Egibbdisch? Nu ganz efach, das isse Disch zum Gibben.“ Die Retta brach in schallendes Gelächter aus und bog sich vor Lachen.

„Versteh ich net“, kommentierte die Kunni, „was gibtsn da zu lachn?“

„Na a Kipptisch“, versuchte die Retta zu erklären. „Verstehst net?“

„Na!“

„Horch zu, vielleicht verstehst den: A Vater möchte seim zwölfjährichn Sohn die Tiere des Waldes zeign. Steigns auf an Hochsitz. Der Bu schaut nach Nordn und sicht zwa Füx – der Vater schaut nach Südn und sicht a nackerte Fra. Schreit der Bu: Baba Figgse, Figgse! Sacht der Vater: Nur wenn de de Muddi nischt soochst!“

„Pfui , Retta, su a Sauerei. Da hört si der Spaß aber auf.“

„Ach des macht ja ka Freud mit dir. Entweder du verstehst den Witz net oder du findstn unpassend. Dir erzähl ich kan mehr. Und was hast du gmacht? Gibts was Neis?“

„Jede Menge, horch zu.“

*

Als die beiden Freundinnen bei der Sparkasse angekommen waren, war auch die Retta wieder auf dem aktuellsten Stand. „Und wer ihr Freind is, hat die Veronika net erzählt?“, wunderte sich die Retta. „Sunst is die doch a immer so mitteilungsbedürftich?“

„Der Hornauer is“, verriet ihr die Kunni, „hab doch zufälli sei Gschäftskartn auf der Veronika ihrm Sofa gfundn. Die war an der Rücknlehne in so aner Sitzfaltn neigrutscht.“

„Der Hornauer?“, wiederholte die Retta ungläubig, „die fette Sau? Ja hat denn die Veronika kan bessern Gschmack? Den tät ich ja net amol mit Asbesthandschu ofassn.“

„Pssst!“, warnte sie die Kunni, „net su laut. Die kummt grod aus der Sparkassa raus.“ Veronika Sapper hielt ihre Kontoauszüge in den Händen und überflog flüchtig ihre Ausgaben und Geldzugänge. Sie war so vertieft, dass sie die beiden Witwen gar nicht bemerkt hätte, hätte die Kunni sie nicht angesprochen. Veronika sah schlecht aus. Ihre Augen waren gerötet. Sie musste Rotz und Wasser geheult haben.

„Unser junges Glück …“, sprach die Kunni sie an.

Veronika Sapper schreckte hoch. Erst jetzt bemerkte sie die beiden. „Kennst uns gar nemmer, Veronika?“, setzte nun die Retta hinzu. „Die

Kunni hat mir derzählt, dass du nei liiert bist? Wer is es denn, der Glickliche? Oder derf mer des no goar net erfahrn? Is immer no a Geheimnis?“

„Der Teifl solln holn, den Kreizdunnerwetter Hundskrüppl“, stieß Veronika wütend hervor. Dabei schossen ihr die Tränen in die Augen, wie einem Kleinkind, wenn es zahnt. „Erscht machns an große Hoffnunga und Versprechen, die Kruzifix-Mannsbilder, und dann wollns aus heiterm Himmel auf amol nix mehr vo dir wissen. Wenn ich da an mein Hubsi denk, der woar net a so. Des woar a anständiger Mo. Der hat mir jeden Wunsch vo die Augn abglesn.“

„Auf wen schimpfsnd überhaupt so, wie a Rohrspatz?“

„Na, auf wen wohl? Auf den Hornauer, den Hochstapler. Ruft der mich mirnixdirnix am Mittwoch mitten in der Nacht an und sacht: *Du Veronika, ich hab mir des überlecht. Mit uns zwa wird des fei nix. I wollt dir des bloß gsacht ham. Dass du dich net wunderst, wenn ich nemmer bei dir vorbei kumm.* Des war alles, was er gsacht hat. Dann hat der aufglecht. Ka Muh und ka Mäh, warum. Den Toch vorher hat er mich nu besucht. Mit dem Auto vo seiner Fra. Dabei hat der net amol an Führerschein mehr, die alte Saufkugl. Is des net a anziche Sauerei?“

„Veronika“, fügte die Kunni noch hinzu, „hat der dich …, ich mein …, hast du mit dem …“

Veronika Sapper schluckte und deutete ein leichtes Kopfnicken an. „Aber a des, glab mers, kannst vergessn.“

20

Zeitgleich saßen Jlkan Hawleri und seine Freundin Chantal in der Schornbaumstraße in getrennten Vernehmungszimmern. Gerald Fuchs beschäftigte sich mit Jlkan, während Sandra seine Freundin Chantal Hammer vernahm.

Das Notebook war aufgeklappt und zeigte eine Filmszene, in der sich eine ältere Frau mit Chantals Vater unterhielt. Das Besondere an dem Film war, dass er aus der Luft aufgenommen war. Die beiden diskutierten heftig. Jlkan kannte den Wagen, dessen Türen und Motorhaube offen standen. Er erinnerte sich auch an den Tag, an welchem der Film aufgenommen wurde. Dann gingen Chantals Vater und die Alte ins Haus. Der Jeep kam näher. Die Kamera umtanzte den Pkw und stieg wieder höher. Jlkan ahnte, was gleich kommen würde: Chantal betrat die Garagenauffahrt und deutete auf den Jeep. Ihre dunklen Haare bildeten einen hübschen Kontrast zu ihrem roten Anorak. Dann sah er, wie er in die Szene trat. Er lachte und scherzte mit Chantal und näherte sich dem offen stehenden Motorblock des Wagens. Er beugte sich über den Motorraum. Kommissar Fuchs stoppte den Film. „Was haben Sie in diesem Moment gemacht?“, wollte er wissen.

„Ich habe Chantal die Wirkungsweise des Motors und des Getriebes erklärt“, gab Jlkan Hawleri zur Antwort. „Wir haben uns vorher über Autos unterhalten.“

„Ich glaube, ich begreife da etwas nicht“, wunderte sich der Kriminalist, „vor Tagen erklären Sie mir, dass Sie sich vom Elternhaus Chantals fernhalten, um ihrem Vater nicht über den Weg zu laufen, und in dem Film schlendern Sie mit Ihrer Freundin wie selbstverständlich auf die Garagenauffahrt und erklären ihr die Funktionsweise eines Pkw-Motors. Habe ich da etwas versäumt?“

„Nein, überhaupt nicht“, gab sich Jlkan Hawleri gelassen. „Sehen Sie, Chantal und ich haben – wie ich Ihnen ja kürzlich schon erklärt habe – an dem Tag einen Spaziergang über die Felder gemacht und sind über die Schulstraße wieder zurückgekommen. An der Alten Schule sind wir den Fußweg zur Jahnstraße gegangen. Oben auf der Höhe wollte ich mich eigentlich von meiner Freundin verabschieden. Dann haben wir gesehen, wie sich ihr Vater mit einer älteren Dame unterhielt. Die, die wir gerade im Film gesehen haben. *Das ist die Kunni*, hat mir Chantal noch erklärt, *eine der größten Tratschtanten im ganzen Dorf. Und was will die von deinem Vater?*, habe ich sie gefragt. *Keine Ahnung*, hat sie gesagt. Dann sind die beiden plötzlich im Haus verschwunden. *Jetzt kannst du mir noch schnell erklären, wie so ein Motor funktioniert*, meinte sie. Das war der einzige Grund, warum ich sie noch bis vors Haus begleitet habe. Ihr Vater war ja zu diesem Zeitpunkt beschäftigt.“

„Und was war der so dringende Anlass, dass Sie Ihrer Freundin auf die Schnelle die Funktionsweise eines Pkw-Motors erklären mussten?“

„Sie will sich demnächst einen gebrauchten Wagen kaufen und ist sich noch nicht im Klaren, ob es ein Benziner oder ein Diesel sein soll."

„Und die Wirkungsweise der Bremsanlage haben Sie ihr auch erklärt?"

„Warum sollte ich? Sie hat ja nicht danach gefragt." Sandra Millberger und ihr Chef mussten die beiden wieder gehen lassen. Ihre beiden Aussagen deckten sich bis ins kleinste Detail. „Das ist mir irgendwie zu perfekt", grübelte der Kommissar vor sich hin, als Jlkan und Chantal wieder gegangen waren. „Vielleicht haben die beiden die Drohne bemerkt und registriert, dass sie gefilmt wurden", riet die Polizistin. „In diesem Fall mussten sie damit rechnen, dass sie möglicherweise befragt werden. Zeit, sich auf eine Vernehmung vorzubereiten, hatten sie ja genügend."

„Wir werden die beiden jedenfalls im Auge behalten", bemerkte der Kommissar.

*

Auch die Vernehmung von Ulrich Fürmann am Montag darauf brachte keine umfassenden, neuen Erkenntnisse, welche zur Lösung der beiden Fälle hätten beitragen können, außer der Aussage, dass der Obdachlose in der Nacht, als Horst Jäschke umgebracht wurde, angeblich zwei Personen gesehen haben wollte. Mindestens eine davon könnte eine Frau gewesen sein. Sicher war er sich aber keineswegs. Klein und zierlich war sie, die Person, die er gesehen hatte und die eine Frau hätte sein können. Genau wie die, die schon in ihrem Haus Am Sonnenhang wohne. Aber ob es die tatsächlich war? Keine Ahnung, es war ja stockfinster.

„Und was sollen wir jetzt mit Ihnen machen?", befragte ihn der Kommissar.

„Am besten laufen lassen", kam als Antwort, „oder habe ich etwas verbrochen, außer dass ich in Rohbauten übernachtet habe?"

„Wo gehen Sie dann hin? Wo können wir Sie finden, wenn wir Sie nochmals brauchen?"

„Hm", überlegte Ulrich Fürmann, „ich denke nach Röttenbach gehe ich doch nicht mehr zurück. Ich will es nochmals in Neuhaus probieren. Da gibt es eine nette Frau, eine Hanna Jäschke. Die hat mir früher schon erlaubt, dass ich in einer ihrer Scheunen in der Nähe des Naturschutzgebietes Ziegenanger übernachten durfte."

„Sind das nicht diese Feuchtwiesen, wo angeblich noch Uferschnepfen brüten?"

„Genau, ich sehe, Sie kennen sich aus. Die Wiesen dürfen wegen der Bodenbrüter erst sehr spät abgemäht werden. Die Scheune von Frau Jäschke steht am Rande dieser Wiesen, aber es ist sehr warm da drinnen, weil da Stroh gelagert wird und auch Fischfutter. Wenn ich ihr ab und zu bei der Hausarbeit zur Hand gegangen bin, hat sie mir sogar etwas zum Essen und Trinken gegeben. Der Winter ist nicht mehr allzu weit weg. Ich muss etwas vorausplanen, und deshalb werde ich sie fragen, ob sie mir nochmals erlaubt, in ihrer Scheune Unterschlupf zu suchen."

„Das ist eine sehr gute Idee", bestätigte ihm Gerald Fuchs „Der Ehemann von Frau Jäschke ist erst kürzlich verschieden. Vielleicht ist sie Ihnen sogar dankbar, wenn sie etwas Unterstützung erhält." Dass es die Leiche von Horst Jäschke war, die Ulrich Fürmann erst kürzlich in der besagten Nacht hat brennen sehen, verschwieg ihm der Kommissar. „Wenn Sie noch etwas Geduld haben und warten können, bis ich Feierabend mache, nehme ich Sie gerne mit nach Neuhaus. Ich wohne nicht weit davon entfernt."

„Oh, danke, Herr Kommissar, das ist aber sehr nett. Ich nehme Ihr Angebot sehr gerne an. Soll ich draußen auf Sie warten?"

„Sie können sich auch im Gang auf einen Stuhl setzen."

„Du hast ja heute deinen barmherzigen Tag", zog ihn seine Assistentin auf, nachdem Ulrich Fürmann das Zimmer verlassen hatte. „Warum nimmst du ihn nicht bei dir auf? Könntest ihm doch Kochen, Waschen, Bügeln und Putzen beibringen."

21

Margot Segmeier hatte gearbeitet wie ein Büffel. Der neue Programmpunkt *Dem Mörder auf der Spur!* würde d e r neue Hit im Ferienprogramm Aischgrund werden. Da war sie sich sicher. Der Quotenrenner. Die Cash-

Cow sozusagen. Im Internet war das Programm bereits geschaltet. Die neuen Flyer waren die nächste Woche fertig. „Du spinnst ja!“, hatte ihr Mann Peter gemeint, als sie ihm das Ergebnis ihrer Arbeit am Bildschirm präsentierte, doch der verstand von den Bedürfnissen der Tourismusbranche so viel wie ein Frosch vom Tanzen.

Dem Mörder auf der Spur!

Wollen Sie dabei sein, wenn wir ungelöste Mordfälle aufklären?

Sie in der Rolle als verantwortlicher Kommissar, Assistent oder Pressesprecher?Live mit dabei.

„Nicht möglich“, sagen Sie?

„Möglich“, sagen wir.

Zwei rätselhafte Morde beschäftigen zurzeit die hiesige Mordkommission:

- *Ein Teichwirt wurde erstochen.*
- *Ein weiterer Karpfenzüchter verunglückte tödlich, weil die Bremsflüssigkeit in seinem Pkw manipuliert wurde.*

Die Ermittler der Kripo treten auf der Stelle. Von einer Auflösung der beiden Fälle sind sie noch meilenweit entfernt.

Seien Sie und Ihr Team schneller als die echte Kripo!

- *Sie erhalten alle bekannten Informationen über die beiden Fälle.*
- *Sie bilden Ihr Ermittler-Team in einem Selbstfindungsprozess.*
- *Sie besichtigen die Original-Tatorte der beiden Morde.*
- *Sie sprechen mit Ohren- und Augenzeugen zu den Geschehnissen.*
- *Sie ermitteln in Ihrem Team-Raum.*
- *Sie legen ihre Vorgehensweise und Ermittlungsstrategien selbst fest.*
- *Sie haben die Chance, ausgesetzte Prämien zu gewinnen.*
- *Sie sind motorisiert unterwegs.*
- *Sie bestimmen Ihr Arbeitstempo und Ihre Arbeitszeit selbst.*
- *Ihnen stehen externe Berater (ehemalige Mitarbeiter der Kripo) zur Seite.*

Sie suchen das Abenteuer?

Dann sind Sie bei uns richtig!

- *Übernachtung inkl. Frühstück im Viersterne-Hotel*
- *Fitnessraum, Sauna, Schwimmbad, WiFi-Hotspot, inkl.*

7 Tage-Pauschale nur ab Euro 2.800,00

Tages-Schnupperpauschale ab Euro 450,00
Und in den Monaten von September bis April gibt es natürlich auch unsere allseits bekannten und schmackhaften Spiegelkarpfen a.d.A. (Gratisessen inkl.)

Vor zwei Stunden hatte sie die Anzeige auf der Homepage des Vereins online geschaltet. Sie wollte gerade ihren Computer herunterfahren und sich in den verdienten Feierabend verabschieden, als ihr Notebook den Eingang einer Mail vermeldete. Sie öffnete ihr Outlook.

Hallöchen Frau Segmeier,
hier meldet sich der Stupsi Dinkelmann aus Döhren-Wülfel. Ja, Margotchen, Sie möchten sicherlich wissen, wo Döhren-Wülfel liegt? Wir sind ein Stadtbezirk von Hannover, und ich wollte schon immer einen Kriminalfall lösen. Einen Mordfall, das wäre natürlich supergeil. Leider gibt es bei uns in Döhren-Wülfel keine Mordfälle. Zwischenzeitlich habe ich schon mal daran gedacht, selbst jemanden umzubringen und den Fall aufzuklären, ha ha. Aber dann, nach reiflicher Überlegung, bin ich zu dem Schluss gekommen, dass das ja keinen Spaß machen würde, weil, dann würde ich den Mörder ja schon kennen. Sie sehen, ich verfüge über ein gewisses Kombinationstalent (braucht man als Kommissar auch). Kann man bei Ihnen übrigens auch länger als sieben Tage buchen? Zeit habe ich genug. Sie müssen wissen, ich bin Industrieller und Fabrikbesitzer. Meine Leute stellen Bleistiftspitzer her, die wir in die ganze Welt vertreiben. Also in Döhren-Wülfel ist nicht so viel los. Da gibt's den Fiedelerplatz auf dem ein wöchentlicher Bauernmarkt stattfindet, und den Sieben-Meter-Teich, wo ich mit meiner Freundin Mandy des Öfteren zum FKK hingehe. Ach ja, Mandy! Hätte ich fast vergessen. Mandy will ja auch mitmachen. Ehrlich gesagt, Mandy ist geistig nicht so bewandert. Haben Sie vielleicht noch eine Besetzung als Kommunikatorin frei? Sie müssen wissen, Mandy hat bereits Erfahrung im Show-Geschäft. Letztes Jahr war sie eine der Kandidatinnen bei Heidi Klums „Germany's Next Topmodel", Sie wissen schon, das ist die, deren Titten Hans und Franz heißen. Mandy nennt ihre Tina und Nina. Tina ist etwas größer als Nina. Aber das nur nebenbei. Nächstes Jahr will sich Mandy für das Dschungel-Camp bewerben. Aber erst klären wir eure Mordfälle auf. Übrigens,

kann ich mich vielleicht Commissario Brunetti nennen? Ich steh nämlich auf italienische Kriminalkommissare.
So viel erst mal aus Döhren-Wülfel.

Alles Gute

Stupsi

„Die Woche beginnt verheißungsvoll“, dachte sich Margot Segmeier. Noch vier Arbeitstage lagen vor ihr. Sie war gespannt, ob sie bis zum Wochenende das erste Dem-Mörder-auf-der- Spur-Seminar voll bekam.

*

Die Nacht ersoff in Nebel und Nässe. Johann Hammer lag gut versteckt im Straßengraben und fror. Die Feuchtigkeit und die unangenehme Kälte krochen wie in Zeitlupe von seinen Füßen in die Beine und strahlten bereits in seinen Oberkörper aus. Hanni der Hammer versuchte diese widrigen Umstände zu ignorieren, so gut es ging. Das Jagdfieber hatte ihn gepackt. Bereits eine Stunde kauerte er in seinem unbequemen Versteck und die Minuten krochen dahin wie eine fußkranke Schnecke. Mitternacht. Noch eine halbe Stunde musste er ausharren, wenn die Informationen, die er sich besorgt hatte, stimmen sollten. Hanni griff in die Innentasche seiner wattierten Jacke und holte den Flachmann heraus. Er musste sich den Schlehengeist einteilen. Über den nahen Weihern waberte der Nebel im zarten Licht des Mondes. Von irgendwoher schrie ein Käuzchen. Johann Hammer vergewisserte sich durch einen Griff, dass die SPAR-Plastiktüte noch neben ihm lag. Er konnte seinen Sony Camcorder HDR-CX505VE mit dem lichtstarken Objektiv fühlen. Ein geiles Ding. Lieferte bis zu 1920 x 1080 Pixel. In weniger als einer Stunde würde sich der Anschaffungspreis der Filmkamera mehr als amortisiert haben. Dann nämlich wollte Hanni der Hammer einen Film drehen, der ihm den Karpfen-Oscar einbringen würde. Erneut lauschte er in die Nacht. Ein Pkw näherte sich mit niedriger Geschwindigkeit. Hanni drückte sich ganz tief in den Graben. Er hörte nur den Motor. Das Fahrzeug fuhr ohne Licht. Leise rollte es auf dem Feldweg an ihm vorbei. Ein Opel. Er wusste, wer hinter dem Steuer saß. Nach einigen Augenblicken erstarb das Motorgeräusch. Eine Tür wurde geöffnet und dann leise geschlossen. Tritte auf dem Feldweg, dann glühte die Spitze einer Zigarette auf. Wenige Minuten später lag erneut nächtliche Ruhe über dem weiten Weihergebiet. Der Pkw-Fahrer hatte sich wieder in das Innere seines Fahrzeugs verzogen. Auch er wartete, wie Hanni der Hammer wusste. Nach gefühlten weiteren fünf Minuten dröhnte ein noch ferner, aber satter Sound an Johann Hammers Ohren. Es war soweit. Er holte seine Sony aus der Plastiktüte und überprüfte nochmals die Funktionen. Das verräterische rote Lämpchen, welches im Betrieb aufleuchtete, hatte er abgeklebt. Er sah den Umriss des Monsters in der Dunkelheit daherschleichen. Zwanzig Tonnen wog das Ding und kostete über dreihundertausend Euro. Als der rote Scania R 730 an ihm vorüberrollte, schaltete der stumme Beobachter seinen Camcorder ein und zoomte zuerst das CZ-Zeichen heran, bevor er das Objektiv auf die zwölf vollisolierten GFK-Tanks hielt, in welchen ihre lebende Fracht auch während des Transports ständig mit Sauerstoff versorgt werden konnte. Dann verstummte der Motor des Scania. Autotüren wurden geöffnet und wieder zugeschlagen. Zwei Männer flüsterten miteinander. Johann Hammer filmte die Szene. Die Sony war spitze, wie er auf dem Display feststellen konnte. Der Lkw hatte einen weiten Weg hinter sich, das wusste der Amateur-Filmer. Das Fahrzeug kam aus der südböhmischen Stadt Trebon, einem Zentrum der dortigen Karpfenzucht. Johann Hammer sah auf seinem Display, wie der Fahrer des Monsters die Fischrutschen vorbereitete und diese kurz darauf bis über den Uferrandrrand des Weihers reichten. Dann gab es ein lautes Knacken. Die Tanks waren geöffnet worden. Tausende junger tschechischer Fische rutschten unfreiwillig, von den Wassermassen mitgerissen, in einen von Jupp Hornauers alten fränkischen Karpfenweihern und wechselten quasi ihre Staatszugehörigkeit, ohne Dokumente und sonstige Formalitäten. Nach wenigen Minuten war der Spuk der Karpfenveredelung vorbei und viele tausend, neue fränkische Spiegelkarpfen a. d. A. tummelten sich in dem kalten Gewässer. Johann der Hammer griff in seine Tasche und holte seinen Flachmann hervor. Der Schlehengeist schmeckte jetzt noch besser als zuvor. „Du wirst es so bereuen, mich zum Feind zu haben, Hornauer. Etz mach ich dich fertich!“ Mit Linus, dem Sohn seines Nachbarn, dem Amons Fritz, hatte er bereits gesprochen. Der kannte sich aus. „Ka Problem“, hatte der Linus ihm versprochen, „a Video ins Netz zu stelln, is iesi. Da müss mer dein Film, den wo du dreha willst, erscht komprimiern. Dafür nehma wir a MPEG-Format und ladn dann des Ganze aufn Server. Ich hab sowieso an Provider, der stellt Webspace mit ausreichender Kapazität zur Verfügung. Des kriegn wir scho hin. Kummst halt, wenn dei Film fertich is.“ Hanni der Hammer hatte kein Wort verstanden, wovon der Nachbarsjunge sprach, aber er war sehr zuversichtlich, dass in wenigen Tagen weltweit jedermann, der sich dafür interessierte, sein eben aufgenommenes Video betrachten konnte. „Freilich könna wir des a mit Ton unterlegen“, hatte ihm der Linus versichert, „wenn du was dazu sagn willst …“

*

Die kleine mittelfränkische Ortschaft Hesselberg liegt abgeschieden westlich der A3, am Rande des Naturschutzgebietes Mohrhof. Der Mohrhof selbst ist ein Einsiedlergehöft und Poppenwind und Krausenbechhofen sind von dort aus bequem zu Fuß zu erreichen. Ein kurzer Spaziergang. Die Gegend wird von Wanderern und Ornithologen sehr geschätzt. Seltene Vogelarten brüten und leben in den dichten Schilfbeständen der ausgedehnten Weiherketten. Auch Fahrradfahrer schauen hier immer wieder gerne vorbei, auf dem Weg zum Neuhauser Bierkeller, nach Dannberg, Hannberg, oder Röttenbach. Ansonsten bietet Hesselberg wenig Attraktives. Landwirte bestimmen den Tagesablauf auf den umliegenden Äckern und Wiesen. Einige von ihnen gehen auch dem Fischzuchtgewerbe nach.

Auch Adam Kammerer ist ein alteingesessener Hesselberger. Seinen Hof bewirtschaftet er bereits in der vierten Generation. Ende Mai hatte er sich auf einem seiner Felder eine Gärfutteranlage gebaut, einen sogenannten Fahrsilo. Eine Betonplatte, dreißig Meter lang, sechs Meter breit, mit einem Gefälle von drei Prozent, war der erste Schritt. Dann errichtete er der Länge nach links und rechts zwei kräftige Mauern, knapp drei Meter hoch, nach vorne spitz zulaufend wie ein breiter Keil, nach hinten sich auf die letzen drei Meter allmählich verjüngend. Er ließ den Beton und die Wände ausreichend trocknen, bevor er Anfang Juli Bitumen in die Ecken zwischen Betonplatte und Wände einbrachte, um eine gewisse Wasserundurchlässigkeit zu erreichen. Ende August begann er mit dem Silieren seiner neuen Anlage. Er verteilte seinen gehäckselten Mais nacheinander gleichmäßig in Dreißig-Zentimeter-Schichten und verdichtete ihn mit einem schweren Radlader. Allmählich wuchs die Biomasse an. Kurz unterhalb der Drei-Meter-Höhe begann Adam Kammerer mit der sorgfältigen Abdeckung der platt gedrückten Maisschichten. Luftdicht musste die Spezialfolie die Masse abdecken, um den Gärprozess optimal zu gestalten und die schadhaften und giftigen Gase zurückzuhalten. Er arbeitete extrem sorgfältig und vorschriftsmäßig. Am Rand, an möglichen kritischen Stellen verdichtete er die Folie mit Sandsäcken und verteilte zusätzlich schwere Altreifen seines Traktors auf dem riesigen Folienhaufen. Dort, wo die Seitenwände wie ein breiter Keil zuliefen, hatte er vorher Erde aufgeschüttet und ebenfalls verdichtet, um die Gärfutteranlage besser befüllen zu können. Er besah sich sein fertiges Werk und war zufrieden. Der Gärprozess konnte beginnen.

*

Am Dienstag, den 23. September, frühmorgens, nachdem Margot Segmeier ihren Computer hochgefahren hatte, registrierte sie einundzwanzig neue E-Mails, welche über Nacht auf ihrem Mail-Account eingegangen waren. Alle nahmen Bezug auf *Dem Mörder auf der Spur!* Alle wollten leitender Kommissar werden. Alle wollten sofort anreisen. Mein Gott, waren die alle verrückt? Ein paar Tage Zeit brauchte sie schon noch, um die Sache professionell vorzubereiten. Nichtsdestoweniger, sie freute sich über ihren Erfolg. Wie sie es vorhergesehen hatte: Die Leute gierten nach dem Nervenkitzel. Sie brauchten Adrenalin pur. Sie würden es bekommen. „Geben Sie mir noch etwas Zeit“, schrieb sie zurück, „Anreisetag ist heute in einer Woche, am 30. September 2014. Treffpunkt und Hoteladresse werden Ihnen noch kurzfristig mitgeteilt.

*

Der Sommer war zurückgekehrt. Die frühherbstliche Sonne strahlte von einem makellos blauen Himmel und der Wetterbericht kündigte einen goldenen Oktober an. Im Innern von Adam Kammerers Gärfutteranlage tobte das Leben. Abermillionen kleiner gefräßiger Organismen machten sich über die kleingehäckselte Biomasse her und vermehrten sich schneller als die Fliegen. Das einsilierte Pflanzengewebe war bereits in den ersten Tagen abgestorben und der sogenannte Futterstock bereits kräftig eingesunken. Die Temperaturen im Innern des Riesenhaufens waren angestiegen, und von außen beschien die Sonne die riesige Fläche der schwarzen Folie. Kohlendioxid und nitrose Gase, welche sich durch die Reduktion der pflanzlichen Nitrate gebildet hatten, dehnten sich aus. Doch Adam Kammerer hatte sehr sorgfältig gearbeitet. Die giftigen Kohlendioxide und die noch giftigeren Stickstoffmonoxide und Stickstoffdioxide konnten nicht entweichen. Sie stießen gegen die Folie und blähten sie auf, während die winzigen Bakterien immer mehr Gas produzierten.

Johann Hammer war in den letzten Tagen nicht untätig gewesen. Er hatte sich kurzfristig einen neuen fahrbaren Untersatz zugelegt. Das örtliche Autohaus Maus hatte einen Toyota Hilux mit Ladefläche als Jahreswagen im Sonderangebot. Hanni der Hammer hatte sofort zugeschlagen. Er musste noch so viel erledigen. Heute Morgen erhielt er einen erfreulichen Anruf. Der von ihm erbetene Termin wurde bestätigt. Alles sei klar, hieß es. Um zwanzig Uhr. Er schätzte, dass die Angelegenheit in einer dreiviertel Stunde erledigt sein sollte. Danach würde er den Anlass mit Sissi ausgiebig feiern. Sie hatte ihm erzählt, dass sie sich ein neues Kostüm beschafft hatte. Ein Kormoran-Kostüm. Geil.

Ulrich Fürmann war ebenfalls gut gelaunt. Er richtete gerade seine neue Bleibe ein. Hanna Jäschke hatte ihm großzügigerweise erneut die Scheune in der Nähe der Ziegenanger-Wiesen zur Verfügung gestellt. Nun war er Nachbar der Uferschnepfen, wenn diese im frühen Frühjahr in ihr Brutgebiet zurückkehren würden. Die nette Frau hatte ihm sogar Arbeit angeboten, für die er auch eine ansprechende Entlohnung erhalten sollte. Details waren noch zu besprechen.

Jupp Hochleitner saß daheim und arbeitete an der letzten Strophe seines Liedtextes für die bevorstehende Röttenbacher Kirchweih. Mit dem Chef der Brauerei Sauer hatte er eine Wette laufen: Je gesungener Strophe gab es eine Freimaß.

22

Der Anblick war grotesk: Der Körper des Mannes lag bäuchlings auf der schwarzen Folie der Fahrsiloanlage. Seine Arme waren im Neunzig-Grad-Winkel unnatürlich vom Körper abgespreizt. Wie ein riesiger, lebloser Kormoran sah er von oben betrachtet aus. Der Mann war tot. Mausetot. Das konnte selbst ein Laie erkennen, denn die Folie war auf einer Länge von circa fünfzig Zentimetern eingeschnitten und der Kopf des Toten steckte bis zum Halsansatz im Innern der Gärfutteranlage. Der Mann rührte sich nicht mehr. Keine zwanzig Zentimeter daneben stand das transportable Gasmessgerät X-am 5000 der Firma Dräger. Es gehörte Thomas Rusche. Der Forensiker trug einen Atemschutzanzug, der ihn vor den tödlichen Gasen schützte, die immer noch als Stickstoffmonoxid, Stickstoffdioxid und Kohlenstoffdioxid aus dem Schlitz entwichen. Thomas Rusche hatte schon viele sonderbare Todesarten untersucht, aber ein Toter auf einer Silage, der offensichtlich von den austretenden tödlichen Gasen dahingerafft wurde, fehlte ihm noch in seiner bisherigen Sammlung. Den Kommissar, das Team der Kriminaltechnischen Untersuchungsabteilung und den Rest der Polizeikräfte hatte er angewiesen, in sicherem Abstand zu warten, bis er seine Arbeit beendet hatte und ihnen weitere Anweisungen erteilen würde.

Adam Kammerer war am frühen Morgen mit dem Traktor gekommen, um seine Gärfutteranlage zu kontrollieren. Er hatte den Toten entdeckt und die Polizei angerufen. Jetzt wartete er darauf, dass die Leiche da oben weggenommen wurde und er den Schnitt in der Folie wieder luftdicht verschließen durfte. „So was hab ich ja mei Lebn lang noch net erlebt“, sprach er zu sich selbst. „So a Verrückter, schneid die Folie auf und steckt sein Kopf da nei. Der is bestimmt gleich gfreckt.“

„Vergiftungen hatte ich schon viele", sprach Thomas Rusche zu Gerald Fuchs und Sandra Millberger, nachdem er seine Arbeit beendet hatte und aus dem Atemschutzanzug gestiegen war. „aber so einen skurrilen Fall noch nie."

„Es dürfte sich um Mord handeln? Habe ich recht?", vermutete der Kommissar.

„Auch Selbstmord wäre theoretisch denkbar", antwortete der Forensiker. „Ein zwar seltsamer, aber dafür absolut sicherer. Nur Eines spricht dagegen: Dann müsste ein Messer, eine Schere oder irgendein spitzer Gegenstand bei dem Opfer zu finden sein, womit es die Folie aufgeschnitten hat."

„Also Mord?", wiederholte der Kommissar. „Wissen Sie schon, wie er gestorben ist?"

„Ich habe eine Vermutung, die sich aber durch die Leichenschau erst noch bestätigen muss. Ich muss erst eine Gaschromatografie beziehungsweise eine Atomabsorptionsspektroskopie durchführen. Vielleicht auch beides."

„Und Ihre Vermutung?"

„Nehmen wir an, es war Mord und er hat noch gelebt, bevor sein Kopf da hineingesteckt wurde, dann ist er sehr schnell an den Gasen gestorben. In diesem Fall muss er aber schon vorher bewusstlos gewesen sein. Eine äußere Verletzung ist jedenfalls auf die Schnelle nicht feststellbar"

„Warum?", hakte Sandra Millberger ein. „Warum glauben Sie, dass er bewusstlos war?"

„Weil er sich sonst gewehrt und seinen Kopf wieder herausgezogen hätte. Der oder die Täter hätten ihn da oben nicht festhalten und warten können, bis er die Sinne verliert. Die austretenden Gase wären ihnen sonst auch gefährlich geworden."

„Sind die so gefährlich?"

„Und ob", bestätigte der Rechtsmediziner. „Durch den Gärprozess entstehen Kohlendioxid und nitrose Gase wie Stickstoffmonoxid und Stickstoffdioxid. Besonders die bräunlich gefärbten Nitrosegase wirken in einer hohen Konzentration absolut schnell. Sie sind giftiger als Kohlenmonoxid oder Schwefelwasserstoff. Werden sie eingeatmet, bildet sich in den Schleimhäuten Salpetersäure. Es kommt zu Reizungen und Verätzungen von Augen, Nase und deren Luftwegen. Ein paar Sekunden genügen schon. Werden diese Gase länger eingeatmet, verliert das Blut die Fähigkeit, Sauerstoff zu transportieren, und es kommt zum sogenannten inneren Ersticken. Der Eigentümer, der den Toten gefunden hat, hat mir erzählt, dass sich in den letzten Tagen unmittelbar unter der Silooberfläche Gärgashauben gebildet haben, was auf eine erhöhte Ansammlung der Gase hinweist. Normalerweise ist das für die Siloanlage nicht kritisch, weil sich dieses Gasgemisch nach einiger Zeit verflüssigt und an die tiefste Stelle des Silos abläuft."

„Bleiben wir bei den beiden Thesen, dass es sich um Mord handelt und dass das Opfer vorher betäubt wurde. Lässt sich dann noch feststellen, womit?"

„Lieber Herr Kommissar", antwortete Thomas Rusche, „das kommt darauf an, welches Mittel man diesem Mann verabreicht hat. Sollte es sich um sogenannte K.-o.-Tropfen gehandelt haben, wird das zwölf Stunden nach Verabreichung kaum mehr nachweisbar sein."

„Und wie lange, glauben Sie, hat das Opfer schon das Zeitliche gesegnet?", wollte der Kripo-Beamte noch wissen.

„Ich schätze den Todeszeitpunkt zwischen ein Uhr und drei Uhr in der vergangenen Nacht, also vor sieben bis neun Stunden. Ich muss jetzt aber gehen und zusehen, dass ich den Staatsanwalt irgendwo erwische, damit er mir die Freigabe zur Leichenschau gibt. Es ist Samstag, und auch Staatsanwälte sind Menschen und wollen am Wochenende am liebsten ihre Ruhe haben. Sie hören am Montag wieder von mir. Machen Sie's gut und schönes Wochenende. Und noch eins: Lassen Sie die Leute, welche die Leiche bergen, nur mit Atemschutzmasken auf das Silo. Das gilt auch für die Leute von der KTU."

„Um wen handelt es sich bei der Leiche eigentlich?", kam der Kommissar auf den Punkt.

Thomas Rusche fingerte im Innern seiner Jacke herum und zog einen Personalausweis heraus. „Der steckte in seiner Hosentasche", meinte er und gab das Dokument an Gerald Fuchs weiter.

„Johann Hammer", las der laut vor.

„Oh nein", stöhnte seine Assistentin, „nicht schon wieder!"

„Kennt ihr den wohl?", wollte der Forensiker wissen.

„Und ob“, klärte ihn der Kommissar auf, „das ist nun schon der dritte tote Teichwirt.“

„Na dann, viel Spaß“, wünschte Thomas Rusche ironisch, „ich muss.“ Er drehte sich um und verschwand endgültig in Richtung seines Wagens.

„Wenn es Mord war, dann müssen es zwei Täter gewesen sein“, überlegte die Assistentin des Kommissars laut.

„Und warum?“

„Weil dem Hammer sein neu zugelassener Toyota noch dasteht. Jemand muss den Pkw hierher gefahren haben, und mit einem zweiten Wagen sind die Täter dann geflüchtet. Ich glaube nicht, dass es nur ein Täter war und der sich dann zu Fuß davongemacht hat.“

„Warum nicht? Krausenbechhofen ist nicht weit. Denkbar ist alles“, antwortete Gerald Fuchs.

*

Bis spät in die Nacht von Freitag auf Samstag hatte Jupp Hochleitner an seinem Liedtext gearbeitet. Am Samstagmorgen, nach dem Frühstück, stellte er sich vor seinen großen Schrankspiegel und übte. Er schmetterte Text und Melodie aus seinem schmalen Brustkorb und dachte bereits an die vielen Freimaßen, die er sich heute Abend im Festzelt damit verdienen würde. Auch den Nachmittag verbrachte Jupp Hochleitner mit Übung und Gesang und wurde dabei immer durstiger. Gegen neunzehn Uhr warf er sich in Schale und begab sich auf den Weg ins Bierzelt. Unterwegs zwang er sich zu einer letzten Generalprobe.

Um zwanzig Uhr begann die Kirchweihband ihr offizielles Programm. Im Gegensatz zu früheren Kirchweihen erklomm der Sauers-Wirt selbst die Bühne, griff zu einem der Mikrofone und begrüßte die Gäste: „Liebe Festtagsgäste, liebe Freunde aus Nah und Fern, es is widder mal soweit. Ich begrüße Sie zu unserem heutigen Festtagsprogramm und wünsch Ihnen einen unterhaltsamen Abend. Heuer ham wir uns was ganz Besonders eifalln lassen. Den heutigen musikalischen Teil beginnt unser allseits bekannter und beliebter Jupp Hochleitner. Eine Weltpremiere. Der Jupp hat sich in den letzten Wochen intensiv auf diesen Moment vorbereitet und eigene Liedtexte verfasst, die er uns im Laufe dieses Abends präsentieren will. Er beginnt mit seiner Version vom Vogelbeerbam, wie er mir erzählt hat. Jupp, komm rauf auf die Bühne. Ein donnernder Applaus sei dir sicher. Meine Damen und Herrn, begrüßen Sie mit mir gemeinsam den Jupp." Die Festtagsgäste streckten die Hälse, während sich der Jupp mit dem Bandleader kurz abstimmte und dann ans Mikrofon trat.

„Gleich geht's los", sprach er in das Mikro. „Hört mi a jeder? Also, dann hau mer nei." Der Liedgitarrist der Band griff in die Saiten seines Instruments, der Bass setzte ein und Jupp Hochleitner bekam sein Zeichen zum Einsatz. Der Drummer wirbelte auf seinem Schlagzeug herum.

Der schenste Strand is der Aischtalstrand,
Aischtalstrand is der schenste Strand.
Der schenste Strand is der Aischtalstrand,
Aischtalstrand an der Aisch.

Halli, hallo schens Karpfenland,
Karpfenland, dort am Aischtalstrand.
Halli, hallo schens Frankenland.
Karpfenland an der Aisch.

Der schenste Stand is der Jungfernstand,
Jungfernstand is der schenste Stand.
Der schenste Stand is der Jungfernstand,
Jungfernstand an der Aisch.

Halli, hallo schens Frankenland,
Jungfernstand dort am Aischtalstrand.
Halli, hallo schens Karpfenland,
Frankenland an der Aisch.

Das bledste Pfand is das Flaschenpfand,
Flaschenpfand is das bledste Pfand.
Das bledste Pfand is das Flaschenpfand,
Flaschenpfand an der Aisch.

Halli, hallo bleds Flaschenpfand.
Jungfernstand im Frankenland.
Halli, hallo am Aischtalstrand,
Frankenland an der Aisch.

Der beste Brand is der Marillenbrand,
Marillenbrand is der beste Brand.
Der beste Brand is der Marillenbrand,
Marillenbrand an der Aisch.

Halli, hallo bleds Flaschenpfand,
Marillenbrand am Aischtalstrand.
Halli, hallo schens Karpfenland,
Jungfernstand im Frankenland.
Der beste Rand is des Deodorant,
Deodorant is der beste Rand.
Der beste Rand is des Deodorant,
Deodorant an der Aisch.

Halli, hallo schens Karpfenland,
Bester Brand am Aischtalstrand.
Halli, hallo Marillenbrand,
Flaschenpfand an der Aisch.

„Wollt ihr nu ans?“, rief der Jupp in die schunkelnde, tobende Menge.
„Noch ans“, schallte es zurück.

Der zweitbeste Stand is der Imbissstand,
Imbissstand is der zweitbeste Stand.
Der Imbissstand is der zweitbeste Stand,
Imbissstand an der Aisch.

Halli, hallo bleds Flaschenpfand,
bester Brand, Marillenbrand.

Halli, hallo schens Karpfenland,
Imbissstand an der Aisch.

Das schenste Haus is das Freudenhaus,
Freudenhaus is das schenste Haus.
Das schenste Haus is das Freudenhaus,
Freudenhaus an der Aisch.

Halli hallo, schens Freudenhaus,
Jungfernstand und Deodorant.
Halli hallo bester Marillenbrand,
Flaschenpfand an der Aisch.

Der Drummer der Band wirbelte nochmals auf seinem Schlagzeug herum, der Liedgitarrist ließ sein Instrument aufjaulen und der Musiker, der die Bassgitarre spielte, beendete den Song mit einem eindrucksvollen Solo. Tosender Applaus begleitete den Jupp, als er sich auf der Bühne tief verbeugte.

„Zugabe, Zugabe", tönte es aus hunderten von Kehlen.

„Der Jupp braucht etz erst amol a kleine Pause", erklärte der Bandleader den Gästen. „Gell Jupp? Und Durscht hast bestimmt a?" Dann wandte er sich nochmals ans Publikum: „Keine Sorge, der Jupp kommt wieder. Und wir machen etz amol weiter mit *Atemlos durch die Nacht.*"

*

Während im Röttenbacher Bierzelt die Post abging, hatte Thomas Rusche eine Nachtschicht eingelegt. Sein Kollege Dr. Niethammer assistierte ihm wieder einmal als zweiter Arzt, wie es bei einer Leichenschau mit Mordverdacht gesetzlich vorgeschrieben war. Johann Hammer lag auf dem Edelstahltisch. Ein Y-Schnitt zog sich von beiden Schlüsselbeinen schräg zum Brustbein und von dort gerade zum Schambein. Gemäß den Vorgaben der Strafprozessordnung, Paragraf 89, hatten die beiden Mediziner zuvor alle drei Körperhöhlen – Schädel-, Bauch- und Brusthöhle – geöffnet. Die

Todesursache war eindeutig: Vergiftung durch Stickoxide in Kombination mit der Einnahme von Kohlenstoffdioxid, welche die beiden Ärzte durch die Ringprobe und die Kalkwasserprobe eindeutig nachweisen konnten. Gammahydroxybutyrat und Gammabutyrolacton, die typischen Bestandteile von K.-o.-Tropfen oder von Liquid Ecstasy, wie die Mediziner dieses Teufelszeug bezeichneten, konnten weder im Blut noch im Urin festgestellt werden. Wahrscheinlich war bereits zu viel Zeit seit der möglichen Einnahme verstrichen. Thomas Rusche sprach seine Zusammenfassung der Leichenschau aufs Band, während Dr. Niethammer den Stahltisch säuberte, auf dem Hanni der Hammer gelegen war, dessen Leichnam nun in einem Kühlfach ruhte.

*

„Des hat er sche gmacht, der Jupp“, lobte ihn die Retta und trank kräftig von Ihrer Maß Bier.

„Singa kann der a“, meinte die Veronika Sapper und biss herzhaft in ihre Breze.

„A weng a Depp is er scho, der Jupp”, war Kunnis Meinung. „Macht sich da vor alle Leit zum Hanskasper und Affn.“

„Wer waßn, wies der Jana geht?“, ergriff die Retta erneut das Wort.

„Ich waß goar net, ob die richtich mitkriecht hat, dass ihr Mo ermordet worn is. Die lebt werkli bloß no fier ihre Kergn“, meinte die Veronika Sapper. „Ich kann des scho nachvollziehn“, sprach sie betroffen weiter, „was des hasst, wenn am der Mo gnumma werd. Aber bei mir woar des scho a weng anders, als bei der Jana. Mei Hubsi woar ja a anständicher Kerl und ich habna gmocht. Des woar ka so a Rumzuch wie der Hammers Hanni. Der hat doch bloß rumghurt. Außer seine Karpfen hat den doch nix interessiert. Ob der no lebt oder net, werd doch der Jana egal sei.“

„Der Tochter doch a“, setzte die Retta hinzu. „Und dera ihrm Freind erscht recht.“

„Deswegn is des a net rechtens, dass so a Sau-Kerl vo an Mörder ihn einfach umbringt“, gab die Kunni ihren Senf dazu.

„Waß mer denn scho, warum der umbracht worn is?“, fragte die Veronika neugierig.

„Gnaus waß mer noch net. Gell Kunni? Da gibts scho a poar, dene der Tod vom Hanni net grad ungelegn kommt“, lehnte sich die Retta aus dem Fenster.

„So, wem denn?“, wollte die Veronika Sapper wissen.

„Retta“, ermahnte sie die Kunni, „überlech dir, wasd sagst!“

„Wisst ihr scho widder mehr als alle andern?“, legte Veronika Sapper nach. „Seid ihr scho widder am Ermittln? Ihr wisst doch, dass ich schweign kann wie ein Grab. Nix kummt über meine Lippn was net gsacht werdn soll.“

„Über ungelechte Eier red mer net, Veronika. Des musst doch einsehn“, gab ihr die Kunni zum Verstehen.

„Schad, des hätt mi scho interessiert, warum mer den Hanni in an giftichn Misthaufn gfunna hat. Die andern zwa Morde an die Röhracher und Neuhausener Fischzüchtern sen ja a noch net aufklärt. Des woarn doch dem Hanni seine Freind, gell? Geht bei uns denn a Massenmörder um? Wer kummt denn dann als Nächster dran? Ich versteh net, dass die Polizei immer no nix waß.“

„Des Ganze is wahrscheinlich viel komplizierter, als es im erschtn Moment ausschaut“, orakelte die Kunni und hüllte sich daraufhin in Schweigen.

„Wie manstn des?“, fragten die beiden anderen fast gleichzeitig. Doch Kunnis mögliche Antwort ging in einem Trommelwirbel unter.

„Wir machen weiter“, tönte es aus den Lautsprecherboxen, „und wieder steht unser Jupp am Mikrofon und brennt darauf, euch seinen nächsten Song vorzustellen. *Dann Pfeif drauf!*, meint er, und der gute, alte Howie Carpendale hat vor Jahren das Original dazu mit dem Titel *Dann geh‘ doch* in die Hitparaden gebracht. Jupp, auf geht’s! Pfeif drauf.“

Jupp Hochleitner stand breitbeinig auf der Bühne und führte sein Mikrofon an den Mund. Er wartete auf den Einsatz der Eingangsmusik. Dann, als es soweit war, legte er in der sülzigen Tonlage eines Howard Carpendale los:

Wenn die Muschel verreckt und der Grünkohl net schmeckt,
dann pfeif drauf!
Wennst am Schafskäs rumschleckst, weil der Schimmel drin steckt,
dann pfeif drauf!
Wenn du glaubst, dass die Pizza dich gar nicht mehr reizt,
und das Gyros beim Griechn du eh nicht verspeist
und auch Tofu zumeist dich vom Hocker net reißt,
dann pfeif drauf!
Wenn du ahnst, dass der Grießbrei ne Pampe nur ist,
dann pfeif drauf!
Und auch Labskaus bei uns sowieso keiner frisst,
dann pfeif drauf!
Franken essen gern gut und es fällt uns nicht schwer,
denn wir schlappern doch stets unsere Teller ganz leer,
und dann kommt so ein Fraß plötzlich anderswo her,
dann pfeif drauf!
Pfeif drauf!
Ich sage dir: Pfeif drauf!
Nur der Braten allein,
kann die Lösung nicht sein,
ich steh auf
Zipfel!
Ich steh auf Blaue Zipfel,
ich weiß nur, irgendwie brauch ich Tag
für Tag Blaue Zipfel.

„Spitze, Jupp!“, „Weiter so!“, „Prima!“, „Besser als Helene Fischer“, „Jupp du bist der Größte“, das Publikum war begeistert. Ein neuer Star war geboren. Die Handy-Kameras liefen.

Wenn Spaghetti gelind eine Zumutung sind,
dann pfeif drauf!
Und ein Käsefondue eine schmierige Brüh‘,
dann pfeif drauf!

Wenn der Gouda verwest wie ein Misthaufen stinkt,
der Gestank penetrant in die Nase dir sticht,
und der Schimmel ganz grün an der Schachtel rum picht,
dann pfeif drauf!
Pfeif drauf!
Ich sage dir: Pfeif drauf!
Nur der Braten allein
kann die Lösung nicht sein,
ich steh auf
Zipfel!
Ich steh auf Blaue Zipfel,
ich weiß nur, irgendwie brauch ich Tag
für Tag Blaue Zipfel.
Pfeif drauf!
Ich sage dir: Pfeif drauf!
Selbst die Bratwurst allein
kann die Lösung nicht sein,
ich steh auf
Pressack,
ich steh auf Roten Pressack,
ich weiß nur, irgendwie brauch ich Tag
für Tag Roten Pressack.

Ein ohrenbetäubendes Gepfeife setzte ein. Hoch- und Bravorufe purzelten in einem Achtzig-Dezibel-Chaos durcheinander. „Jupp, Jupp, Jupp – Rufe" machten die Runde. Als der neue Star zu einem tiefen Diener ansetzte, folgten die ersten Zugabe-Rufe. Selbst als er die Bühne bereits verlassen hatte, wollte sich das Publikum noch immer nicht beruhigen. Dem Bandleader blieb nichts anderes übrig, als Jupp Hochleitner nochmals auf die Bühne zu bitten. Pressack, Pressack-Rufe begleiteten den Jupp zum Mikrofon. „Jupp, hast noch was Kurzes auf Lager?" Das Publikum raste vor Vorfreude.

„Also gut, liebe Leut", ließ sich der Jupp erweichen, „was ganz Kurzes, okay? Ohne Musik, okay?"

Ich hock aufm Keller,
an Pressack aufm Teller.
Es is heiß, es is heiß, es is heiß.
Die Wirtin in der Scherzn,
bringt mir a dunkls Märzen.
Es is heiß, es is heiß, es is heiß.
Dann mach ich mir Gedankn,
um unser schenes Franken.
Es is heiß, es is heiß, es is heiß.
Ich denk an Preußen, Bayern,
die gerne auch hier feiern.
So ein Scheiß, so ein Scheiß, so ein Scheiß.
So ein Scheiß, so ein Scheiß, so ein Scheiß.

„Das war unser Jupp“, verabschiedete der Bandleader den neuen Entertainer, „und wir machen weiter mit *Die Hände zum Himmel.*“

„So ein Scheiß, so ein Scheiß, so ein Scheiß“, tönte es aus dem brodelndem Publikum.

23

Nachdem Margot Segmeier am Montagmorgen, den 28. September, ihr Büro betreten hatte, brühte sie sich als Erstes einen frischen Kaffee und packte ihre Quarktasche aus. Dann nahm sie an ihrem Schreibtisch Platz, schaltete ihren Computer ein und griff sich ihre Zeitung. Diese Prozedur vollzog sie an jedem Arbeitstag, bevor sie mit ihrer eigentlichen Arbeit begann. Sie musste sich schließlich darüber informieren, was in der Region geschah. Morgen trudelten die Hobby-Kommissare ein, um sich auf Mörder-Jagd zu begeben. Es würde noch ein langer Arbeitstag werden, um die letzten Feinheiten noch rechtzeitig abzustimmen. Margot Segmeier blätterte die Zeitung immer von hinten nach vorne durch. Sie interessierte sich mehr für den Regionalteil. Mehr als für die große Politik. *Neuer Entertainer geboren*, las sie im Bericht über die Röttenbacher Kirchweih. *Jupp Hochleitner, der alteingesessene Röttenbacher, ist ein Multitalent. Er kann nicht nur texten, sondern er trägt auch selbst vor. Bei seinem ersten öffentlichen Auftritt am Samstagabend riss er die Kirchweihgäste im Festzelt der Brauerei Sauer zu wahren Begeisterungsstürmen hin. Sein Hit „Pfeif drauf!" ist der Newcomer bei YouTube und wurde bereits mehr als 50.000 Mal angeklickt. „Ich komm wieder", versprach er, „mit neuen Liedern, und dann mach mer ordentlich an drauf." Der KCR, der Karneval Club Röttenbach, soll Jupps Zusage bereits erhalten haben, während der Prunksitzungen im nächsten Jahr als Gastsänger aufzutreten.* Margot Segmeier blätterte um.

Hesselberg – Mfr. Dritter Mord in der Region?

Einen auf groteske Art und Weise zu Tode gekommenen Mann fand ein Hesselberger Landwirt am Samstagmorgen auf seiner Gärfutteranlage. Der Körper des Mannes lag auf der Abdeckfolie über der Biomasse, während sein Kopf im Innern der Folie steckte. Ob es sich um einen Selbstmord oder um ein Verbrechen handelt, war bei Redaktionsschluss dieser Ausgabe noch nicht bekannt. Bei dem Toten handelt es sich um den Röttenbacher Teichwirt J.H. Er ist der dritte Karpfenzüchter in der Region, welcher auf mysteriöse Art und Weise zu Tode gekommen ist. Die Kripo Erlangen wollte keinen Kommentar zu dem erneuten Todesfall abgeben. „Wir müssen erst die Ergebnisse der Autopsie abwarten", meinte Kriminalkommissar Gerald Fuchs.

Margot Segmeier triumphierte innerlich. Ihr Herz hüpfte vor Vorfreude. Sie hoffte sehnlichst, dass sich der Mordverdacht bestätigen würde. Vor ihrem geistigen Auge sah sie die Scharen der Hobby-Ermittler, welche wie ein gewaltiger Tsunami auf die Hotels und Gaststätten des Aischgrundes zurollten. Sie sah die Belegt-Schilder der Unterkünfte vor sich, registrierte, wie die Übernachtungspreise in die Höhe schossen, notierte im Geist die Vielzahl der Investoren, die in die Region strömten, um neue Hotels zu bauen, und registrierte, wie der Aischgründer Spiegelkarpfen zum Fisch des Jahres 2015 gewählt wurde. Soeben war ihr eingefallen, eine Karpfen-Card ins Leben zu rufen. Nutznießer dieser Karte, mit der man Vergünstigungen und Preisnachlässe für das ganze Ferienprogramm ihres Vereins bekommen würde, sollten diejenigen Gäste sein, welche im Aischgrund übernachteten. Billigere Weiherfloßfahrten für die Kids, günstigere Anglertreffen, Nachlässe auf Weiherführungen, rabattierte, geführte Wanderungen, ermäßigte Eintrittspreise für die Freibäder, Museen, Burgen und Schlösser – das alles musste wirken wie ein Magnet. Sie dachte weiter: Bonusangebote bei

Hotelübernachtungen, Spezialmenüs in den Gaststätten. Mal sehen, welche Organisationen im Aischgrund sie dafür begeistern konnte.

*

Chantal Hammer und ihre Mutter trauerten nicht wirklich. Jana Hammer sowieso nicht. Sie schien ständig wie abwesend zu sein. Sie las den ganzen Tag in der Bibel und im Gebetbuch und schrieb sich fromme Bibelsprüche auf Post-it-Zetteln auf, welche sie im ganzen Haus verteilte. *Es lasse ab von Ungerechtigkeit, wer den Namen des Herrn nennt. 2. Timotheus 2,19,* klebte nun auf der Kühlschranktür. Darunter hing ein weiterer Spruch. *Wenn es euch gut geht und ihr euch satt essen könnt, dann gebt Acht, dass ihr nicht den Herrn vergesst! 5. Mose 6,11b +12a.* Auf der Schlafzimmertür des ermordeten Johann Hammer klebte ein Zettel mit: *Liebet eure Feinde; segnet, die euch fluchen, tut wohl denen, die euch hassen. Matthäus 5,5*

Chantal ließ sie gewähren, sie tat ihr leid. Onkel Jens und sein Lebensgefährte waren zu Besuch gekommen. Chantal hatte sie darum gebeten, um die Vorbereitungen zur Beerdigung zu treffen, sobald der Leichnam ihres Vaters von der Polizei freigegeben war. Chantal wollte ihren Onkel in die Entscheidungen mit einbeziehen. Schließlich war er der einzige Verwandte, mit dem sie vernünftig reden konnte, und der Bruder ihres Vaters.

„Bist du froh, dass die ständigen Vorhaltungen und Verbote vorbei sind?“, fragte er.

„Irgendwie schon“, antwortete sie. „Jlkan wird mir helfen, mich um meine Mutter zu kümmern. Jedenfalls hat er mir das angeboten. Vielleicht wird sie ja doch wieder etwas normaler. Wir wollen sie an den Wochenenden zu gelegentlichen Ausflügen mitnehmen. Sie muss einfach mal raus hier aus dem Haus. Sonst wird sie noch völlig verrückt.“

„Ich werde auch ab und zu vorbeikommen“, bot Onkel Jens seine Hilfe an, „vielleicht können wir ja auch gemeinsam etwas unternehmen. Weißt du eigentlich, was hier in eurer Gegend abgeht?“

„Wie meinst du das?“

„Na ja, das ist doch nicht normal, dass innerhalb von wenigen Wochen drei Teichwirte zu Tode kommen, besser gesagt ermordet werden. In welche Sache war dein Vater denn verwickelt?"

„Keine Ahnung, er hat ja nie etwas erzählt, und wenn, dann hat er nur von Karpfen gesprochen und dass er es dieser Genossenschaft und ihren Halbverbrechern schon noch zeigen würde. Manchmal hatte ich das Gefühl, als ob zwischen ihm und seinen ebenfalls toten Kumpanen ein richtiger Karpfenkrieg gegen diese Organisation ausgebrochen ist."

„Hat er Namen erwähnt?"

„Nicht die Bohne, und wenn, dann habe ich mir diese bestimmt nicht gemerkt. Mich hat die ganze Angelegenheit überhaupt nicht interessiert, außer der Tatsache, dass der Karpfen ursprünglich aus China kommt."

„Wird Jlkan jetzt öfters hier übernachten?"

„Ich denke schon, aber erst wollen wir die Beerdigung abwarten. Du weißt doch, die alten Röttenbacher zerfransen sich doch sonst das Maul."

„Ja, ja, das kann ich verstehen."

„Und ihr, was macht ihr?", richtete sie ihre Frage nun auch an Bastian Wirth, der bisher nur dem Gespräch der beiden gelauscht hatte.

„Wir wissen es noch nicht", antwortete Bastian, „wir wollen erst mal abwarten, bis sich die Sache etwas beruhigt hat, bis quasi Gras über den Mord beziehungsweise die Morde gewachsen ist. Wir hoffen, dass alles einigermaßen ruhig abläuft und die Presse nicht zu tief in den persönlichen Angelegenheiten der Beteiligten herumwühlt." Doch da täuschte sich Bastian Wirth gewaltig. Dreiundzwanzig Wühler, hauptsächlich aus norddeutschen Städten wie Bremen, Delmenhorst, Langenhagen, Osnabrück, Hildesheim, Lüneburg und anderen, waren bereits eingetroffen und jeder von ihnen wollte den oder die Mörder zur Strecke bringen. Jeder von ihnen hatte sich vorgenommen, keinen Stein mehr auf dem anderen zu lassen. Jede kleinste Kleinigkeit konnte für den Fahndungserfolg von immenser Bedeutung sein. Dreiundzwanzig Hobby-Kommissare fieberten danach ihre Arbeit aufzunehmen.

*

Sandra Millberger und Kunigunde Holzmann führten am Telefon ihr wöchentliches Abstimmungsgespräch. „Es ist eine Katastrophe, Tante Kunni, wir stochern nur im Nebel herum, haben einige Verdächtige mit Tatmotiv und können keinem etwas nachweisen. Alles ist verworren. Wir vermuten, dass Horst Jäschke mit Johann Hammer verwechselt wurde, wissen es aber nicht. Wir glauben, dass die Manipulation der Bremsflüssigkeit auch dem Hammer gegolten hat, wissen es aber nicht. Wir vermuten, dass Johann Hammer ermordet wurde, können aber einen Selbstmord nicht zu einhundert Prozent ausschließen. Das Messer – wir vermuten, dass es ein Messer war, mit dem die Folie zertrennt wurde – könnte auch durch den Schlitz in diesen Dreckhaufen, diese Biomasse, gerutscht sein. Wo sollen wir den ansetzen? Alle noch einmal verhören? Die merken doch sofort, was los ist, dass wir nichts in den Händen haben, und dann erzählen die uns die gleiche Story wie bisher. Ich war noch nie so ratlos."

„Erscht amol langsam, Sandra. Ich glab net, dass sich der Hammer selber umbracht hat. Dazu woar der viel zu feich. Der woar am Leben ghängt. Und außerdem wollt der der größte Karpfenbauer werdn. Dass ihr ka Messer gfundn habt, hat mich aber scho a weng gwundert."

„Das verstehe ich jetzt nicht, Tante Kunni. Eben hast du noch gesagt, dass du dem Johann Hammer keinen Selbstmord zutraust, und jetzt wunderst du dich, dass wir kein Messer gefunden haben?"

„Eben drum. Was haßn soll, dass ich damit grechnet hab, dass der Mörder a Messer zurücklässt, damit der Eindruck entsteht, dass der Hanni Selbstmord beganga hat. Verstehst, um den Verdacht auf an Mord zu vertuschn. Habt ihr wirklich alles abgsucht? Wer hattn den Hanni gfundn?"

„Na, das war doch dieser Hesselbacher Bauer, der Eigentümer dieser Gärfutteranlage."

„Habt ihr den a gfracht, ob der a Messer gfunna und einfach weggnumma und eigsteckt hat?"

„Das weiß ich jetzt gar nicht. Ich habe ihn nicht danach gefragt. Ich denke der Gerald auch nicht. Dass jemand Beweismaterial vom Tatort entfernt, auf die Idee sind wir gar nicht gekommen."

„Dann fracht den. A weng scharf, wenns geht. Die Hesselberger Bauernköpf sen a ganz a besondere Art. Die kenna alles brauchn, was die finna, und was die finna, nehma die mit. Da fragen die net lang. Und Sandra, sollte der Hesselberger Holzkopf des Messer eigsteckt ham, dann woarns zwa, welche die Taten beganga ham. Erinner dich an die Aussach vo dem Landstreicher, der sich eibild hat, a Frau gsehgn zu ham, als mer den Jäschkes Horst anzünd hat."

„Wir fahren sofort zu diesem Kammerer in Hesselberg. Ich melde mich wieder, und besten Dank für deine Ratschläge, Tante Kunni. Was würden wir nur ohne dich tun?"

„Bled aus der Wäsch schaua", murmelte die Kunni vor sich hin, als sie den Hörer wieder auf den Apparat gelegt hatte.

*

Am Mittwoch, den 1. Oktober, nahmen die Recken aus Norddeutschland unter der Führung von Stupsi Dinkelmann aus Döhren-Wülfel die Jagd nach dem Mörder auf. Margot Segmeier hatte für vier Wochen von der Firma Omnibus-Kühler einen Kleinbus gemietet. Der einzige Nicht-Norddeutsche, ein Wastl Hornhuber aus der Nähe von München, hatte sich angeboten. die Meute durch die Lande zu schippern. Stupsi Dinkelmann konnte sich in einem spannenden Stechen gegen Holger Bunsemann aus Bremen als leitender Kommissar durchsetzen. Doch eigentlich war es Mandy, welche dabei das Zünglein an der Waage spielte. Sie erklärte der Truppe, dass sie sich persönlich um die Harmonie, das Wohlbefinden und das Entertainment der Teilnehmer kümmern werde, und wackelte dabei ganz kräftig mit Tina und Nina. Am ersten Tag der Ermittlungen stand eine Besichtigung der Tatorte auf dem Programm, damit sich jeder einzelne der Mörderjäger einen persönlichen Eindruck von der Situation vor Ort machen konnte. Als erstes Ziel gab Wastl Hornhuber Weisendorf in sein Navi ein. Anschließend wollte man nach Hesselberg und dann nach Röttenbach. „Auf geht's", wies Commissario Brunetti den Fahrer an, und Mandy verteilte dicke Schnellhefter-Mappen, worin Margot Segmeier alles Wissenswerte und Bekannte über die drei Fälle dokumentiert hatte. Die Lasche *Johann Hammer* war noch ziemlich dünn. Als Mandy ihre Aufgabe erledigt hatte, schnappte sie sich von Wastl Hornhuber ein Mikrofon und stimmte den Kriminal-Tango an. Während der Bus Höchstadt an der Aisch hinter sich ließ, sangen alle zwanzig Kommissare, ein Oberkommissar, der Fahrer und Mandy das Lied von Jacky Brown und Baby Miller.

*

Gerald Fuchs jagte den Opel Omega über die Landstraßen und bog in Niederlindach auf Höhe des Sportplatzes nach Hesselberg ab. Sandra Millberger sagte die ganze Fahrt über kein einziges Wort, hielt sich aber krampfhaft am Handgriff über ihr fest. Kurz vor Dannberg schleuderte der Kommissar rechts in die Neunzig-Grad-Kurve und trieb den Opel die kleine Anhöhe hinauf. Oben auf der Kuppe, dort wo am Straßenrand das Christus-Kreuz steht, konnten sie auf Hesselberg hinabblicken. Nach wenigen Augenblicken erreichten sie das Ortsschild und endlich passte Sandras Chef die Geschwindigkeit des Wagens den örtlichen Gegebenheiten an. Sandra entspannte sich und ließ den Handgriff los.

„Mei Mo is aufm Acker", mussten sie von Frau Kammerer erfahren, „beim Fahrsilo."

„Sie hams aber eilich", grüßte Adam Kammerer von seiner Gärfutteranlage herunter, als der Omega mit quietschenden Reifen auf dem Schotterweg zum Stehen kam und die beiden Insassen ausstiegen.

„Und Sie haben uns etwas verschwiegen, Herr Kammerer, und das ist bewusste Behinderung der polizeilichen Ermittlungsarbeit und Vertuschung beziehungsweise Vorenthaltung von Beweismitteln."

„Und des soll ich gmacht ham?"

„Ich sage nur *Messer*, Herr Kammerer."

Der Landwirt kratzte seinen Zweitagebart und meinte: „Ach so, des mana Sie. Des hab ich doch gfunna. Ich waß ja net amol, wer des verlorn ham könnt. Außerdem, des is net ganz ungfährlich, wenn da su a scharfs Messer auf dera Folie rumlicht. Wenn ich den erwisch, der mir des Messer auf meine Anlach glecht hat, was mana Sie, was ich mit dem Hundskrüppl mach?"

„Herr Kammerer", fragte der Kommissar genervt und ungeduldig, „wo ist das Messer?"

„Ach so, des Messer? Wollns des anschaun? Des hab ich im Werzeugkastn vo meim Bulldogg. Kommens, ich zeig's Ihnen." Der Hesselberger Landwirt gab den beiden Polizisten ein Zeichen, ihm zu folgen, und schlurfte auf seinen Traktor zu, der etwa zwanzig Meter weiter abseits stand. Dort angekommen, holte er einen dunkelblauen Werkzeugkasten von einem der Sitze und stellte ihn in das Gras. Dann öffnete er ihn. Obenauf lag ein Böger-Schnappmesser mit schwarzem Griff. Der Kommissar griff sich die Waffe, wog und drehte sie in der Hand hin und her. Am oberen Ende des Griffes bemerkte er zwei Buchstaben. Sie waren schon ziemlich verblasst. *JH* war auf den zweiten Blick zu erkennen. Dann betätigte er den Schnappmechanismus der Waffe. Eine zweiseitig geschliffene Klinge sprang heraus, deren Länge mit Sicherheit fünfzehn Zentimeter überschritt. Die Klinge war superscharf.

„Warum haben Sie uns die Waffe vorenthalten, Herr Kammerer?"

„Ja mei, so a Messer kann mer immer brauchn, gell. Und wie gsacht, ich hab ja net gwusst, wem des ghört."

„Ich beschlagnahme hiermit das Messer, Herr Kammerer, das muss unbedingt ins Labor. Wenn Sie wollen, bestätige ich Ihnen den Erhalt der Waffe schriftlich."

„Behaltns des Klump, bevor mir des no mehr Ärcher eibringt."

Der Kommissar schnappte die Klinge wieder ein und ließ das Messer in einen Plastikbeutel gleiten. „Fällt Ihnen sonst noch etwas ein, was Sie uns am Samstag nicht mitgeteilt haben?"

„Net dass ich wüsst."

Aus der Ferne näherte sich ein Mercedes-Benz-Kleinbus. „Erwarten Sie noch Besuch?"

„Net dass ich wüsst."

„Okay, Herr Kammerer, dann verschwinden wir auch schon wieder. Machen Sie's gut, und wie gesagt, wenn Ihnen noch etwas einfällt …"

„Was wollen die denn hier", rief Sandra Millberger, als sie sich kurz darauf auf dem engen Feldweg an dem Mercedes-Bus vorbeizwängten.

„Sieht aus wie eine Horde Feldgeschworener", meinte ihr Chef.

24

„Kommt rei in die warme Stubn.“ Veronika Sapper hatte Kunigunde Holzmann und Margarethe Bauer zur Hausbesichtigung und zum Kaffeetrinken eingeladen. „Groß is es fei net, mei neis Häusla, aber ich hab mich scho recht gut eingewöhnt. Der Kaffee läft scho durch. Werd nu a weng dauern. In der Zwischnzeit könnt ich euch ja amol a weng rumführn, wenns euch interessiert?“

„Na, des interessiert uns scho. Gell, Kunni? Woll mer doch amol schaua, in welchm Luxus die Veronika etz residiert. Ach, etz hätt ichs fast vergessn. Du woarst ja scho amol da.“

„Ach Gott, Luxus“, wehrte die Hausherrin ab, „da schaut erscht amol, was da ringsherum für Mordsdrumhäuser baut werdn. Da schaut meins ja aus wie a Hexnhäusla. Gehmer zuerscht amol ins Wohnzimmer.“

„Neia Möbl hast du dir a kaft“, stellte die Retta bewundernd fest. „da siehcht mer, wos Geld is. Und alles in Leder! Passt sche zam. Die Fenster gfalln mer a. Sche groß.“

„Und des“, Veronika Sapper holte zu einer ausladenden Armbewegung aus, „is mei neia Esseckn und gleich nebendran die Küchn.“

„Viel Platz“, kommentierte die Retta, „und alles in Grau. Passt zu die Fenster.“

„Na ja, mehr Platz als für sechs Leit brauch ich doch net“, erklärte die Veronika. „Und da gehts zum Abort, wenn ihr später amol müsst. Könnt scho neischaua.“

„Modern, modern“, staunte die Retta, „heit hat mer wohl widder des Weiß? Schaut halt neutral aus. Einfach zeitlos.“

„Gehmer schnell noch nach obn, bevor der Kaffee durchgloffn is. Obn is mei Schlafzimmer, a Bad mit Dusche und Badwanna und a Gästezimmer, wo ich a mein Computer steh hab.“

„An Computer hast dir a zuglecht?“, staunte die Retta.

„Hats beim Aldi zum Sonderpreis gebn. Mit die neia Prozessorn.“

„Hat der a a Äpp?“, wollte die Kunni wissen.

Der Rundgang dauerte nicht lange und Veronika Sapper schlug vor: „Gehmer widder nunter. Der Kaffeetisch is scho deckt. Es gibt an Bienastisch und an Zwetschgnkuchn. Den Bienastich habbi allerdings beim Beck ghult. Die Füllung schmeckt immer so sche frisch."

Als die drei Witwen wieder im Erdgeschoss angekommen waren, fuhr draußen in der Schulstraße ein Mercedes-Kleinbus vorbei und stoppte etwas später an der Stelle, wo die Teerdecke der Schulstraße in einen breiten Feldweg übergeht. „Was sen des für Leit?", wunderte sich die Retta.

„Keine Ahnung, bis etz fahrn do immer nur Baufahrzeuche und Lkws rum", kommentierte die Hausfrau. Die drei Witwen wechselten ins Wohnzimmer, um die Szene, die sich draußen abspielte, besser verfolgen zu können. „Des sen bestimmt zwanzg Leit, die da ausgstiegn sen", meinte die Veronika.

„Die gehn ja aufs Feld, da wo die Leich vom Horst Jäschke verbrennt worn is", wunderte sich die Retta. Was schreibn sich die da auf? Sen des Polizistn?"

„Des sen ka Polizistn", urteilte die Kunni, „aber was die da machen? Keine Ahnung."

„Irgendwas werdn die da draußn scho vorham. Seis wies sei, kummt, lasst uns den Kaffee und den Kuchn probiern", schlug die Veronika vor. „Kunni, an Bienastich oder an Zwetschgnkuchn?"

„Gibst mer vo jedm a Stück auf mein Teller."

„Und du Retta?"

„Ich probier den Bienastich."

Die drei hatten sich gerade auf ihren Stühlen niedergelassen und die Gabeln in ihre Kuchenstücke getrieben, als die Türglocke anschlug.

„Wer solln etz des sei?", fragte Veronika überrascht.

„Des sen die Deppn vo dem Bus", stellte die Kunni fest, die von ihrem Fensterplatz einen Blick nach draußen hatte.

„Was wolln denn die?", wunderten sich die beiden anderen.

„Wern mer gleich hörn." Alle drei standen von ihren Plätzen auf und watschelten zur Haustüre.

„Guten Tag, die Damen", sprach sie ein kleiner Fettwanst an. Hinter ihm hatten sich im Halbkreis circa zwanzig weitere Männer und eine Wasserstoffblondine versammelt. „Mein Name ist Stupsi Dinkelmann aus Döhren-Wülfel. Hast Stupsi-Spitzer du im Haus, geht niemals dir der Bleistift aus. Kleiner Scherz. Ha, ha. Man nennt mich auch gerne Commissario Brunetti. Wir alle sind Gäste des Vereins Ferienregion Aischgrund e.V. und nehmen an dem Ferienprogramm *Dem Mörder auf der Spur* teil. Vielleicht sind es ja auch mehrere Mörder, ha ha. Kurzum, wir jagen den oder die Mörder der drei Opfer, die hier vor Kurzem das Zeitliche gesegnet haben. Vor diesem Hintergrund möchten wir Sie gerne fragen, ob Sie in der besagten Nacht – Moment, das war vom 16. auf den 17. August dieses Jahres – eine auffällige Beobachtung gemacht haben? Das würde uns sehr weiterhelfen."

Veronika Sapper klappte der Unterkiefer nach unten. Sie hatte die Ansprache des Dicken noch nicht ganz verstanden. Kunigunde Holzmann schon. Sie drängte sich nach vorne, wuchtete ihre Fäuste in ihre Rettungsringe und baute sich mit all ihrer Fülle vor Stupsi Dinkelmann auf.

„Horchns amol, Sie aufgstellter Mausdreck, net bloß, dass Sie uns störn – wissen Sie überhaupt, was für an gotterbärmlichn Bledsinn Sie daherredn? Dem Mörder auf der Spur? Ja seid ihr denn vollkommen des Wahnsinns? Ihr reigschmegdn Gässlasgeiger wollt Mörder jagn? Willst du mir des" – und dabei zeigte sie auf Stupsi Dinkelmann – „mit deiner preißischn Schleppern mitteiln? Macht fei bloß ka Fisimadendn do bei uns, ihr Hundsgnobbern. Am besten, ihr geht schnellstns widder dahin, wo ihr herkumma seid. Aber ganz schnell. Und die blonde Schbinadwachdl da, die alte Hubfdolln, nehmter a gleich mit, ihr Rotzbobbl." Mit diesen Worten schlug sie die Haustüre zu. „Leit, unser Kaffee werd kalt", sprach sie zu Veronika Sapper und Margarethe Bauer, die mit großen Augen die Szene an der Tür verfolgt hatten, und ließ sich wieder auf ihrem Stuhl nieder.

Draußen vor der Tür stand ein ebenso ratloser Commissario Brunetti und sah einen nach dem anderen seiner Teammitglieder an.

„Wer hat etwas verstanden?"

Wastl Hornhuber meldete sich.

„Und was bitte?"

„Schbinadwachdl!"

„Und wie lautet die Übersetzung?"

„Spinatwachtel!"

„Und was bedeutet das?"

„Des woaß i a net!"

„Mandy", forderte Stupsi Dinkelmann seine Freundin auf, „schreib ins Tagesprotokoll: Wir müssen das Team um eine weitere Person verstärken. Wir benötigen einen Übersetzer. Ich werde gleich nach unserer Rückkehr mit Margotchen reden."

„… werde gleich nach unserer Rückkehr mit Margotchen reden", wiederholte Mandy.

„Das nicht!"

„Das nicht!", schrieb Mandy auf. Dann malte sie noch ein Lachgesicht dazu und schrieb Schbinadwachdl daneben.

*

„Jetzt haben wir zwar das Messer", klagte Kommissar Fuchs, „mit dem zweifelsfrei die Folie dieses gefährlichen Biomassehaufens geöffnet wurde, aber viel weiter bringt uns das auch nicht."

„Das seh ich etwas andersch", konterte seine Tante. Die beiden saßen in einer Runde mit Hauptkommissar Joerg Kraemer, Sandra Millberger und Margarethe Bauer in einem der Besprechungszimmer an der Schornbaumstraße. Der Chef von Gerald Fuchs und Sandra Millberger hatte die beiden Röttenbacherinnen eingeladen. Er wollte sich ein persönliches Bild darüber machen, wie die beiden Witwen über die Geschehnisse dachten.

„Wie sehen Sie denn die Situation, Frau Holzmann?", wollte der Hauptkommissar wissen.

„Also, ich hab mit dem Johann Hammer erst a poar Toch vor seim Ablebn gsprochen. Er hat mir versichert – und ich glab ihm des noch immer – dass er mit dem Tod vom Bertl Holzmichl und dem Horst Jäschke nix zu tun ghabt hat. Er hätt die zwa ja gebraucht, in seinem Kampf gegen den Hornauers Jupp seine Interessen. Suizidgefährdet woar der Hanni ganz bestimmt net. Der wollt unbedingt weitermachn – a alla. Der Hanni is umbracht worn. Davon bin ich überzeucht. Nachdem etz doch des Messer auftaucht is, hasst des für mich, dass des Messer bewusst am Tatort zurückglassen wordn is, um die Überlegung an einen Selbstmord zu nährn. Des hasst wiederum, dass es mindestens zwa Täter gwesn sei müssn. Dass der Mörder mit dem Hammer sein Toyota nach Hesselberg gfoahrn is und sich nach der Tat zu Fuß ausm Staub gmacht hat, kann ich mir net vorstelln. Weil der Hammer woar bestimmt betäubt, als der auf die Gärfutteranlach glecht woarn is. Auch des spricht für zwa Täter. Aner alla hätt den Hanni bestimmt net da hoch schleppn könna. Und etz zum Messer. Ich denk des hat sogar an weiteren Täuschungseffekt."

„Nämlich?", hakte Joerg Kraemer ein.

„Schaun Sie sich doch die Initialen J.H. an."

„Jupp Hornauer oder Jens Hammer", erwiderte der Hauptkommissar.

„Net unbedingt", überlegte die Kunni laut, „die Initialen könnten genauso gut auf Jlkan Hawleri hin deuten. Vielleicht is der Mord an dem Horst Jäschke ja auch mit dem Messer ausgführt wordn. Alles denkbar. 'Es kennt a geklaut wordn sei. Auf jedn Fall denk ich, dass mer die Suche nach dem Täter auf zwei Persona ausdehna muss. Es is net ausgschlossn, dass a a Fra beteilicht sei könnt."

„Dann scheidet nach deiner These der Jupp Hornauer als Täter aus?", folgerte der Kommissar.

„Wieso?"

„Na ja, seine Frau ist bei ihrer kranken Mutter – das haben wir überprüft – und dass diese Frau Sapper ihm geholfen haben soll, das glaubst selbst du nicht."

„Ich hab gsacht, es könnt vielleicht a Fra beteilicht sei, net es muss a Fra beteilicht sei. Und wenn du dir aktuell oschaust, wen sich der Hornauers Jupp anglacht hat, dann wasst du net, wie lang es die zwa scho miteinander könna. Also diesem Heino Wassermann, dem trau ich alles zu. Der verkaft sogoar sei eigene Großmutter."

„Also Leute", beschloss der Hauptkommissar, „ihr müsst nochmals ran. Es hilft nichts. Irgendetwas haben wir übersehen. Versucht herauszufinden, wem das Messer gehört. Vielleicht führt uns die Waffe ja zum Mörder."

„Noch was", nahm die Kunni das Gespräch erneut auf, „da foahrn a poar verrückte Preißn mit an Mercedes-Bus durch die Gegend und erzähln, dass sie an einem Ferienprogramm vo dem Verein Ferienregion Aischgrund teilnehma. Des Programm haßt *Dem Mörder auf der Spur*! Gestern hams Tatortbesichtigung gmacht und wollten die Veronika Sapper intervjun. Ob ihr in der Mordnacht was Bsonders aufgfalln is. Die sen mir grod recht kumma. Die hab ich vielleicht gstaubt, mein Lieber, die Preißngsichter. Ich wills bloß erwähna, falls die eich a übern Wech laufn.“

„Könnten das nicht auch Feldgeschworene gewesen sein?“, fragte Sandra Millberger und sah ihren Chef belustigt an.

„Feldgeschworene?“, wiederholte die Kunni. „Wer die Grambfbolln für Feldgeschorene hält, hat selber an Patscher weg.“

*

Jupp Hochleitner hatte einen neuen Job. Vorübergehend. Selbst eine Geschäftskarte, die er überall stolz herumzeigte, nannte er sein Eigen:

Jupp Hochleitner
Aischgrund Investigations
Holiday Region Aischgrund e. V.
Translator Franconian – Highgerman – Franconian
Certified Franconian Networker

Er saß inmitten der dreiundzwanzig Hobbydetektive, lauschte den Worten von Commissario Brunetti und betrachtete wohlgefällig Mandys Tina und Nina, die sich deutlich durch das dünne, weiße T-Shirt abzeichneten. Das Ofenstudio Schwach im Höchstadter Ortsteil Etzelskirchen verfügte glücklicherweise über leer stehende Büroräume, welche Margot Segmeier kurzfristig angemietet hatte. „Also, Leute“, appellierte Stupsi Dinkelmann an seine Mannschaft, „die Tatorte haben wir gestern gesehen. Nun heißt es, Fahrt aufnehmen und Fragen stellen. Wer viel fragt, der viel erfährt. Und damit uns so etwas wie gestern nicht wieder passiert, haben wir Verstärkung erhalten. Ich begrüße unseren neuen Regional-Translator Jupp Hochleitner, der nicht nur für uns übersetzen wird. Nein, unser Jupp ist mit allen fränkischen Wassern gewaschen, kennt hier Gott und die Welt, besitzt Relations und wird uns Tür, Tor und die Herzen der fränkischen Aborigines öffnen. Heute haben wir die Befragung von Herrn Hornauer und

Hanna Jäschke auf dem Programm. Morgen sind Jana Hammer und ihre Tochter Chantal dran. Damit wir mit einer Zunge sprechen, werde ich die Befragung – mit der Unterstützung von unserem Jupp – führen. Bis zur Abfahrt haben wir noch eine halbe Stunde Zeit. Bitte notiert eure Fragen auf einem Zettel. Mandy wird diese im Bus einsammeln. Willst du Stupsis Spitzer testen, nimmst nen Bleistift du am besten. Ha ha, kleiner Scherz."

*

„Horchns amol, Herr Kommissar, langsam reichts mer fei. Heit früh woarn Ihre dreiazwanzig Idioten mit ihrm Dolmetscher bei mir und ham mir a Loch in Bauch gfracht, und etz tauchn Sie a nu auf und wolln des Spiel wiederholn. Ja wo simmer denn?"

„Ich verstehe überhaupt nicht, wovon Sie sprechen", wehrte sich Gerald Fuchs, „ich habe niemanden zu Ihnen geschickt."

„Etz herns aber auf", widersprach ihm der Jupp, „da scheint die linke Händ net zu wissen, was die rechte macht. Ich red vo Ihre Kollegn vom Bundeskriminalamt, Bundesnachrichtndienst und vom Verfassungsschutz. Der Dolmetscher hat mir doch alle vorgstellt. Jedn einzeln. Der Chef vo dene Deppn hasst Commissario Brunetti. Des waß ich nu ganz genau, weil seine Assistentin, die Mandy, woar die anziche, die auf mich an positivn Eindruck gmacht hat. Ich hab zwar net alles verstandn, was die gsacht hat, aber anscheinend hats mir was vo ihre Kinner derzähln wolln. Zwa Madli hats, hab ich verstandn. Die Tina und die Nina. Zwilling. Müssn nu ganz kla sei, die zwa. Jedenfalls scheint die Mandy a recht geplachte Mutter zu sei, weil ihre Kinner immer aus ihre Körbli raus wolln, hats mer erzählt. Seis drum, jedenfalls hat bloß der Brunetti gsprochn. Die andern ham bloß zughert. Zum Schluss hat er mir no an Rat gebn. Den hab ich aber net verstandn. *Selbst der Aktienbesitzer schwört auf Stupsis Bleistiftspitzer,* hat er gsacht. Könna Sie damit was anfanga? Sie sen doch vo der Polizei. Sie solltn doch des wissen, was Ihr Kollech mir sagn hat wolln."

*

„Des muss der Hornauers Jupp völlich falsch verstandn ham“, rechtfertigte sich Jupp Hochleitner gegenüber dem Erlanger Kriminalkommissar. „Die Worte Bundeskriminalamt, Bundesnachrichtndienst und Verfassungsschutz hab ich nie in den Mund gnumma. Ich hab bloß erklärt, dass der Bund da, also die Gruppe der Detektive von Aischgrund Investigations, a Ärwert machen, vergleichbar wie die Kriminaler vom Amt, also so ähnlich wie Sie halt, und dass sie des, was sie erfahrn ham, in Form von Nachrichten an den Dienst, also ans Amt, des hasst an Sie, weitergebn. Und schließlich hab ich dem Hornauer noch verdeutlicht, dass die Hinterbliebenen von dene Opfer meist in aner denkbar schlechtn Verfassung sen. Da muss mer sie doch schützn. Hab ich da was falsch erklärt? Also, ich bin mer fei kaner Schuld bewusst.“

25

Margot Segmeier ließ die Beschwerde-Mail der Kripo Erlangen relativ kalt. Sie ging ihr quasi am A… vorbei. Was die sich einbildeten. Sie ließ sich doch ihr geniales Ferienprogramm nicht von ein paar dahergelaufenen Grünröcken kaputt machen. Je länger sie darüber nachdachte, desto wütender wurde sie. Sie würde die Ermittlungen nicht einstellen lassen, das kam überhaupt nicht in Frage. Die Leute, allen voran Stupsi Dinkelmann, hatten schließlich eine Menge Geld dafür bezahlt, dass sie die Schlafmützen von der Polizei bei der erfolgreichen Aufklärung der aktuellen Mordfälle unterstützen durften. Und nun sollten sie sich auch noch Vorwürfe gefallen lassen? Eine Unverschämtheit, diese E-Mail von diesem Ober-Bullen. Nächste Woche kam bereits das nächste Ermittlerteam aus Brandenburg, Sachsen und Thüringen an.

Margot Segmeier schnaubte wie ein Stier, um ihre Wut abzulassen. Doch so richtig erfolgreich war sie damit nicht. *Schreib dir deinen Ärger von der Seele,* hatte ihr ihre Mutter immer geraten, und bis jetzt war sie damit immer gut gefahren. Sie hatte sich vorgenommen höflich und sachlich zu argumentieren, in der Sache aber nicht nachzugeben.

Lieber Herr Hauptkommissar, schrieb sie,

ich wundere mich doch sehr über Ihre unsachlichen Argumente. Wie Sie feststellen mussten, sind unsere agilen Detektive Ihren doch etwas behäbigen Mitarbeitern immer um einen Schritt voraus. Das ist gut so. So kommt Bewegung in die lahmenden Ermittlungsarbeiten. Wie Sie richtig gelesen haben, spreche ich von unseren Detektiven, welche für meine Detektei Aischgrund Investigations aktiv sind. Damit unterliegen sie den Bestimmungen gemäß § 38 Abs.1 Nr.2 der Gewerbeordnung und sind meiner Detektei zuzuordnen. Privatdetektive unterliegen gem. § 34a GwO keiner Prüfung der IHK, da sie nicht dem Bewachungsgewerbe, sondern dem Ermittlergewerbe zuzuordnen sind. Sie arbeiten mit dem Jedermann-Recht, vor allem der Jedermann-Festnahme, nach § 127 Abs.1, Satz1 der StPO.

Und nun komme ich nochmals auf Ihre unverschämte Mail zu sprechen, welche ich von Ihnen erhalten habe und welche ich in keinster Weise akzeptiere. Vielmehr weise ich den geschriebenen Quatsch mit aller Deutlichkeit zurück. Zu behaupten, wir würden den Ermittlungen Ihrer Beamten schaden, ist der Witz des Jahres. Wo sind sie denn, Ihre Beamten? Haben sie sich in ihr Schneckenhaus verkrochen? Anscheinend sind sie über ihren Ermittlungstätigkeiten eingeschlafen. Das ist jedenfalls unser Eindruck. Heute haben meine Detektive mit einer wichtigen Zeugin gesprochen, welche Ihre Leute noch nicht einmal verhört haben. Das ist die Realität. Doch keine Sorge. Wenn wir die Mörderbande überführt haben, sagen wir Ihnen vorher rechtzeitig Bescheid. Versprochen. Sie können dann mit Ihren Beamten vorbeikommen und die Täter einsacken.

Ihre

Margot Segmeier

(Vereinspräsidentin Ferienregion Aischgrund e.V.)

25

Aischgrund Investigations ermittelt – Kripo ist sauer, berichteten die Nordbayerischen Nachrichten am Samstag, den 4. Oktober.

Die tolle Idee von Margot Segmeier, Vereinspräsidentin der „Ferienregion Aischgrund e.V.“, zusätzliche Kräfte zu bündeln, um die Ermittlungsarbeiten der Polizei in Sachen Aischgrund-Morde zu unterstützen beziehungsweise zu beschleunigen, stößt bei der Kripo Erlangen nicht auf Gegenliebe. Dabei ist das Konzept genial: Touristen nehmen in ihrer Freizeit und im Rahmen des Ferienprogrammes des Vereins mühsame Ermittlungstätigkeiten auf sich, zahlen dafür sogar noch eine ordentliche Summe in die Vereinskasse ein, bringen zusätzlichen Mehrwert für das Hotelgewerbe und die Gaststätten der Region und sollen nun dadurch bestraft werden, indem sie ihre gerade begonnen, vielversprechenden Aktivitäten wieder einstellen. Wo ist da die Logik?, fragt sich zu recht die Vereinspräsidentin. Kompetenzgerangel?, fragen wir uns. Vertuschung einer gewissen Inkompetenz? Es mag viele Gründe geben, warum die Polizei die Aktivitäten von Aischtal Investigations nicht gerne sieht. Verständlich sind diese Vorbehalte jedoch nicht. Der verantwortliche Hauptkommissar der Kripo Erlangen argumentiert damit, dass die Hobby-Ermittler keine Profis sind und keine Erfahrung haben. Dieses Argument lässt Frau Segmeier aber nicht gelten. „Einen gesunden Menschenverstand haben meine Ermittler allemal, aber gerade der scheint manchen sogenannten Profis in ihrer Lethargie abhanden gekommen zu sein."

*

Landrat Gerhard Trittweich und Bürgermeister Hans Duffner wandten sich zu dem Streit zwischen der Kripo in Erlangen und der Vereinspräsidentin wie ein Sack voller Aale. Keiner wollte eine eindeutige Stellungnahme abgeben. Klar, sie zeigten Verständnis für die Beschwerde der Polizeibehörden, aber … doch nicht so richtig. Die von ihnen mitgetragene regionale Ferieninitiative wollten und konnten sie natürlich auch nicht vor den Kopf stoßen. Sie hatten eine glänzende Idee: Sie trafen keine Entscheidung, mischten sich nicht in den Disput ein. Der Höchstadter Stadtrat sollte sich in seiner nächsten, nicht öffentlichen Sitzung, am Donnerstag, den 9.Oktober, mit der Sache befassen. Sie hatten einen weisen Beschluss gefasst, fanden die beiden.

*

Die Besprechungen der Mordkommission in der Schornbaumstraße häuften sich. Hauptkommissar Kraemer ließ sich von seinen Mitarbeitern, Gerald Fuchs und Sandra Millberger, über die erneuten Befragungen der Tatverdächtigen berichten.

„Wir hatten schon Probleme, die Personen davon zu überzeugen, dass sie nochmals eine Fragenrunde über sich ergehen lassen mussten“, begann Sandra mit ihren Ausführungen. „Überall kamen uns diese Hobby-Kommissare zuvor. Wenn das so weitergeht, macht die Sache wirklich keinen Spaß mehr. Aber sei's drum, beginnen wir mit Jlkan Hawleri. Eigentlich ist er ja kein Türke, sondern ein Kurde, wobei seine Eltern sonderbarerweise Özdemir heißen. Das hat politische Gründe. Die Kurden, die in der Türkei leben, mussten vor vielen Jahren türkische Namen annehmen. Sein Vater entschied sich für Özdemir und behielt diesen Familiennamen bei, auch nachdem er in den 60er-Jahren mit seiner Frau nach Deutschland eingewandert war. Als ihr Sohn Jlkan im heranwachsenden Alter von seiner wirklichen Abstammung erfuhr und sein Vater ihm erzählte, dass Jlkans Großvater von türkischen Soldaten erschossen worden war, weil er für die PKK und ein freies Kurdistan gekämpft hatte, weckte er die Neugier seines Sohnes. Jlkan beschäftigte sich nun intensiv mit seiner Herkunft und dem Schicksal der Kurden. Vor drei Jahren beantragte er im Alter von einundzwanzig Jahren bei den deutschen Behörden einen Namenswechsel, welcher ihm auch gewährt wurde. Seitdem heißt er nicht mehr Özdemir, sondern Hawleri. Aber so viel nur nebenbei. Wir haben ihm das Messer gezeigt und ihn gefragt, ob er es schon einmal gesehen habe beziehungsweise ob es ihm gehöre. Er hat uns erzählt, dass er jegliche Gewaltanwendungen hasse und aus diesem Grund niemals ein Messer oder irgendeine andere Waffe mit sich tragen würde. Dann kam er wieder auf seinen früheren Namen Özdemir zurück. Das Messer sähe nicht so aus, als wäre es in den letzten drei Jahren gekauft oder hergestellt worden, argumentierte er. Das sei aufgrund der sichtbaren Gebrauchsspuren bestimmt schon älter als drei Jahre, meinte er. Damals hieß er aber noch Jlkan Özdemir, ergo können die Initialen des Messers gar nicht auf ihn hinweisen. Wir haben uns bei der Herstellerfirma des Messers erkundigt, und tatsächlich: Die Herstellung dieses Messertyps wurde bereits im Jahr 1997 eingestellt. Zudem sagte Chantals Freund aus, dass er so ein zweischneidiges Ding noch nie gesehen habe. In der Nacht, in der Johann Hammer zu Tode kam, war er angeblich zuhause, um sich auf das neue Semester vorzubereiten. Ein Alibi konnte er natürlich nicht beibringen. Seine Freundin

Chantal war zu diesem Zeitpunkt im Kirchweih-Festzelt der Brauerei Sauer. Das haben wir überprüft. Geralds Tante Kunni und ihre Freundin, die Retta Bauer, haben sie jedenfalls dort gesehen, als sie noch um Mitternacht mit den Kirchweihburschen und anderen jungen Frauen gefeiert, geschunkelt und auf den Tischen getanzt hat."

„Ich übernehme mal den Part von Jens Hammer, dem jüngeren Bruder des Ermordeten, und seinem Freund und Lebenspartner Bastian Wirth", hakte sich Gerald Fuchs in die Diskussion ein. „Jens Hammer hat durchaus ein Motiv, seinem älteren Bruder an den Kragen zu gehen. Ob er mental dazu in der Lage wäre, so eine Tat auch auszuführen, bleibt dahingestellt. Wenn wir zudem davon ausgehen, dass wir es bei dem Tod von Johann Hammer, Bertl Holzmichl und Horst Jäschke mit ein und demselben Täter oder denselben Tätern zu tun haben, glaube ich nicht mehr an einen Mörder namens Jens Hammer oder Bastian Wirth, denn das würde bedeuten, dass sie sich vorher zweimal getäuscht haben müssten, als sie den Jäschke und den Holzmichl anstelle von Johann Hammer in die Hölle geschickt haben. Dass sie Beweggründe hatten, auch diese beiden umzubringen, leuchtet mir nicht ein. Jedenfalls sagen sowohl Jens Hammer als auch sein Freund Bastian Wirth unabhängig voneinander aus, dass sie in dieser Nacht in der Wohnung von Bastian Wirth übernachtet haben. Zeugen haben sie natürlich nicht. Je länger ich überlege, desto mehr komme ich zu der Überzeugung, dass der oder die Mörder von vorneherein die Absicht hatten, alle drei zu erledigen, den Jäschke, den Holzmichl und den Hammer. Der Einzige, der mir dazu einfällt, und der auch ein Motiv hatte, ist dieser Jupp Hornauer. Der Typ ist aalglatt, lügt wie gedruckt und ist aufbrausend aggressiv."

Joerg Kraemer hatte seinen Mitarbeitern bisher aufmerksam zugehört, ohne sie zu unterbrechen. Nun meldete er sich erstmals zu Wort. „Und welche eindeutigen Indizien oder Beweise gibt es gegen diesen Jupp Hornauer, außer dass er lügt und aufbrausend aggressiv ist? Und was ist mit diesem Landstreicher?"

„Auf den kommen wir gleich noch zu sprechen, Chef", übernahm wieder Sandra Millberger das Wort. „Die ganze Sache wird jetzt nämlich richtig kompliziert. Deshalb schlage ich vor, den Hornauer zunächst hintanzustellen und noch einmal das ganze Beziehungsgeflecht zu betrachten. Ich habe mich nochmals mit Chantal Hammer getroffen. Eigentlich wollte ich ihre Mutter sprechen, um ihr das Messer zu zeigen, welches wir dem Kammerer herausgekitzelt haben. Aber die Jana Hammer habe ich nicht erwischt. Die war mal wieder in Vierzehnheiligen zu Exerzitien. Sie zu befragen, war dann gar nicht mehr notwendig, weil Chantal mir auch die Antworten auf meine Fragen geben konnte. Ich war überrascht. Jedenfalls habe ich ihr das Messer in die Hand gedrückt, und nun halten Sie sich fest: *Ist das nicht Papas Messer?*, hat sie mich gefragt. *Wo haben Sie das denn her? Mein Vater hat das Ding seit über einem Jahr gesucht. Ich weiß das noch ganz genau. Das war nämlich am Tag meiner Geburtstagsfeier, als er es gesucht und nicht mehr gefunden hatte. Er war stinksauer. Er hat damit immer seine Karpfen ausgenommen, und Mama wollte zu meiner Feier auch Karpfenfilet in Dillsauce zubereiten.* Das war jedenfalls Chantals Aussage."

„Kam es nicht am achtzehnten Geburtstag von Chantal zum Eklat zwischen Johann Hammer und seinem jüngeren Bruder?", hakte der Hauptkommissar ein.

„Ganz genau."

„Also könnte Jens Hammer dieses Scheiß-Messer irgendwo gefunden und an sich genommen haben?"

„Durchaus möglich. Aber warten Sie noch, bevor Sie weitere Schlüsse ziehen, die Sache geht ja noch weiter und wird immer komplizierter, weil es nämlich noch mehrere solcher Messer gibt. Gerald, willst du weitermachen?"

„Okay, kein Problem. Sie haben ja den Obdachlosen angesprochen, Chef. Den habe ich doch persönlich bei Hanna Jäschke abgeliefert, weil der bei ihr um eine Unterkunftsmöglichkeit nachfragen wollte. Das scheint auch geklappt zu haben. Jedenfalls habe ich ihn bei meinem letzten Besuch im Haus von Hanna Jäschke angetroffen, wo er gerade die Küche neu tapezierte. Ich kam auch mit Frau Jäschke ins Gespräch und habe ihr das Messer gezeigt, welches wir dem Kammerer abgenommen haben. Ihre Reaktion war mehr als überraschend. Sie schlug die Hände über dem Kopf zusammen und wurde kreidebleich. *So ein Messer hat auch mein Mann vor Jahren von Johann Hammer zum Geburtstag geschenkt bekommen,* verriet sie mir.

Auch mit diesen Initialen J.H. Sie musste mir meine Verwirrung angemerkt haben."

„J.H.", überlegte Joerg Kraemer laut, „könnte auch für Jäschke Horst stehen."

„Ob sie wisse, wo ihr Mann das Messer aufbewahre, habe ich sie gefragt. Daraufhin führte sie mich in den Hof hinaus und wir betraten eine kleine Holzhütte, eine Art Werkstatt ihres ermordeten Mannes. Sie zog die Schublade einer Kommode heraus, griff hinein und drückte mir ein Springmesser in die Hand, das genauso aussieht wie das, das der Kammerer auf seiner Gärfutteranlage gefunden hat. Wir haben die Waffe natürlich sofort beschlagnahmt."

„Habt ihr noch mehr solche Überraschungen auf Lager?", wollte der Hauptkommissar wissen.

„Ja, noch eine", antwortete Sandra Millberger. „Wir kommen nämlich jetzt auf Jupp Hornauer zu sprechen. Ich denke, Gerald hat die Charaktereigenschaften dieses Kotzbrockens richtig beschrieben: ein Lügner vor dem Herrn, aalglatt und aggressiv. Als wir jedenfalls das letzte Mal bei ihm in Krausenbechhofen waren, der Gerald und ich, lief uns dieser Ex-Siemensler, dieser Oberschleimhals Heino Wassermann, Vorsitzender des Vereins Umwelt und Tierisches Leben e.V. Hemhofen-Röttenbach, über den Weg, seit Kurzem Vasall von dem Hornauer. Gerald spielte mit dem Messer in seiner Hand herum. Sie wissen schon, welches ich meine. Sein Chef sei nicht daheim, erklärte uns der Unsympathling. Dann fiel sein Blick auf das Messer, mit dem Gerald herumspielte. So ein Messer meinte er, habe sein neuer Chef auch, auch mit den Initialen J.H. Auch ein Geschenk von Johann Hammer vor vielen Jahren, als die beiden noch nicht miteinander im Streit lagen. Ob er uns das zeigen könne, wollten wir wissen. Im Moment nicht, meinte er, das läge in der Küche in einer Schublade, und leider hätte er jetzt keine Zeit, er müsse nämlich gleich weg. Wenn wir seinen Chef sprechen wollten, sollten wir doch ein andermal wiederkommen. Das sei ein guter Vorschlag, antworteten wir ihm, stiegen ins Auto und fuhren davon. Allerdings nicht weit. Nach fünf Minuten kehrten wir um und legten uns auf die Lauer. Wir mussten nicht lange warten. Es dauerte vielleicht zwanzig Minuten, bis Jupp Hornauer mit dem Opel seiner Frau auf den Hof gefahren kam. Wir warteten in unserem Wagen weitere zehn Minuten ab, bevor wir ausstiegen und die Türglocke betätigten. Was wir denn schon wieder hier wollen, begrüßte er uns überrascht und unfreundlich. Nun, wir kamen direkt auf den Punkt und zeigten ihm unser Messer mit den Initialen J.H. Nein, so ein Messer habe er nie gesehen, meinte er. Die Diskussion zog sich ergebnislos dahin, bis ich ihn fragte, ob ich die Toilette benutzen dürfe. Gerade aus, an der Küche vorbei, stimmte er widerwillig zu. Natürlich huschte ich auch in die Küche und öffnete sämtliche Schubladen. In der dritten lag es. Ich nahm es an mich und übergab es unserem Labor."

„Und?", unterbrach Joerg Kramer.

„Die kriminaltechnische Untersuchung läuft noch."

*

Die nicht öffentliche Stadtratssitzung war gerade vorbei. Die Abstimmung, ob sich der Verein Ferienregion Aischgrund e.V. aus den Ermittlungen zu den aktuellen Mordfällen heraushalten soll, ging mit 24:1 Stimmen gegen die Intervention der Polizeibehörden aus. Draußen vor dem Rathaus warteten ungeduldig die Vertreter der lokalen Presse, um das Abstimmungsergebnis ihren Lesern am nächsten Morgen kundzutun. Bürgermeister Duffner trat vor die Mikrofone und verkündete mit stolzer Neutralität das eindeutige Abstimmungsergebnis. Eindeutiges Abstimmungsergebnis? Wer war der Quertreiber, der gegen die Interessen des ganzen Landkreises gestimmt hatte? Keiner der Offiziellen wollte mit dem Namen herausrücken. „Es war eine nicht öffentliche Stadtratssitzung", erklärte Bürgermeister Duffner. „Namen spielen hierbei keine Rolle." Paul Prohaska, der fliegende Reporter der NN, nahm die Stadträtin Susi Rehhäußer auf die Seite und lud sie zu einem ihren Lieblingscocktails in eine stadtbekannte Kneipe ein.

Stadtrat der Freien Wähler stimmt als Einziger gegen die Interessen des Landkreises – warum?, verkündeten tags darauf die Nordbayerischen Nachrichten.

*

Die Hobby-Kommissare der Ferienregion Aischgrund versammelten sich im Meeting-Room des Ofenstudios Schwach. Ihre Ermittlungen zeitigten eine Fülle interessanter Ergebnisse. Es war Zeit, sich intern abzustimmen und über die nächsten Schritte zu beraten beziehungsweise zu entscheiden. Doch bevor Commissario Brunetti, zwanzig weitere Kommissare, der Networker Jupp Hochleitner und die gute Seele Mandy ihr internes Treffen begannen, trat Margot Segmeier ans Mikrofon, um über die aktuelle Situation in Sachen *Zwist mit den polizeilichen Ermittlungsbehörden* zu informieren: „Es sieht gut aus", begann sie, „wie ihr vielleicht schon gehört habt, erhalten wir für unsere Aktionen die volle Unterstützung der hiesigen Politik. Dieser Oberheini von Hauptkommissar hat mir erneut eine E-Mail geschickt und darauf hingewiesen, dass Gefahrenabwendung und Strafverfolgung ausschließlich Angelegenheit der Polizei seien, und hat mir persönliche Konsequenzen angedroht. Wir dürften gar nicht ermitteln, meinte er, und der Beschluss des Höchstadter Stadtrates sei auch unwirksam. Nun, das nehme ich zunächst mal gar nicht ernst. Das schüchtert mich nicht ein. Ich habe ihm eine passende Antwort gegeben."

„Was hams ihm denn gsacht?", wollte Frankens Obernetworker wissen.

„Dass unsere Detektive nur alternativ zur Polizei agieren und keine Strafverfolgung betreiben. Dann habe ich ihm nochmals Paragraf 127 der Strafprozessordnung und Paragraf 229 des Bürgerlichen Gesetzbuches um die Ohren gehauen, die besagen, dass jedermann einen Mörder festhalten darf, bis die Polizei eintrifft. Last but not least habe ich ihm die Unfähigkeit seiner Truppe vor Augen gehalten, indem ich ihm sagte, dass Polizeibeamte in der Lage sein sollten, komplexe Sachverhalte in minimaler Zeit aufzunehmen, in den wesentlichen Fakten zu erfassen und unter Berücksichtigung der Gegebenheiten nicht nur taktisch vernünftig, sondern auch rechtlich richtig zu entscheiden. Diese Eigenschaften fehlen seinen Beamten völlig, habe ich ihm geschrieben. Also Leute, macht euch keine Sorgen. Verrichtet eure Arbeit wie bisher. Bleibt dem Mörder auf der Spur!"

Stupsi Dinkelmann trat applaudierend in die Mitte des Besprechungszimmers. „Das haben Sie großartig gemacht, Margotchen. Selbst der Rittergutsbesitzer, spitzt mit Stupsis Bleistiftspitzer. Kleiner Scherz, ha, ha. Leute, wie Margotchen schon gesagt hat: an die Arbeit! Ich ziehe nun ein

Resümee unserer bisherigen Ermittlungen und dann entscheiden wir – ich meine ich entscheide dann –, wie es weitergeht. Doch vorher noch Eines: Dieser politische Querulant, Jens Hammer, der Bruder des letzten Mordopfers, hat sich mit seiner Gegenstimme im Stadtrat meiner Meinung nach äußerst verdächtig verhalten. Ich denke, er will vermeiden, dass wir die Wahrheit an den Tag bringen. Ich brauche zwei Freiwillige aus unserer Mitte, die sich ihm Tag und Nacht an die Fersen heften, die ihn selbst am Wochenende nicht von der Pelle rücken. Wer meldet sich freiwillig?" Holger Bunsemann aus Bremen und Niels Burmester aus Delmenhorst hoben die Arme. „Ausgezeichnet", lobte Commissario Brunetti sie, „und nun zu meinem Resümee."

*

„Sie sitzen ganz schön in der Scheiße, Herr Hornauer, und scheinen das nicht mal zu kapieren", redete Gerald Fuchs auf den vorläufig Festgenommenen ein. Sandra Millberger saß im Nebenraum hinter dem Einwegspiegel und verfolgte das Verhör mit Interesse. „Dass Sie trotz Fahrverbot mit dem Wagen Ihrer Frau unterwegs sind, ist eine Lappalie im Vergleich zu dem Mordverdacht, den wir gegen Sie hegen."

„Warum Mordverdacht?", klagte der kleine Dicke, „ich hab doch goar kann umbracht."

„Und wie kommt dann das Blut von Horst Jäschke an Ihr Springmesser, welches wir in Ihrer Küchenschublade gefunden haben?"

„Gefunden!", stieß der Verdächtige hervor. „Klaut habt ihr mir des Messer, einfach gstohln. Is des überhaupt rechtmäßig?"

„Wenn Sie glauben, dass Sie immer noch auf dem hohen Ross sitzen, Herr Hornauer, haben Sie wirklich den Ernst der Situation noch nicht begriffen. Sie waren zum Zeitpunkt, als Horst Jäschke ermordet wurde, nachweislich in der Nähe des Tatorts. An dem Tag, als an Johann Hammers Wagen die Bremsflüssigkeit mit Wasser verdünnt wurde, waren Sie auch in Röttenbach. Für Samstag, den 27. September, Herrn Hammers Todesnacht, haben Sie kein Alibi. Wie haben Sie ihn denn nach Krausenbechhofen gelockt? Womit haben Sie ihn betäubt, und vor allem, wer hat

Ihnen bei der Tatausführung geholfen? Heino Wassermann vielleicht, Ihr neuer Günstling und Helfershelfer?“

„Etz hörns aber auf, mit Ihrene depperten Anschuldigunga! Ich hab überhaupt kann umbracht, und wie des Blut vo dem Horst Jäschke, dem alten Arschloch, an mei Messer kummt, waß ich auch net. Des muss mer jemand untergjubelt ham, des Messer mit dem Blut drauf.“

„Untergejubelt!“, rastete der Kommissar aus. „Zuerst lügen Sie uns wie gedruckt die Hucke voll, und dann soll Ihnen ein großer Unbekannter Ihr eigenes Messer entwendet, es mit Horst Jäschkes Blut versehen und dann wieder in Ihre Küchenschublade gelegt haben. Ist es das, was Sie mir sagen wollen?“

„So muss es gwesen sei, Herr Kommissar. Andersch kann ich mir des net erklärn.“

„Okay“, ging der Kommissar auf das Spiel ein, „und wer könnte so etwas getan haben? Wer hatte Zugang zu Ihrem Haus?“

„So was Niederträchtigs kann bloß a Frau plant und gmacht ham. Meiner Altn tät ich sowas zutraua.“

„Wollen Sie damit Ihre eigene Frau beschuldigen?“

„Warum net?“

„Welche Gründe sollte sie dafür haben?“

„Um mir eins auszuwischn.“

„Also spielen wir das durch: Ihre Frau erfährt, dass in der Nacht vom 16. auf den 17. August Horst Jäschke in Röttenbach erstochen und seine Leiche angezündet wurde. Da denkt sie sich, dass sie ihrem Mann doch eins auswischen und ihn schwer belasten könnte. Sie liest in der Presse von dem Messer mit der fünfzehn Zentimeter langen Klinge. *So eines hat mein Jupp doch auch,* denkt sie sich. *Das passt.* Also begibt sie sich auf die Suche nach dem Mörder und wird auch bald fündig. *Lieber Herr Mörder,* fleht sie ihn an, *haben Sie noch etwas Blut von Horst Jäschke übrig? Ich möchte meinen Mann belasten, weil ich ihn gerne loshaben möchte. Der soll ins Gefängnis, nicht Sie.* Der Mörder ist ein herzensguter Mörder und taucht Ihr Messer, welches ihm Ihre Frau gebracht hat, in das Blut des Opfers. Das ist kein Problem, denn der Mörder nimmt sich in einem kleinen Fläschchen immer etwas Blut von seinen Opfern mit. Könnte es sich so abgespielt haben? Wollen Sie mir die Geschichte so verkaufen?“

„Na ja“, überlegte Jupp Hornauer laut, „irgendwie so ähnlich könnts scho gwesn sei. Net ganz genau so, wie Sie des dargestellt ham, aber so ungefähr.“

„Herr H o r n a u e r!“, schrie ihn Gerald Fuchs an, „Sie strapazieren meine Geduld. Abführen!“, wies er den Polizisten an, der sich vor der Tür des Vernehmungszimmers postiert hatte.

26

„Am 24. Oktober kummt *5 gegen Jauch* im Fernseh“, las Margarethe Bauer aus der Vorausschau des Fernsehprogramms vor. „Und rat amol, wer kummt?“

„Der Jauch und der Pocher“, antwortete Kunigunde Holzmann.

„Alte Dolln, des waß ich a. Ich man die Gäste, die gegn den Jauch gwinna wolln.“

„Wern scho widder a poar su Deppn sei”, kommentierte die Kunni, „Cindy aus Marzahn, Micaela Schäfer, Bata Ilic und die Geisens.“ Dann las sie ihre Zeitung weiter.

„Des mol net. Des mol is bloß a Depp dabei. Der Franz Leitmayr.“ Kunigunde Holzmann wuchtete ihr Kampfgewicht aus dem Sessel, in dem sie saß, und wollte ihrer Freundin das Fernsehprogramm entreißen.

„Na, des hab etz ich“, wehrte diese ab. „Les dei Zeitung weiter!“

„Wo steht des mit dem Leitmayr?“, beharrte die Kunni.

„Da“, deutete die Retta mit dem rechten Zeigefinger auf die Programmvorschau von RTL. „Miroslav Nemec, Udo Wachtveitl, Axel Prahl, Jan Josef Liefers und Ulrike Folkerts, die erfolgreichen Tatort-Kommissare, wollen es heute Abend Günther Jauch ganz besonders schwer machen“, las die Retta vor. „Wir kriegen ihn dran, verspricht Franz Leitmayr alias Udo Wachtveitl. Gegen uns hat er keine Chance, verspricht auch der Münsteraner Kommissar Frank Thiel.“

„Des werd grad der klane Fettsack wissen", kommentierte die Kunni bissig. „Die kenna alle froh sei, dass der Leitmayr dabei is. A dei Batic. Na, der werd si widder blamiern."

„Mei Batic hat si no nie blamiert", widersprach die Retta, „bloß gschämt. Wegn dem Leitmayr. Fremdschäma nennt mer des, gell?"

*

Gerald Fuchs musste Jupp Hornauer wieder laufen lassen. Die Untersuchung des Messers, welches Sandra Millberger aus Hornauers Küchenschublade entwendet hatte, zeigte zwar eindeutige Beweise, dass es sich dabei um die Mordwaffe an Horst Jäschke handelte, aber der Griff des Messers war blank geputzt und jungfräulich wie ein Baby-Po. Keine Fingerabdrücke. „Die Tatsache, dass sich dieses Messer in der Schublade von Herrn Hornauer befand, sind noch keine ausreichende Beweise für die Schuld meines Mandanten", argumentierte daraufhin der Anwalt des Inhaftierten. „Alle anderen Argumente der Ermittlungsorgane sind an den Haaren herbeigezogen und mehr als zweifelhaft." Eine weitere Vernehmung des Festgenommenen brachte ebenfalls keine neuen Erkenntnisse. Am Tag nach seiner Festnahme wurde Jupp Hornauer dem Haftrichter des Amtsgerichts Erlangen vorgeführt. „Es gibt keine ausreichenden Verdachtsgründe", befand der, „Herr Hornauer ist unverzüglich auf freien Fuß zu setzen." Gegen siebzehn Uhr holte Heino Wassermann seinen Chef am Amtsgericht Erlangen ab. „Sehns, Herr Kommissar, ich bin unschuldi wie a klans Engerla", raunte er Gerald Fuchs zu, als er das Gerichtsgebäude als freier Mann verließ. „Wenn Sie und Ihre depperte Tussi sich net noch amol blamiern wolln, solltn Sie sich in Krausenbechhofen am bestn goar nemmer sehn lassn."

„Ich kriege Sie schon noch, Hornauer", raunte der Polizist zurück, „da können Sie einen Furz drauf lassen."

*

Margot Segmeier hatte wieder einmal einen langen, anstrengenden Arbeitstag hinter sich. Am Freitag, den 17. Oktober, kurz vor zwanzig Uhr schloss sie ihr Büro in der Glockengasse ab. Ihren alten Fiat Brava hatte sie, wie jeden Tag, auf dem Großparkplatz in den Aischwiesen geparkt. Bis Adelsdorf war es um diese Uhrzeit nur eine kurze Fahrt von knapp fünfzehn Minuten. Sie fröstelte leicht, als sie auf die Straße trat. Die Sonne, die sich heute auch tagsüber schon rar gemacht hatte, war bereits um halb sieben vom Höchstadter Himmel verschwunden. Kalter Wind blies von Osten her, als sie über die Aischbrücke lief und auf das braune Wasser des Flüsschens hinabblickte. Die Straßenlaternen auf der Brücke versprühten ein dämpfiges, orangefarbenes Licht. Unten im Fluss, auf einer kleinen, schlammigen Sandbank, stand ein Stockentenpaar auf einem Bein. Ihre Köpfe steckten tief in ihrem Gefieder. Sie schliefen. Die Luft war feucht und diesig, wie ganz feiner Sprühregen in einer Großwäscherei. Margot Segmeier legte einen Schritt zu, als sie an der immer übel riechenden öffentlichen Toilettenanlage vorbeikam, und schlug den geteerten Weg hinunter zum Parkplatz ein. Nur noch wenige Pkws standen auf der Parkfläche. In der Dunkelheit war weit und breit kein Mensch zu sehen. Auch oben, auf der matt erleuchteten Brücke, welche sie vor wenigen Minuten passiert hatte, war es ruhig und einsam. Über der Aisch bildeten sich die ersten Herbstnebel und schlichen langsam über die naheliegende Parkfläche. Erst als sie sich ihrem Fiat näherte, bemerkte sie, dass irgendein hirnamputierter Vollidiot die Fahrerseite ihres Wagens zugeparkt hatte. Der VW stand viel zu nahe an ihrem Fiat dran. Margot Segmeier hatte keine Chance, die Fahrertür zu öffnen, um sich in das Innere des Wagens zu zwängen. Sie schimpfte und fluchte vor sich hin. Sie musste über die Beifahrerseite einsteigen. Dann fiel ihr ein, den VW-Bulli zu umrunden. Vielleicht saß der Fahrer, dieser Vollpfosten ja im Wagen und schlief. Es war zu spät, als sie das Geräusch hinter sich wahrnahm. Das mit Äther getränkte Tuch wurde ihr mit Kraft auf Mund und Nase gedrückt. Die Vereinspräsidentin sank bewusstlos in vier Arme, die sie auffingen und in das Innere des VW verfrachteten.

*

Holger Bunsemann und Niels Burmester hatten Jens Hammer zu keinem Zeitpunkt aus den Augen gelassen. Seit die Lehrkraft das Gymnasium um vierzehn Uhr über die Kerschensteiner Straße verlassen hatte und in seinen Ford Escort gestiegen war, waren sie ihm auf den Fersen geblieben. Sie folgten ihm bis zum Aldi in der Rothenburger Straße, und als er in seiner Wohnung am Wachenrother Weg verschwunden war, parkten sie ihren silbergrauen SUV direkt am Straßenrand gegenüber. Die beiden Beobachter beschlich allmählich das Gefühl, hier sinnlos ihre Zeit zu verbringen aber dann, gegen achtzehn Uhr, kam Jens Hammer doch noch aus dem Haus. Er trug eine schwarze Jeans, einen leichten Kaschmir-Pullover in einem kräftigen Rot, hatte sich eine warme Jacke über den linken Unterarm gelegt und hielt in der Rechten eine mittelgroße Reisetasche von adidas. Die beiden Hobby-Detektive folgten ihm über die Autobahn bis nach Nürnberg-Galgenhof. In der Kopernikusstraße parkte er seinen Ford und lief auf das Gebäude mit der Hausnummer acht zu. Dort drückte er auf einen Klingelknopf und verschwand, als die Tür geöffnet wurde, im Haus. Holger Bunsemann und Niels Burmester mussten sich wieder in Geduld üben, allerdings nicht lange. Nach fünfzehn Minuten trat Jens Hammer gemeinsam mit einem anderen Mann wieder auf die Straße. „Hast du auch gesehen, was ich gesehen habe?", fragte der Bremer seinen Partner aus Delmenhorst.

„Die haben sich geküsst", antwortete der, „jetzt wird es interessant." Jens Hammer und Bastian Wirth nahmen nur einen kurzen Weg. Zwei Gebäudeteile weiter, bei der Hausnummer vier, verschwanden sie im Speisehaus Kopernikus. „Hast du auch Hunger?", wollte Holger Bunsemann wissen.

„Wie ein Bär", bestätigte sein Partner. Zwei Minuten später betraten zwei weitere Männer das griechische Restaurant und ließen sich an einem Tisch in der Nähe des schwulen Paares nieder. Die beiden hielten Speisekarten in den Händen und hatten ihre Wahl wohl schon getroffen. „Ich nehme das Zicklein mit frischer Artischocke", beauftragte Bastian Wirth die freundliche Bedienung. „Und ich probiere das Ochsensteak mit den hausgemachten Kartoffelecken und dem gegrillten Gemüse", folgte ihm Jens Hammer. Als die Bedienung auf dem Weg zur Küche war, um die Bestellung aufzugeben, streichelten sich Jens und Bastian zärtlich über die Hände, beugten sich kurz vor und küssten sich flüchtig auf den Mund. Einen Tisch weiter klackte die Kamera des iPhones ganz leise.

*

Margot Segmeier hatte eine unruhige Nacht verbracht, und sie hatte Angst, furchtbare Angst. Um sie herum herrschte finsterste Nacht und ihr Zeitgefühl war ihr völlig abhanden gekommen. Arme und Füße waren mit Kabelbindern gefesselt, außerdem hatte sie Kopfschmerzen. Einen Plan zur Flucht hatte sie wegen Aussichtslosigkeit eines solchen Unterfangens gleich ad Acta gelegt. Die Fesseln rührten sich keinen Millimeter. Sie waren zu fest und schnitten ihr ins Fleisch. Soweit sie es beurteilen konnte, lag sie auf einer Art harter Pritsche, und über ihrem Körper war eine Wolldecke ausgebreitet, die nach Fisch stank. Sie hatte keine Ahnung, wo sie sich befand und wer sie hierher gebracht hatte. Dass sie entführt worden war, das hatten ihre Gedanken bereits verarbeitet. Aber warum? Das war ihr noch schleierhaft. Was wollten die Entführer von ihr? Lösegeld? Lächerlich! Bis jetzt hatte sie noch keinen von denen gesehen. Und sie hatte ein Problem, sie musste ganz dringend Pipi. Schon seit gefühlt einer halben Stunde verspürte sie diesen brennenden Harndrang. Eigentlich war sie deswegen aufgewacht, erinnerte sie sich jetzt, und wegen der Kälte, die auch unter die stinkende Decke gekrochen war. Sie wollte diesem inneren Drang schon nachgeben und es einfach laufen lassen, aber dann konnte sie sich doch nicht dazu überwinden und erlitt seitdem Höllenqualen. Auch das Pflaster, welches die Entführer ihr über den Mund geklebt hatten, war unangenehm und verstärkte ihre Angst. Sie nahm zumindest an, dass es ein Pflaster war. War da nicht ein Geräusch? Es kam von außerhalb des Raumes. Vorsichtige Schritte? Dann hörte sie, wie ein Schlüssel in ein Schloss gesteckt wurde. Metall kratzte auf Metall. Adrenalin schoss ihr durch die Blutbahnen. Plötzlich war das Gefühl, pinkeln zu müssen, wie weggeblasen. Eine Türklinke quietschte, als sie niedergedrückt wurde. Dann fiel für einen kurzen Augenblick helles Licht in den Raum, in dem sie sich befand. Eine dunkle Gestalt huschte in den Raum. Von draußen drangen Rufe an ihr Ohr, die wie *chro-chro-chro* klangen. Schon wieder: *chro-chro-chro*. In den wenigen Sekunden, in denen das Licht in ihre Finsternis fiel und ihre Augen blendete, erkannte sie schemenhaft Papiersäcke, die an einer Metallwand standen. Darüber hingen Werkzeuge an der Wand. Schaufel, Rechen, Spaten, eine Sense und eine Sichel hatte sie erkannt, dann wurde es wieder dunkel. Irgendjemand war eingetreten. Sie hörte seinen Atem. Er oder sie blieb stumm wie ein Fisch. „Hallo?“, hörte sie sich flüsternd fragen. „Ist da wer?“ Ihr Herz schien ihr im Hals zu schlagen. „Melden Sie sich doch!“ Doch ihre Worte spielten sich nur in ihrem Kopf ab. Das Pflaster auf ihrem Mund gebot ihr zu schweigen. Der helle Schein einer starken Taschenlampe fiel auf ihre Pritsche und blendete sie. Dahinter blieb alles finster. Keine Stimme, kein Geräusch. Es war unheimlich, und das starke Gefühl auf die Toilette zu müssen, kehrte mit brachialer Gewalt zurück. Plötzlich schwenkte der Lichtstrahl der Taschenlampe und erfasste eine Art weißes Plakat. DIN A3 schätzte sie. Dann begann sie zu lesen: *Wenn Sie nicht Ihre trotteligen Ermittler zurückziehen und nicht sofort mit diesem Quatsch aufhören, sind Sie bald tot. Haben Sie das verstanden?* Die Taschenlampe schwenkte auf ihr Gesicht zurück. Sie begriff. Die Person hinter der Taschenlampe erwartete eine Antwort von ihr. Sie versetzte ihren Kopf in heftige Auf-und Ab-Bewegungen. Die Taschenlampe erlosch. Dann spürte sie wieder diesen aufdringlichen Äther-Geruch auf Mund und Nase. Bevor sie in tiefe Bewusstlosigkeit verfiel, verspürte und genoss sie dieses erleichternde Gefühl zwischen ihren Beinen, das sich so angenehm warm anfühlte.

27

Margots Ehemann Peter hatte Tod und Teufel in Bewegung gesetzt, nachdem seine Frau am Freitagabend um dreiundzwanzig Uhr immer noch nicht zuhause war. Weder im Büro noch auf ihrem Mobiltelefon war sie zu erreichen. Dann klapperte er die Nachbarschaft ab. Vergebens. Er setzte sich in seinen Wagen und brauste nach Höchstadt an der Aisch. Ihr Fiat Brava stand einsam und verlassen auf dem Parkplatz in den Aischwiesen, von seiner Frau weit und breit keine Spur. Natürlich hatte er den Disput zwischen Margot und den Erlanger Polizeibehörden hautnah mitbekommen. Er hatte seiner Frau ja geraten, sich unnachgiebig zu zeigen. Von der kommunalpolitischen Seite hatte er die Zustimmung, dass Margot volle Unterstützung für ihre Initiative erhalten würde. Die Anzahl der Übernachtungen im Aischgrund stiegen und stiegen. Neue Touristen kamen in Strömen, und die täglichen Klicks auf der Homepage des Ferienregion Aischgrund e.V. hatten sich in den letzten vier Wochen mehr als verdoppelt. Die geplante Einführung der Karpfen-Card stieß auf volle Unterstützung. Hotels, Gaststätten, Schwimmbäder, Museen, Klöster, Burgen, Schlösser und Weingüter standen Schlange, hatte ihm Margot erzählt. Alle überschütteten den Verein mit Sonderkonditionen, nur um im Ferien- und Attraktionsprogramm mit an vorderster Stelle zu stehen und im neuen Flyer, der in Vorbereitung war, eine Werbeanzeige schalten zu dürfen.

„Wer waß, ob die Polizei net selber dahinter steckt“, überlegte er. „Vielleicht ham die mei Frau ausm Verkehr zogn. Dene trau ich alles zu, mit ihre V-Männer, Undercover-Agenten und Geheimdienstn. Die gehen über Leichn. Eine Kroah hackt der andern Kroah kein Auge aus“, gab er sich überzeugt. Er überlegte, ob es überhaupt Sinn machte, Margot bei der Polizei als vermisst zu melden. Die würden doch gar nicht ernsthaft nach ihr suchen. Vielleicht hatten sie Margot schon längst umgebracht und irgendwo in einer Kiesgrube verscharrt, wo man sie niemals finden würde. Vielleicht machten sie mit Margots Leiche noch Geld, indem sie ihr Organe entnahmen und teuer an den Organhandel verkauften. Seine Fantasie ging mit durch. Andererseits, wenn er seine Frau nicht offiziell als vermisst meldete, dann würde wahrscheinlich gar nichts geschehen. Margots Verschwinden musste aktenkundig gemacht werden. Das sah er ein. Doch wirkliche Hilfe erwartete er sich nicht. „Wir leben doch in Wirklichkeit in an Polizeistaat“, dachte er laut nach, als er nach ergebnisloser Suche wieder daheim angekommen war. Es war längst nach Mitternacht, aber das war ihm egal. Er musste nachdenken, alle Möglichkeiten ausleuchten und dann die richtigen Entscheidungen treffen. Stupsi Dinkelmann und seine Detektivtruppe fielen ihm ein. Die würden ihm bestimmt helfen, Margot wieder zu finden – wenn sie noch lebte. Er wusste, dass die Detektive von Aischgrund Investigations auch am Wochenende arbeiteten. Jeden Morgen um neun Uhr trafen sie sich im Besprechungsraum des Ofenstudios Schwach in Etzelskirchen – das nächste Mal also in sieben Stunden. Es war zwar wider seine Überzeugung, aber er musste die Entführung seiner Frau offiziell anzeigen. Widerwillig griff er zum Telefonhörer und wählte eine Nummer. „Polizeihauptwachtmeister Max Wunderlich, Landpolizei Höchstadt an der Aisch, gutn Morgn, was kann ich für Sie tun?" Die Stimme klang schläfrig und desinteressiert.

„Gutn Morgn, hier spricht Peter Segmeier, der Mo vo der Margot Segmeier, Vereinspräsidentin vo der Ferienregion Aischgrund." Der Polizist am anderen Ende der Leitung schien plötzlich glockenwach zu sein. Einer der Entführer oder gar der Mörder seiner Frau? Peter Segmeier nahm sich vor, vorsichtig zu agieren.

„Herr Segmeier, sind Sie noch dran?", meldete sich Max Wunderlich nochmals, „was licht denn an?"

„Mei Fra, die Margot, scheint entführt wordn zu sei. Sie is letzte Nacht net vo der Ärwert ham kumma, und ihr Auto steht verlassn am Parkplatz vo die Aischwiesn. Ich möchte a offizielle Vermisstnanzeige aufgebn."

„Ham Sie scho versucht, sie telefonisch zu erreichn?", kam die für Peter Segmeier blöde Frage aus dem Telefonhörer.

„No frali", antwortete er, „ganz bled bin ich ja a net. Ihr Handy is ausgschaltn. Des macht die Margot nie, weil sie immer erreichbar sei will. Toch und Nacht."

„Solln wir jemand bei Ihna vorbeischickn?", wollte der Doofian am Telefon wissen.

„Bloß net", antwortete Peter Segmeier. *Des tät dene so passn*, dachte er, *mitten in der Nacht, damit die mich still und heimlich a nu um die Eckn bringa.*

„Wir brauchn scho einiche Angabn zu Ihrer Frau", machte ihn der Polizist darauf aufmerksam, „sunst kenna wir die Suche nach Ihrer Fra goar net einleitn."

Des macht ihr Orschgsichter ja sowieso net, dachte sich der Adelsdorfer.

„Kenna Sie morgn frieh bei uns vorbeikumma?", fragte ihn die Stimme aus dem Telefonhörer.

„Wenns sei muss?"

„Des muss sei! Kummas doch gleich um neina zu uns, und wenn Ihre Frau zwischenzeitlich widder auftauchn sollt, sagns uns Bescheid."

Die taucht nimmer auf, des wisst ihr doch, ihr Affn. „Kanns um zehna a sei?"

*

„Mein Gott, die auch noch! Das hat uns gerade noch gefehlt", klagte Gerald Fuchs, als er am Samstagmorgen erfuhr, dass die Vereinspräsidentin vermisst wurde.

Peter Segmeier hatte kaum ein Auge zugemacht. Die Sorge um seine Frau trieb ihn um. Früh morgens um sechs Uhr hielt er es nicht mehr in seinem Bett aus. Er bereitete sich einen Kaffee und schmierte sich ein Leberwurstbrot. Die Lektüre der Wochenendzeitung, ansonsten ein Ritual im Hause Segmeier, interessierte ihn nicht. Um viertel vor neun fuhr er bereits auf den Hof des Ofenstudios Schwach. Sie waren schon alle da, rauchten draußen noch eine Zigarette, bevor es gleich losging. „Stupsi Dinkelmann, wer von Ihnen ist Stupsi Dinkelmann?", rief er.

„Was gibt es denn, junger Mann?", meldete sich eine Stimme aus dem Besprechungsraum. „Wer wünscht Commissario Brunetti zu sprechen?"

Peter Segmeier stürzte in das Innere des Gebäudes. „Ich bin der Peter, der Mann von der Margot", begann er.

„Von unserem Margotchen?", fragte der Commissario nach. „Bleistiftspitzen ist gesund, drehst du dir auch die Finger wund. Stupsis Spitzer sind die besten, das kannst am eignen Leib du testen. Kleiner Scherz , ha, ha. Geht's ihr gut, der Margot?"

„Nix is gut", stöhnte Peter Segmeier auf, „die Margot is gestern entführt wordn." Dann streckte er seine Rechte aus und fuhr sich damit quer über seinen Hals. „Die murksn die Margot ab." Stupsi Dinkelmann glaubte nicht richtig zu hören. „Wer soll denn unser Margotchen entführen?"

„Des waß ich ja auch net. Deswegn bin ich ja da. Könnt net ihr die Fahndung und Suche aufnehma?"

„Und die Polizei?"

Peter Segmüller machte ein saures Gesicht. „Vielleicht steckn die ja dahinter?", flüsterte er verschwörerisch Stupsi Dinkelmann ins Ohr, „der

Disput mit meiner Fra … Polzeigewalt … Widersacher erledign …, Sie wissen scho, was ich man“, deutete er geheimnisvoll an.

„Ach so“, äußerte sich der Commissario. „Verstehe. Staatsgewalt!“

„Genau, ich seh scho, bei Ihna hats gschnacklt“, zeigte sich Margotchens Ehemann erfreut zuversichtlich.

„Keine Sorge“, versicherte ihm Stupsi Dinkelmann, „wir nehmen uns gleich der Sache an. Sie müssten mir dazu nur noch ein paar Fragen beantworten, bevor wir loslegen können.“

*

Als Kommissar Fuchs und die Kollegen von der KTU am Parkplatz auf den Aischwiesen eintrafen, war Margot Segmeiers Fiat von fünfzehn Menschen umringt. Fünf tummelten sich im Fahrzeuginneren. Der fränkische Networker Jupp Hochleitner war auch anwesend und erklärte den anwesenden Einheimischen, was gerade im Hintergrund ablief. In seiner Rechten hielt er ein rechteckiges Plakat auf langem Holzstiel. *Aischgrund Investigation on Action* stand in großen roten Lettern auf schwarzem Hintergrund darauf. Rings um den Fiat hatte Commissario Brunetti eine Absperrung mit rot-weißem Plastikband errichten lassen. Jupp Hochleitner erklärte den Neugierigen, was sich gerade innerhalb des Absperrbandes ereignete. Auch Paul Prohaska, der fliegende Reporter, war anwesend. Mandy hatte eine Biertischgarnitur organisiert und schenkte in Pappbechern kostenlosen Kaffee an die Anwesenden aus. „Aischgrund Investigations“ stand außen auf den Trinkgefäßen, und „… besser als die Polizei erlaubt!“

„Im Innern vo dem Fiat sen unsre Spurnsucher aktiv“, erklärte Jupp Hochleitner, „die riechn förmlich, wohin man die Margot Segmeier entführt hat. Außn, der etwas Kleinere, Kräftigere, der sich grod a Zigarettn anzünd hat, des is der bekannte Commissario Brunetti. Der Peter Segmeier, der Mo von der Entführtn, steht direkt nebn dem Kommissar. Der hat uns nämli gebetn, sei Fra widder zu finna. Zu der Polizei hat der ka so rechts Vertraun net. Sie wissen scho, wegen dem Disput, den die Margot mit dene Kriminaler hat. Wie soll ich sogn, des Vertraun is halt a weng angekratzt.“

„Des versteh ich“, rief eine Frau aus der Menge. „Zu dene hab ich a ka Vertraua mehr. Die ham mein Bubm, den Richard, eingsperrt, bloß weil er a weng a Heroin verkaft hat. Ich man, der muss doch a schaua wo er blabt, gell. Jeder muss des doch heitzutoch. Is doch alles so teier wordn. Da mach ich doch ka so a Gschiss, wecher lumpige dreihunnert Gramm Heroin. So a Lappalie. In Südamerika, da schmugglns Tonna vo dem Zeich, und mei Bu muss wegn dreihundert Gramm ins Gfängnis. Da hert sich doch alles auf, gell!“

„Ja, was is denn da los?“, donnerte Hauptwachtmeister Max Wunderlich, als er auf die Menschenansammlung auf dem Parkplatz zulief. „Auseinander, weg da, weg da, macht den Wech frei“, schrie er und ruderte wild mit den Armen.

„Das kann man vergessen“, raunte Kommissar Fuchs Thomas Rusche zu. „Am besten, wir hauen gleich wieder ab. Da finden Ihre Leute doch keine brauchbaren Spuren mehr.“

„Was ham Sie an dem Fahrzeuch da rumzuwurschteln?“, richtete Max Wunderlich weiter vorne seine Frage an Stupsi Dinkelmann.

„Wir führen eine kriminaltechnische Untersuchung durch“, erklärte der. „Unsere Chefin ist entführt worden und wir sichern Spuren, um uns auf die Suche nach ihr begeben zu können.“

„Da werd nix mehr untersucht“, richtete der Hauptwachtmeister drohende Worte an den Commissario. „Sagns Ihren Leutn, sie sollen verschwinden und zwoar a weng plötzli. Wir müssn an des Auto ran.“

„Wenn wir fertig sind, übergeben wir ihnen gerne den Fiat, aber zehn Minuten wird es schon noch dauern.“

28

Während halb Franken nach ihr suchte, erwachte Margot Segmeier aus ihrer zweiten Bewusstlosigkeit. Es dauerte einige Zeit, bis sie wieder klar bei Verstand war. Irgendetwas war anders, als sie es in Erinnerung hatte. Sie lag zwar immer noch auf der harten Pritsche mit der stinkenden Decke, aber sie fühlte sich nicht mehr eingeschränkt. Ihre Arme und Füße waren frei. Sie bewegte ihre Lippen. Das Pflaster war entfernt worden. Dann hörte sie ein Klopfen. Tock-Tock-Tock. Der Bildschirm ihres Mobiltelefons leuchtete auf. Es lag auf einem Stuhl, gleich neben ihrer Pritsche. Gerade war eine SMS eingegangen. Sie wischte über den Bildschirm und drückte auf das Nachrichten-Symbol. Ein Fenster öffnete sich. Eine Nachricht von Unbekannt teilte ihr die Telefonnummer von Kommissar Gerald Fuchs von der Mordkommission Erlangen mit. Wie kam ihr Handy auf den Stuhl? Der war doch vorher, als diese unbekannte Person sie angeleuchtet hatte, auch noch nicht da gestanden? Dann fiel ihr wieder die Nachricht ein: *Wenn Sie nicht ihre trotteligen Ermittler zurückziehen und nicht sofort mit diesem Quatsch aufhören, sind Sie bald tot.* Margot Segmeier begriff das alles noch nicht. Wo war sie überhaupt? Sie versuchte aufzustehen und schwang ihre Füße auf den Fußboden. Blanker Beton. Sie wollte sich aufstellen, langsam, ganz langsam. Ihr schwindelte. Der Kreislauf. Sie blieb ruhig stehen und atmete ein paar Mal tief durch. Dann setzte sie im Dunkeln Schritt für Schritt zu der Tür, durch die der Unbekannte eingetreten war. Langsam tastete sie sich vor, bis sie die Türklinke spürte. Langsam drückte sie den Hebel nach unten und stemmte sich gegen das Türblatt. Die Tür schwang auf und helles Tageslicht flutete ihr entgegen. Sie trat nach draußen. Was, wenn ihr Entführer jetzt auftauchen würde? Sie mochte gar nicht daran denken. Margot Segmeier machte drei Schritte aus ihrem Gefängnis. Wieder stellte sie sich die Frage, wo sie sich befand. Hier war sie jedenfalls noch nie gewesen. Links und rechts neben ihr erstreckten sich die Uferränder zweier Karpfenweiher. Ein Weiher folgte dem anderen. Das mussten mindestens dreißig bis vierzig Fischteiche sein, schätzte sie, und sie mitten drin. Aus der Ferne hörte sie Motorgeräusche schnell dahin brausender Fahrzeuge. Das musste die Autobahn sein. In ihrer rechten Hand hielt sie ihr Mobiltelefon. Sie wischte über den Bildschirm und drückte erneut auf das Nachrichten-Feld, dann wählte sie die Telefonnummer. „Hier spricht Kommissar Fuchs von der Kripo Erlangen." Aus der Ferne hörte sie wieder dieses seltsame *chro-chro-chro, chro-chro-chro.*

*

„Hier spricht Kommissar Fuchs von der Kripo Erlangen."

„Margot Segmeier hier, ich wurde entführt und bin im Moment wieder frei. Fragen Sie mich nicht, wo ich bin" – *chro-chro-chro* – „irgendwo im fränkischen Weihergebiet, vermute ich."

„Sind Sie im Moment in Gefahr, Frau Segmeier?"

„Ich weiß es nicht, ich kann das nicht beurteilen. Um mich herum sind nur Karpfenteiche und mein Gefängnis, ein grauer Metallschuppen, mitten auf einem schmalen Weg zwischen zwei großen Weihern."

„Gibt es für Sie eine Möglichkeit, sich zu verstecken?"

„Kaum. Ringsherum sind nur Karpfenteiche. Ich kann den Verkehr von der Autobahn hören und sehe in der Ferne ein Kaff, aber fragen Sie mich nicht, wie das heißt. Ein paar hundert Meter entfernt sind zwei winzige Waldstücke."

„Gehen Sie dort hin, Frau Segmeier, sofort, und verstecken Sie sich so gut wie möglich. Lassen Sie Ihr Mobiltelefon eingeschaltet und stellen Sie es auf Vibrieren ein. Was für ein Telefon haben Sie?"

„Ein iPhone."

„Haben Sie in den iCloud-Einstellungen die Ortung Ihres Handys erlaubt?"

„Keine Ahnung, da kenne ich mich nicht so genau aus."

„Kein Problem, wir finden Sie schon. Machen Sie sich keine Sorgen, wir sind bald bei Ihnen."

„Beeilen Sie sich", flüsterte Margot Segmeier ins Smartphone, „ganz geheuer ist mir nicht. Ich habe Angst, dass der Entführer zurückkommt."

Wenig später lag sie hinter einem Ginsterbusch im feuchten Moos am Rande eines kleinen Kastenwäldchens und beobachtete ihr Gefängnis der letzten Nacht. Nach fünf Minuten tauchte ein Opel auf und hielt auf einem Feldweg in der Nähe der Blechhütte. Zwei Männer stiegen aus und machten sich zu Fuß auf den Weg zur Hütte.

*

Gerald Fuchs und Sandra Millberger waren unterwegs, gefolgt von fünf Streifenwagen. „Karpfen eins an Karpfen zwei bis sechs", sprach er in sein

Mikrofon, „ich lasse jetzt das Telefonat mit Frau Segmeier ablaufen. Bitte achten Sie auf die Hintergrundgeräusche. Ich denke, da ist ein ganz besonderer Vogelschrei zu hören. Vielleicht bringt uns das weiter:

‚… Fragen Sie mich nicht wo ich bin', – chro-chro-chro –, ‚irgendwo im …'"

„Hier Karpfen drei, Hauptwachtmeister Max Wunderlich, an Karpfen eins. Das sind Kormoranrufe."

„Ganz sicher?", wollte Karpfen eins wissen.

„Ganz sicher", antwortete Karpfen drei. „Die Viecher sen abseits vom Brutplatz normalerweise stumm. Bloß in der Näh vo ihrm Nest rufn die so kehlig krächznd, wie wir des grad ghört ham."

„Das heißt", folgerte Karpfen eins, „es muss eine Brutkolonie in der Nähe sein?"

„Ganz genau", bestätigte Karpfen drei.

„Und wo bei uns in der Nähe gibt es Brutkolonien von Kormoranen?"

„In Krausenbechhofen, Neuhaus, Mohrhof, Weppersdorf und Buch", meldete Karpfen drei.

„Okay, Karpfen eins und zwei fahren nach Krausenbechhofen, Karpfen drei und vier nach Neuhaus, Karpfen fünf nach Mohrhof, Karpfen sechs fährt nach Buch. Weppersdorf lassen wir aus, das liegt zu abseits und nicht in der Nähe der Autobahn", wies der Kommissar die Besatzungen der Streifenwagen an. „Achtet auf einen blechernen Werkzeugschuppen zwischen zwei großen Weihern und zwei kleinen Waldstücken in der Nähe. Frau Segmeier hält sich in einem der kleinen Waldstücke versteckt, die angeblich in der Nähe liegen."

„Karpfen zwei verstanden", „Karpfen drei nach Neuhaus unterwegs", „Karpfen vier folgen Karpfen drei", „Karpfen fünf fährt nach Mohrhof", „Karpfen sechs fährt nach Buch", meldeten die Streifenwagen zurück.

Karpfen eins mit dem Kommissar und Sandra Millberger an Bord – dicht gefolgt von Karpfen zwei – verließ in Gremsdorf die B470 und bog in Richtung Krausenbechhofen-Poppenwind ab. Schon bald erreichten Sie den Staffelbach, hielten an und stiegen aus. Rechterhand lag das Weihergebiet bei Krausenbechhofen mit dem Gemeindeweiher und sechs bis sieben anderen Teichen. Dahinter stand ein hoher Wald, der sich im Westen bis nach Höchstadt an der Aisch erstreckte und im Süden fast bis nach Biengarten. „Hier sind wir falsch“, stellte Gerald Fuchs sofort fest. „Frau Segmeier sprach von zwei kleinen Wäldchen.“

„Dann müss mer dort nüber“, meinte Polizeimeister Herbert Nüssing von Karpfen zwei und deutete nach Osten. „Die Weiher liegn ziemlich nah an der Autobahn, der A3.“

„Wie kommen wir dahin?“, erkundigte sich Sandra Millberger und sah dabei auf ihr leichtes Schuhwerk. „Müssen wir über die Wiesen laufen?“

„Na, wir fahrn durch Krausenbechhofen durch und nehma dann an Feldwech“, meinte Polizeimeister Nüssing.

„Gut, fahren Sie voraus!“, wies ihn der Kommissar an.

Karpfen zwei fuhr voraus, Karpfen eins hinterher. Sie durchquerten die kleine Ortschaft und bogen dann in einen geschotterten Feldweg ein. Schon von Weitem erkannte Gerald die Blechhütte mitten im Weihergebiet. Die Tür stand offen. Zwei Männer machten sich an der Hütte zu schaffen. Sie trugen Papiersäcke aus dem Kofferraum ihres Opels in die Hütte. Es waren Jupp Hornauer und Heino Wassermann. *Chro-chro-chro* schallte es aus dem Geäst einer riesigen Erle. „Mir nach“, rief der Kommissar und eilte davon. „Nüssing, Sie suchen dort in dem kleinen Wald nach Frau Segmeier! Sandra, wie sieht’s aus mit deinen Schuhen?“

„Geht schon.“

„Also dann los.“ Es dauerte nicht lange, bis sie die beiden Männer am Werkzeugschuppen erreicht hatten.

„Ja, da schau her, der Kommissar aus Erlang“, begrüßte ihn Jupp Hornauer ironisch. „Wolln Sie sich widder mal blamiern?“

„Ich habe Ihnen doch schon gesagt, dass ich Sie noch drankriege, Hornauer. Jetzt ist es soweit.“

„Ha, dass ich fei net lach“, gab sich der Teichwirt gelassen, „was solln denn ich scho widder angstellt ham?“

„Schwerer Fall von Entführung“, klärte ihn der Leiter der Mordkommission auf.

„Entführung? Wen solln ich denn entführt ham? Die Großmutter vom Kasperl und vom Seppl? Ich bin doch net der Räuberhauptmann Hotzenplotz.“

Der Kommissar legte beide Hände an den Mund, bildete einen Trichter und rief in Richtung Wald: „Frau Segmeier, Sie können herauskommen aus Ihrem Versteck, die Gefahr ist vorbei." Auch Jupp Hornauer und Heino Wassermann blickten zu den beiden kleinen Waldstücken hinüber. Zuerst trat ein weiterer Polizist aus dem Schatten der Bäume hervor. Bei genauerem Hinsehen bemerkte der Karpfenbauer, dass der Beamte eine Frau stützte, die sich eine Decke um den Oberkörper gelegt hatte. Irgendwie kam ihm das Muster der Decke bekannt vor. Langsam und schleppend kam der Polizist mit der Frau näher.

„Des is ja tatsächlich die Segmeier", wunderte sich der Jupp Hornauer, „wo kummt die denn her? Was macht die denn da?"

„Wo kommt die denn her? Was macht die denn da?", äffte ihn der Kommissar nach. „Das werden wir gleich klären. Warten wir doch noch kurz ab, bis Frau Segmeier hier ist."

Das Entführungsopfer schien um Jahre gealtert zu sein. Zu tief saßen der Schock und die Erlebnisse der letzten vierundzwanzig Stunden in der Frau. Mit einem emotionslosen „Herr Hornauer, Sie auch hier?", begrüßte sie den ehemaligen Vorstandsvorsitzenden der Genossenschaft.

„Herrn Hornauer gehört offensichtlich dieser markante Blechschuppen", klärte sie der Polizist auf. Schlagartig ging in Margot Segmüller eine seelische und körperliche Verwandlung vor. Sie schreckte angstvoll zurück und fing an zu zittern.

„Sie haben mich entführt?", kam es ihr über die Lippen. „Warum denn?"

„Verdammt nochmal, was redet ihr denn dauernd von Entführung? Wer hat wen entführt? Etz klärt mich doch endlich amol auf, damit ich a mitredn kann." Die Reaktion der Vereinsvorsitzenden kam wie aus heiterm Himmel. Sie musste all ihren verbliebenen Mut zusammengenommen haben. Sie riss sich von Polizeimeister Nüssing los, der sie immer noch stützte, trat einen Schritt vor und schlug Jupp Hornauer volle Breite mitten ins Gesicht. „Sie Schwein", rief sie aus und spuckte ihn wütend an.

*

Es war ein ereignisreicher Tag. Sandra Millberger genoss den Feierabend. Sie hatte gerade das schmutzige Geschirr ihres kargen Abendessens in die Spülmaschine geräumt und sich ein Gläschen *Iphöfer Kalb* eingeschenkt, als das Telefon schepperte.

„Ich bins, die Kunni", vernahm sie, als sie den Telefonhörer abgenommen hatte. „Sandra hör zu. Der klane Linus Amon, du wasst scho, der mit seiner Kameradrohne, hat mich angrufn und mir gsacht wir solltn uns unbedingt unter www.karpfenmanipulation.de an klan Film anschaua. Der Retta ihr Freind, der Dirk, hat uns des Video auf seim PC zeicht. A ganz schener Hammer. Im wahrsten Sinn des Wortes. Wennsd Zeit hast, schaus dir amol an. Ich hab eben grod ka Zeit, muss widder auflegn. Bis demnächst." Weg war sie und die Leitung tot. Sandra nippte an ihrem kühlen Frankenwein und klappte ihren Laptop auf. Geschwind tippte sie auf ihrer PC-Tastatur herum. Kurz danach öffnete sich ein Fenster. Sie tippte auf das Abspielzeichen und den Vollbildschirm. Das Video begann. Der Film zeigte Bilder der Nacht, irgendwo im fränkischen Karpfenland. Mondbeschiene Weiheroberflächen glitzerten im fahlen Licht, von Nebelschleiern unterbrochen. Dann vernahm sie die ihr bekannte Stimme von Johann Hammer. „In dem Opel hockt der Jupp Hornauer, die alte Rachsau, obwohl der goar kan Führerschein mehr hat. Der wart etz, bis a Lkw aus Tschechien kummt." Hammers Stimme in dem Video erstarb. Wieder schwenkte die Kamera über Karpfenweiher. Dann, nach einer kurzen Weile: „Ich hörn kumma, den Lkw. Müsst gleich da sei. Ich sehgn scho. Hat sei Licht ausgschalt." Auf dem Bildschirm erschien ein herangezoomtes CZ und ein tschechisches Kfz-Kennzeichen. Dann erstarb der Motor des Ungetüms. Wagentüren wurden geöffnet und zugeschlagen. Zwei Männer erschienen schemenhaft in der Nacht. Sie schienen sich leise zu unterhalten. Einer deutete auf einen Karpfenweiher. „Des is der Hornauer, der alte Gangster", war Johann Hammer wieder zu hören, „der sacht dem tschechischn Fahrer, *da sollns nei, die Karpfen.*" Einer der Männer, es musste der Fahrer des Lkws sein, machte sich an seinem Gefährt zu schaffen. Vom Lkw wurden riesige Klappen über den Uferrand eines Karpfenweihers heruntergelassen. Dann gab es ein lautes Geräusch. „Etz entlässt der Tschech seine Fisch in den Hornauer sein Karpfenweiher und scho ham wir widder a poar tausend Karpfen, original aus dem Aischgrund, mehr", kommentierte Johann Hammer. „Su geht des beim ehemalichn Chef vo dera Genossenschaft zu. A anziche Sauerei. Und die Leit denkn, sie kriegn original fränkische Spiegelkarpfen auf ihre Teller. An Pfeiferdeckel. Beschissen werdns. Hint und vorn."

29

„Margotchen ist wieder da!" Die Botschaft machte die Runde. Stupsi Dinkelmann und seine Detektive freuten sich aufrichtig, konnten sie sich doch wieder auf ihre eigentliche Aufgabe, die Jagd nach den Mördern, konzentrieren, auch wenn Margotchen zur Regeneration noch einige Tage im Krankenhaus verbringen musste. Aischgrund Investigations hatten ihren ersten Hauptverdächtigen identifiziert. Wer hätte gedacht, dass die versuchte Verhinderung eines Outings der Grund für einen Mord sein könnte. Warme Brüder neigten doch normalerweise nicht so sehr zu solchen Gewalttaten. „Normalerweise", argumentierte Stupsi Dinkelmann, „normalerweise spitzt du schön, musst nur den Stift im Spitzer drehn. Ha, ha, kleiner Scherz am Rande. Wir haben es mit keinem Normalfall zu tun. Der Mann stand unter Druck wie ein Dampfkessel. Da hat sich einiges unter dem Deckel angesammelt: Stadtrat, Lehrkraft, die Schande, wenn das rauskommt, schlicht sein ganzer Lebensstil war in Gefahr. Und dann kommt sein polternder Bruder daher und macht ihn vor der gesamten Verwandtschaft lächerlich. Irgendwo im Haus findet Jens Hammer das Springmesser seines Bruders, steckt es ein und schwört sich Rache. Chantals Tante, diese Eva-Maria Schwarz, war doch mit dabei bei der Geburtstagsfeier. Wir haben es doch alle gehört, als sie uns heute Morgen diese Geschichte erzählt hat. Das heißt: Wir haben ihn, den Mörder. Jetzt gilt es nur noch Beweise zu sammeln."

„Und was ist mit diesem Horst Jäschke und dem Holzmichl?", wollte Mandy wissen, atmete tief ein und streckte Tina und Nina selbstbewusst in den Raum.

„Deren Mörder kriegen wir schon auch noch“, schwärmte Commissario Brunetti. „Schritt für Schritt. Langsam ernährt sich das Eichhörnchen.“

*

„Der Dirk hat gsacht, er möchet demnächst amol nach Staffelsta foahrn. Ob wir mitfahrn wolln? Schau, des woar in seim Briefkastn drin.“ Kunigunde Holzmann und Margarethe Bauer saßen mal wieder bei einem ihrer legendären Kaffeenachmittage in Kunnis Küche und die Retta legte der Kunni eine Hochglanzbroschüre auf das Wachstischtuch des Tisches.

Wie ein Tag am Meer lautete die Überschrift. Darunter badete eine blonde Schönheit, glücklich in die Kamera lächelnd, in einem sprudelnden Wasserbecken. *Regenerieren, vitalisieren, entspannen, pflegen: Bayerns wärmste und stärkste Thermalsole ist ein Naturphänomen, das Körper, Geist und Seele gut tut. Sind Sie bereit einzutauchen?*

„Na, ich net“, beantwortete die Kunni die Frage.

„Wos, na ich net?“, wollte die Retta wissen.

„Ich tauch ganz gwiess net da ei“, meinte die Kunni und deutete auf das Foto mit der einladenden Wasserlandschaft. „Da müsst ich mir ja erscht an Badeanzuch oder an Bikini kafn. Außerdem kann ich goar net schwimma, und außerdem, was haßtn demnächst?“

„Vielleicht am Wochenend. Denk ich mir“, rätselte die Retta.

„Intressiert dich wohl die Therme?“, fragte die Kunni.

„Na ja, warum denn net? Schau mal, was da no steht: *SCHLEMMEN & GENIESSEN, Bademantel-Brunch. Bei uns können Sie genussvoll im Bademantel schlemmen! Das Arrangement kombiniert einen ganztägigen Aufenthalt mit feinen kulinarischen Genüssen.* Des wär doch amol was.“

„Ganztächig“, las die Kunni nochmals vor. „Ja bist du den verrückt? Willst du mich umbringa?“

„Ich hab mir halt denkt wegen dem SCHLEMMEN und GENIESSEN?“

„Ich bin doch ka Kuh!“, stöhnte die Kunni.

„Wieso Kuh?“

„Ja manst du denn, ich fress den ganzn Toch Salat. Des is doch nix Gscheits! Schau doch auf des Foto da. Mordsdrum Teller, aber nix drauf, außer Salat, Gurkn, Gelbe Rubn und an Quark. Net amol a Soß is dabei. Geschweige denn a Kleß. Also ich geh da net nei, in des Kabuff.“

„Also foahr mer net mit?“

„Des hab ich net gsacht“, widersprach die Kunni. „Wenn du in die Therme willst, dann gehst halt mit dem Dirk da nei. Ich schau mer halt in der Zwischnzeit des Kloster Banz oder Vierzehnheilign an. Des tät mich interessiern. Ich glab, des letzte Mal, dass ich dort war, war mit an Schulausfluch. Aber ich kumm numal auf den Termin zurück. Wenn der Dirk scho am Freitoch, den vierazwanzigsten Oktober, da hin will, also dann net.“

„Und warum net? Ham wir oder du da scho was vor? Und außerdem, seit wann interessierstn du dich für Kergn, du Heidin?“

„Da kummt abends in RTL *5 gegen Jauch* und was die Kergn anbelangt, des sen fränkische Kulturgüter ersten Ranges, Vierzehnheiligen und Kloster Banz, du Kulturbanause.“

„Aber der Jauch kummt doch erscht am Abend?“, argumentierte die Retta.

„Des waß i scho“, erklärte die Kunni, „aber manst du, ich hock mich, während des ganzn Tochs abghetzt, vor den Fernseher?“

„Dann frach ich den Dirk erscht amol, wann er fahrn will.“

„Sunntoch wär a net so gut, da kummt a Tatort.“

*

Jupp Hornauer saß wieder einmal in dem ihm bereits bekannten Vernehmungszimmer. Die Situation für ihn war allerdings viel prekärer als vor Kurzem: Gemäß Paragraf 112 ff der Strafprozessordnung hatte der zuständige Richter eine Untersuchungshaft verordnet. Gerald Fuchs und Sandra Millberger saßen dem U-Häftling gegenüber. „Ich meine, nun ist es wirklich Zeit auszupacken, Herr Hornauer“, begann der Kommissar vorsichtig. „Wie Sie wissen, würde sich ein volles Geständnis deutlich strafmildernd auswirken. Was für einen Sinn macht es, wenn Sie immer noch versuchen, sich aus der Sache herauszureden? Sehen Sie, die Indizien sind doch glasklar. Ich wiederhole mich zwar, aber für Sie fasse ich nochmals zusammen: Die drei getöteten Teichwirte waren Ihnen schon lange ein Dorn im Auge. Sie hielten nichts von Ihrer Teichgenossenschaft. Die drei wollten die größten Karpfenbauern in der Region werden, das wussten Sie. Ständig haben der Hammer, der Jäschke und der Holzmichl versucht, neue Weiher hinzuzukaufen. Ihr Ziel war es, die größten Fischererzeuger im Aischtal zu werden, um eine marktdominante Wettbewerbsposition zu erreichen. Wäre ihnen das gelungen, hätten sie die von Ihnen gegründete Genossenschaft ausgehebelt. Trotz Qualitätszertifikat. Die anderen Teichwirte hätten es ihnen gleichgetan und kaum jemand wäre noch der Genossenschaft beigetreten. Sie sahen Ihr Lebensziel bedroht. Und dann, als Horst Jäschke auch noch Ihre Alkoholfahrt der Polizei gemeldet hat, sind bei Ihnen sämtliche Sicherungsdrähte durchgebrannt. Am 16. August haben Sie Ihre damalige Freundin Veronika Sapper besucht. Sie wussten zudem, dass Horst Jäschke bei Johann Hammer zum Grillen eingeladen war."

„Woher solln ich des gwusst ham?", empörte sich Jupp Hornauer.

„Auf dem Weg zu Ihrer Freundin haben Sie in Neuhaus einen kleinen Zwischenstopp eingelegt. Sie wollten Horst Jäschke zur Rede stellen, wollten ihm die Meinung sagen, was Sie von ihm, diesen Verräter, hielten. Aber Sie haben ihn nicht angetroffen. Er war schon längst unterwegs nach Röttenbach. Zu Fuß. Das alles hat Ihnen die Frau vom Jäschke erzählt."

„Des is net woahr!"

„Beruhigen Sie sich, Herr Hornauer, wir haben mit Hanna Jäschke gesprochen. Sie hat Ihnen außerdem erzählt, dass ihr Mann auch wieder zu Fuß nach Hause laufen wollte. Mitten in der Nacht und durch den dunklen Wald. Als Sie das erfahren haben, haben Sie spontan Ihren Mordplan gefasst. Sie brauchten nur in Veronika Sappers Haus darauf zu warten, bis der Jäschke daran vorbeikam. Der musste ja die Schulstraße nehmen, wenn er nach Neuhaus wollte. Nun mussten Sie nur noch ein Problem lösen: Sie mussten dafür Sorge tragen, dass Ihre Freundin Veronika Sapper rechtzeitig ins Bett ging und auch mit Sicherheit durchschlief wie ein Murmeltier. Und wie man so etwas macht, da haben Sie, denke ich, genug Erfahrung, wie wir ja auch an der Entführung von Frau Margot Segmüller gesehen haben."

„Des woar ich net", beteuerte der U-Häftling immer wieder, „weder den Mord noch die Entführung hab ich beganga." Jupp Hornauer traten dicke Schweißperlen auf die Stirn. Er hatte den Ernst seiner Situation zwischenzeitlich kapiert. Nach Späßchen war ihm nicht mehr zumute.

„Und dann komme ich doch gerne zu Herrn Holzmichl", fuhr der Kommissar fort. „Der hatte ja doppeltes Pech, denn eigentlich wollten Sie dem Hammer eins auswischen. In der Konsequenz war Ihnen dann das Resultat aus der Manipulation der Bremsflüssigkeit aber egal. Sie hatten ja eh vor, alle drei Teichwirte zu ermorden. Ob zuerst der Hammer oder zuerst der Holzmichl daran glauben mussten, war Ihnen im Prinzip egal. Geben Sie doch endlich zu, dass Sie sich an dem bewussten Tag in der Nähe von Johann Hammers Haus versteckt hielten. Als dann Chantal, ihr Freund und der Nachbarsjunge mit seiner Kamera-Drohne weg waren, haben Sie die Gunst der Stunde, oder soll ich sagen der Minuten, ergriffen."

„Ich was goar net wovon Sie redn, Herr Kommissar. Was isn überhaupts a Kamera-Drohne, und den Freind vo dem Hammer seiner Tochter kenn ich a net."

„Aber den Fahrsilo von dem Kammerer kennen Sie schon, wenn ich richtig informiert bin? Ist ja auch nicht so weit weg von Krausenbechhofen, quasi gleich in der Nachbarschaft."

„Der Kammerer hat mich halt gfracht, wie mer so a Gärfutteranlach anlecht und auf was mer achtn muss, damit der Gärprozess a wirkli funktioniert", bestätigte der Jupp.

„Und somit schließt sich der Kreis", endete der Kommissar, „wenn, ja wenn es da nicht neben der Polizei plötzlich diese Touristen-Detektive gegeben hätte, von denen Sie ja auch besucht wurden. Lästige Gesellen, mit ihren bohrenden, neugierigen Fragen, nicht wahr? Vielleicht waren die gar nicht so blöd? Ehrgeizig waren sie allemal, denn die wollten der Polizei den Rang ablaufen. Die würden mit ihrer Ermittlungsarbeit nicht ruhen, bis sie den Morden auf den Grund gekommen waren. Eine weitere potenzielle Bedrohung, nicht wahr? Also kamen Sie auf die Idee, Margot Segmüller zu entführen und ihr zu drohen, mit dem Blödsinn aufzuhören. Klingt meine Geschichte nicht logisch und schlüssig? Vor allem, wenn man bedenkt, dass das Messer, mit dem der Jäschke ermordet wurde, in Ihrer Küchenschublade lag. Fingerabdrücke hin oder her. Unsere Kriminaltechnische Abteilung ist gerade dabei, ihr Haus und ihren Blechschuppen gründlich zu durchsuchen. Die finden bestimmt noch etwas. Was glauben Sie denn, welches Urteil ein Richter sprechen wird, wenn es zum Indizienprozess kommt, Herr Hornauer? Spätestens wenn er sich das Video betrachtet, welches der Hammer ins Netz gestellt hat, ist für ihn die Sache klar. Vergeht Ihnen nun das Lachen?"

„Was für a Video?", wollte Jupp Hornauer wissen. Noch eine böse Überraschung, von der er keine Ahnung hatte?

30

Am Freitag, den 24. Oktober, zwei Minuten vor zwanzig Uhr hechelte der weißgelblich-braun gefleckte Mops mit seinem weich-glänzenden Fell und den vorstehenden Augen wie jeden Tag am Strand entlang. Seine Zunge hing ihm weit aus dem Maul und drohte fast auf dem Sandstrand aufzuschleifen. Jede Fettschicht seines durchdrungenen Körpers wabbelte in rhythmischen Wellen von vorne nach hinten, während er parallel zum Meer dahin rannte. Ab und zu sah er sich um, denn die junge Frau in ihrem gelben Bikini folgte ihm fast auf dem Fuß. Auch bei ihr wabbelte etwas, allerdings keine Fettschichten, denn sie nahm ja jeden Tag Almased zu sich, das wunderwirkende Schlankheitsmittel.

„Etz is scho fast Ende Oktober und die Dolln in ihrm gelbn Bikini left immer nu am Strand entlang", scherzte die Retta.

„Der muss ja mittlerweiln scho stinkn", kommentierte die Kunni.

„Der Hund?"

„Na, der Bikini, weil den hats doch jedn Toch an, in dera Werbesendung." Kunni und Retta hatten es sich auf dem Sofa bequem gemacht. Mittlerweile lief die Bauhaus-Werbung und in wenigen Sekunden begann die Tagesschau. „Schau, die Judith Rankers hat a a gelbs Kleid an", bemerkte die Retta.

„Aber die hat kan Mops."

„Zwa klane scho", wieherte die Retta. Die beiden Witwen wollten sich zuerst die aktuellen Nachrichten und die Wetterkarte ansehen, bevor sie in fünfzehn Minuten auf RTL umschalteten. Beide waren aufgeregt, wie sich ihre Idole bei *5 gegen Jauch* schlagen würden. Beide waren auch auf ein Wortgefecht untereinander eingestellt, denn Konfliktpotential lag ausreichend in der Luft – je nachdem, wie sich ihre beiden Idole schlagen würden.

Dirk Loos hatte mal wieder volle Rücksicht auf die Wünsche der beiden Damen genommen. Morgen, am Samstag, wollten die drei gegen halb elf nach Bad Staffelstein aufbrechen Der Sauerländer hatte die Kunni und die Retta zum Mittagessen in den fränkischen Kurort eingeladen. Die Adam-Riese-Stadt liegt im oberfränkischen Landkreis Lichtenfels, inmitten des Gottesackers am Obermain, der viele Sehenswürdigkeiten aufweist, wie die von Balthasar Neumann erbaute Basilika Vierzehnheiligen, Kloster und Schloss Banz. Zu guter Letzt liegt der Berg der Franken, der Staffelberg, direkt vor der Haustür. Die drei hatten sich darauf geeinigt, dass der Dirk die Kunni nach dem Mittagessen zuerst zur Basilika Vierzehnheiligen fahren, dann mit der Retta etwa eine Stunde die Therme genießen („Ich will mich nur erst einmal umsehen, wie es dort zugeht.") und danach die Kunni wieder abholen würde. Zu dritt wollten sie sich anschließend noch kurz Kloster Banz ansehen.

Die Tagesschau berichtete von vielen Toten bei Anschlägen auf dem Sinai, dass die Lokführer ihre Streikpause bis zum zweiten November verlängern würden, dass Schwedens Marine die Suche nach einem russischen U-Boot aufgab und dass in New York der erste Ebola-Fall aufgetreten war. Außerdem wurde gemeldet, dass die Ukraine pro-europäisch wählen wollte. Der Wetterbericht kündigte für den nächsten Tag herrlichstes Ausflugswetter an, und die Kunni schaltete zufrieden und gespannt auf RTL um.

*

Im Druckhaus der Nordbayerischen Nachrichten für die Region Höchstadt-Herzogenaurach warteten alle noch auf den Beitrag von Paul Prohaska. Eine halbe Seite hielt der verantwortliche Redakteur für ihn in der Samstagsausgabe frei. Kurz vor Redaktionsschluss traf der Bericht ein.
Mutmaßlicher Mörder in Untersuchungshaft – Hat er drei Menschenleben auf dem Gewissen?

Seit Monaten erschüttern drei Morde an einheimischen Teichwirten die Region. Nun hat die Polizei einen Tatverdächtigen in U-Haft genommen. Der im Landkreis allseits bekannte frühere Vorstandsvorsitzende der Genossenschaft Aischgründer Spiegelkarpfen, Josef H., wurde dem Haftrichter vorgeführt und wird derzeit vernommen. Bereits im August machte Josef H. negative Schlagzeilen, nachdem er sich, nach extensivem Alkoholgenuss, ans Steuer seines Wagens setzte und mit deutlich überhöhten Alkoholwerten von der Polizei gestoppt wurde. Seinerzeit wurde ihm der Führerschein entzogen. Damit nicht genug: Es scheint, als habe dieses Ereignis Josef H. regelrecht beflügelt, weitaus schwerwiegendere Straftaten zu begehen. Beglückt vom Erfolg der von ihm geleiteten Genossenschaft Aischgründer Spiegelkarpfen, scheint er das Maß aller Dinge verloren zu haben, was auch seine Frau dazu veranlasste, sich von ihm zu distanzieren und ihn zu verlassen. Er sah sein Lebenswerk durch die drei ermordeten Teichwirte, Klaus J., Gisbert H. und Johann H., bedroht. Die drei wollten sich der allmächtigen Genossenschaft nicht beugen. Sie waren dabei, einen Gegenpol zu Josef H's Organisation aufzubauen, und ihre Bemühungen sahen durchaus Erfolg versprechend aus. Wer Josef H. kennt, weiß, dass er keinen Widerspruch akzeptiert. Er ist von seiner eigenen Meinung zutiefst überzeugt. Anderslautende Ansichten toleriert er nicht. Dies könnten die Beweggründe dafür gewesen sein, dass er womöglich seinen Konkurrenten nach dem Leben trachtete. Ein kürzlich im Netz verbreitetes Video über Manipulationen bei der Karpfenzucht, welches den Verhafteten schwer belastet, könnte das Tüpfelchen auf dem „i" für den letzten Mord gewesen sein, vermutet die Polizei.

Nun, bewiesen ist noch nichts und insofern müssen die Ermittlungsbehörden im Moment noch vom sogenannten Unschuldsverdacht ausgehen. Doch könnte sich dies in den kommenden Tagen schnell ändern. Verdachtsmomente und belastende Indizien gibt es jedenfalls in Hülle und Fülle, wie uns der leitende Kommissar der Kripo Erlangen, G. Fuchs, versicherte. Warten wir die Entwicklung ab.

*

„… und hier kommt Ihr Günther Jauch.“ Oliver Pocher, der Moderator der Sendung *5 gegen Jauch*, trug ein schickes, dunkelblaues Sakko, mit rotem Hemd und dunkelblauer Krawatte. Seine rechte Hand zeigte in Richtung der Zuschauertribüne im Studio, wo von einer Treppe zwischen den Zuschauerrängen der König der deutschen Quizsendungen, Günther Jauch, locker die Stufen herablief und lächelnd in die Zuschauerreihen winkte. Auch er trug einen eleganten dunkelgrauen Anzug und darunter ein rot-schwarz kariertes Hemd. Er und der Moderator begrüßten einander und tauschten ein paar banale Scherze aus, bevor Oliver Pocher die prominenten Rategegner von Günther Jauch ankündigte: „… und hier kommen sie, unsere erfolgreichen Tatort-Kommissare. Begrüßen Sie mit mir, Ulrike Folkerts, Jan Josef Liefers, Axel Prahl, Udo Wachtveitl und Miroslav Nemec.“ Auch die beliebten Schauspieler nahmen den Weg, den vorher Günther Jauch genommen hatte, und liefen in Richtung der ihnen zugedachten Sitzplätze im Studio.

„Schau hie, dei Batic, der Depp“, kicherte die Kunni, „etz wär er fast gstolpert. Ich hätt ja glacht, wennsn hieghaut hätt.“

„So a Quatsch“, hielt die Retta dagegen, „stimmt doch goar net. Wie ein Triumphator is der in des Studio einzogen. Alle ham bloß auf ihn gschaut.“

„Wir fangen an“, verkündete der Moderator, nachdem die obligatorische Begrüßungsprozedur vorbei war. „die Regeln sind ja bekannt. Jede Partei erhält zwölf Fragen, einschließlich der alles entscheidenden Alles-oder-nichts-Frage. Dreihunderttausend Euro sind maximal zu gewinnen, jede Partei hat einen Publikums- und einen Telefonjoker. Wir kommen zur Tausend-Euro-Frage. Sie lautet:

Nur einer schwimmt auch in einheimischen Gewässern …

A) Heukarpfen — *B) Graskarpfen*

C) Wiesenkarpfen — *D) Rasenkarpfen*

„Herr Jauch, die Kopfhörer bitte“, erinnerte Oliver Pocher den Quizkönig.

Sofort brach unter den Tatort-Kommissaren eine heftige Diskussion aus. „Karpfen? Gibt’s bei uns überhaupt Karpfen?“, stellte Lena Odenthal die Grundsatzfrage. „Die leben doch nur in China?“

„So a blede Dolln“, kommentierte die Retta.

„Psst!“, wies sie die Kunni an.

„Ja sicher gibt es bei uns Karpfen“, meldete sich Ivo Batic zu Wort, „die Wiesenkarpfen, die gibt es immer bei uns zum Oktoberfest.“

„Da siehgst amol selber, wie bled der Batic is“, belferte die Kunni, und blickte Retta vorwurfsvoll an.

„Vielleicht gibt’s auf der Wiesn ja wirklich die Wiesnkarpfen. A Oktober-fest-Spezialität?“

„Du bist genauso deppert!“

Im Fernsehstudio ging die Diskussion weiter. „Ich meine die richtige Antwort lautet Rasenkarpfen“, meldete sich Frank Thiel zu Wort, „derweil diese Gattung, am Grund des Gewässers, die Flora wie ein Rasenmäher abgrast.“

„Der is genauso doof“. Die Kunni konnte sich nicht mehr halten.

„Leute“, schritt Kommissar Leitmayr ein, „denkt doch mal nach. Wo kommt der Karpfen eigentlich her? Das ursprüngliche Verbreitungsgebiet des Karpfens waren die Zuflüsse zum Kaspischen und zum Schwarzen Meer. Auch im Aralsee lebten die Ur-Karpfen. Der Karpfen ist bereits seit der Antike ein beliebter Speisefisch und wurde in verschiedenen Formen gezüchtet. Der Graskarpfen kommt, wie die Ulrike schon vermutet hat, aus China. Dort wird er auch als Weißer Amur oder Grasfisch bezeichnet. Er hat einen langgestreckten Körper und wird über einen Meter lang. Sein wissenschaftlicher Name lautet Ctenopharyngodon idella. Schon im zehnten Jahrhundert wurden verschiedene Gewässer in China mit Graskarpfen besetzt. Erst in den 1960er-Jahren kam der Graskarpfen dann auch nach Europa, um – wie der Axel schon vermutet hat – Gewässer von starkem Bewuchs zu befreien. Im Gegensatz zum Graskarpfen wurden in Europa andere Züchtungen, wie der Spiegelkarpfen, der Schuppenkarpfen, der Zeilkarpfen und der Lederkarpfen erfolgreich umgesetzt. In Deutschland gibt es verschiedene bekannte Zuchtgebiet. Um nur eines zu benennen: Der Aischgrund im Städtedreieck Neustadt an der Aisch, Bamberg und Nürnberg.“

„Ja, unser Kommissar Leitmayr ist ja ein wahrer Karpfenspezialist!“ Jan Josef Liefers war begeistert. „Bist du dir sicher, Udo?“, wollte er wissen.

„Sicher!“

„Ja, dann nehmen wir doch den Graskarpfen", schlug Lena Odenthal vor, „den hatte ich sowieso von Anfang an in Verdacht."

„Des is a gscheiter Mo", die Kunni war hellauf begeistert. „der analysiert, kombiniert, wirkt überzeugend und trifft die richtign Entscheidunga. Genau wie ich. Da kannst dir amol a Beispiel dran nehma, Retta."

Die Sendung plätscherte weiter dahin, die Joker waren vergeben. Die Retta saß zwischenzeitlich kleinlaut und versunken auf dem Sofa. Sie musste sich in den letzten zweieinhalb Stunden Einiges von ihrer Freundin anhören. Günther Jauch führte zwischenzeitlich mit einhundertzwanzigtausend Euro zu einhunderttausend Euro. Dann kündigte der Moderator an: „Wir kommen nun zur Alles-oder-Nichts-Frage und alles kann sich nochmals wenden, wenn Sie Ihre Einsätze richtig setzen und die Frage richtig beantworten. Sie lautet:

Wen oder was bezeichnet man mit Blaue Zipfel?

A) Die Geschlechtsteile männlicher Schlümpfe B) Norwegische Skimützen

C) Bratwürste in Essigsud D) Korallen im Great Barrier Reef

Miroslav Nemec meldete sich als Erster zu Wort. „Also die Bratwürste würde ich von vorneherein ausschließen. Die heißen nämlich bei uns Saure und nicht Blaue Zipfel. Außerdem sind das Schweinswürstel und keine Bratwürste."

„Ich weiß nicht", meldete sich Lena Odenthal zu Wort, „ich meine, ich hätte schon mal was von Korallen gehört, die diesen Namen tragen."

„Blaue Zipfel?", äußerte der kleine dicke Kommissar Thiel Bedenken an. „Wer von euch weiß denn, ob die Zipfelchen von den Schlümpfen blau sind?"

„Herr Professor Boerne, hatten Sie schon mal einen Schlumpf auf Ihrem Seziertisch in der Pathologie?", warf Oliver Pocher ein und grinste dabei wie ein Lausbub.

„Es sind die Korallen", beharrte Kommissar Ivo Batic.

„Was spricht gegen die Norwegischen Skimützen?", warf Jan Josef Liefers ein.

„Alles", griff nun Udo Wachtveitl in die Diskussion ein.

„Mei Leitmayr", schwärmte die Kunni.

„Natürlich sind's die Bratwürste", gab sich Kommissar Leitmayr sicher. „Miroslav, erinnerst du dich nicht mehr? Wir hatten doch mal einen Vergiftungsfall zu lösen, schon lange her, da hat eine fränkische Hausfrau ihren bayerischen Ehemann mit dem Essigsud vergiftet, in dem sie Nürnberger Bratwürste gegart hatte. Die hießen auch Blaue Zipfel. Also ich bin überzeugt: Das sind die Blauen Zipfel. Wie viel haben wir jetzt eingesetzt?", wollte er nochmals wissen.

„Die ganzen einhunderttausend Euro, wie von dir vorgeschlagen", antwortete ihm Miroslav Nemec.

„Wenn das nicht stimmt", klagte Ulrike Folkerts, „stehn wir mit nichts da."

„Also an den Fall kann ich mich nicht erinnern", meldete auch Kommissar Batic Bedenken an. „Ich würde die Korallen nehmen. Ich mein, ich hab die in einem Tauchmagazin auch schon mal gesehen."

„Ja is denn der total verrückt", kreischte die Kunni in ihrem Fernsehsessel, „warum hört denn kaner auf den Leitmayr? Mach amol a wenig lauter, Retta."

Die von ihrem Kommissar Batic tief enttäuschte Margarethe Bauer griff sich die Fernbedienung und drückte die Lautstärkenregelung. Ein kurzes Knistern aus den Lautsprechern des Fernsehgerätes, ein kurzes schwarzweiß verzerrtes Bild, dann war der Bildschirm schwarz und an der unteren Konsole brannte schon wieder dieses dauerhafte rote, runde Licht.

„Na, net scho widder!", flippte die Kunni aus, „hast mein naglneua Fernseher scho widder kaputt gmacht? Etz wiß mer net amol, ob sich der blede Batic mit seiner Meinung durchgsetzt hat oder net, und wer des Spiel gwunna hat, wiß mer a net. Mich laust doch der Aff!"

*

Während die Kunni erneut ihr defektes Fernsehgerät beklagte und sich grün und blau ärgerte, dass sie das Ende der Sendung verpasst hatte, trug der neue Youtube-Star Jupp Hochleitner in der Röttenbacher Bürgerstube seine neuesten Ergüsse vor den Mitgliedern des Heimat- und Trachtenvereins vor.

„Und nun liebe Mitglieder unseres Vereins“, kündigte der Vorsitzende an, „wird uns der Jupp seine Version über unser schönes Karpfenland vortragen. Willst erscht was trinkn, Jupp? Bevor dir dei Gurgl eirost? A Bier fürn Jupp“, ordnete der Vereinsvorsitzende an.

„Liebe Vereinsmitglieder, liebe Röttenbacher“, begann der neue Star, „ich hab goar net denkt, dass des so anstrengend is, wenn an des Blut durch künstlerische Adern fließt. Ich kumm ausm Dichtn scho nemmer raus. Hab kaum nu Zeit, so zwischndurch mal a Seidla zu trinken. Also Prost. Ich fang an. Des Gedicht haßt Karpfenland, und ihr seid die Erschtn, vor dene ich des vortrach. Obacht:

Wo Weiher in der Sonne liegen
und Störche durch die Lüfte fliegen,
wo Karpfen unterm Wasser ziehen
und schnellstens vor dem Reiher fliehen,

wo im Frühjahr blüht der Löwenzahn,
seine Brut aufzieht der Kormoran,
wo der Vogl in den Teichen jagd,
und der Karpfenbauer drüber klagt,

wo Schwäne ihre Nester bauen,
die Biber Fluss und Bäche stauen,
die Nebel aus den Weihern steigen,
der Wald sich hüllt in tiefes Schweigen,

wo Burgen von den Höhen grüßen,
und Bäche in die Aisch rein fließen,
Libellen in den Lüften stehen,
rot-weiße Fahnen lustig wehen,

wo's Schäuferla sche knusprig schmeckt,
der Gast die Soß vom Teller schleckt,
der Wirt sein Bier noch selber braut,

und selber stampft sein Sauerkraut,

wo du rauskommst aus dem Steigerwald,
der Ruf des Kuckucks weit hin schallt,
da bist du dann, das ist bekannt,
im wunderschönen Karpfenland.

„Super."

„Einmalich, Jupp."

„Unser Jupp goes for European Contest", schrie ein zugezogener Ire, der den unterfränkischen Dreischritt-Dreher und den oberfränkischen Baaschlenkerer perfekt beherrschte. „Jupp, unsere fränkische Antwort auf Conchita Wurst."

31

Dirk Loos war pünktlich. Punkt halb elf stoppte sein Audi A4 vor Kunnis Gartentür. Retta saß bereits auf dem Rücksitz und schaute auf ihre Armbanduhr. „Hoffentli is scho ferti, die braucht doch immer so lang." Doch heute war die Kunni pünktlich. In einem dunkelblauen Cord-Kostüm und mit einem leichten Mantel über dem linken Unterarm trat sie aus dem Haus. „Gehst zu aner Hochzeit?", begrüßte die Retta ihre Freundin, als diese auf dem Beifahrersitz Platz genommen hatte.

„Ich ziehch mi bloß an, wie sichs ghert. So schlampert rumzulafn wie andere, woar no nie meins."

„Manst du vielleicht miech?", vermutete die Retta, die einen weiß-roten Adidas-Trainingsanzug an hatte.

„So tät ich jedenfalls net rumlafn", antwortete die Kunni.

„Des glab ich dir aufs erschte Wort, da tätst a ausschaua wie a abbundener Pressack auf Hochzeitsreise." Kunigunde Holzmann überhörte den bissigen Kommentar ihrer Freundin geflissentlich. Wie foahr mer überhaupts, Dirk?"

„Wir fahren jetzt bei Forchheim auf den Frankenschnellweg und dann immer geradewegs bis Bad Staffelstein."

„Hast du überhaupts zum Mittagessn an Tisch reserviern lassn?"

„Im Grünen Baum, gleich in der Nähe vom Bamberger Tor."

„Hoffentli gibts da auch was Gscheits zum Essn." Pünktlich kurz vor zwölf Uhr kamen die drei an, und fünfundvierzig Minuten später war Kunni voll des Lobes. „Der Kalbsrahmbratn war ein Gedicht. soch ich eich. Butterwach und goar net fett. Der Koch muss ganz große Händ ham", stellte sie fest.

„Wieso des?", meinte die Retta neugierig.

„Na, hast du die Kleß net gsehgn? So groß wie Kanonakugln."

„Die Damen, können wir wieder?", fragte Dirk Loos höflich nach, nachdem er die Zeche bezahlt und der Bedienung ein fürstliches Trinkgeld überlassen hatte.

„Foahr mer die Kunni nach Vierzehnheiligen, und wir zwa schaua uns die Therme an?", vergewisserte sich die Retta nochmals.

„So war es ausgemacht", bestätigte Dirk.

„Horch, Dirk", begann die Kunni, nachdem sie wieder auf dem Beifahrersitz Platz genommen hatte, „pass mer fei auf die Retta auf, dass die sich züchtig kleidet, da drin in der Therme, weil die Retta hat an leichtn Hang zur Exhibitionistin. Du waßt scho, für den Fall, dass da klane Kinner drin sei solltn, in der Therme. Net dass die der Schloch trifft. Die könntn sunst mana der Sensenmann himself is unterwegs."

„So klapperdürr bin ich a wieder net", regte sich die Retta auf. „Lieber so als so."

„Wieso?", wollte die Kunni wissen.

„So halt!"

„In fünf Minuten sind wir da", vermeldete der Sauerländer Rentner.

*

Kunni sah hinüber zu den Dolomitfelsen des Staffelberges, die sich über den Baumspitzen erhoben – dort, wo angeblich Viktor von Scheffel das Frankenlied zu Papier gebracht haben soll. Vor ihr ragten die beiden mächtigen Türme und die spätbarocke Fassade der Basilika Vierzehnheiligen auf. Das Gotteshaus wurde nach den Plänen von Balthasar Neumann errichtet, las sie auf einer Informationstafel, und ist den vierzehn heiligen Nothelfern geweiht. Das Innere der Kirche ist im Stil des Rokoko gehalten, ganz besonders werde dabei auf den Gnadenaltar hingewiesen. Die Röttenbacherin sah sich um. Nur ganz wenige Touristen und Besucher verloren sich auf dem Kirchenareal. Sie las weiter. Im Juni des Jahres 1446 erschien Hermann Leicht, dem Schäfer des Klosters Langheim, zum wiederholten Male auf einem Acker das Jesuskind, umgeben von vierzehn Kindern. Das Kind in ihrer Mitte sagte: „Wir sind die vierzehn Nothelfer und wollen eine Kapelle haben, auch gnädiglich hier rasten.“ Dann verschwand die Kinderschar wieder in den Wolken. Wenige Tage später wurde eine todkranke Magd, nachdem sie die vierzehn Nothelfer angerufen hatte, geheilt. „Des is a weng a Zinnober, a Hokuspokus“, murmelte die Kunni. Fortan kamen immer mehr Hilfesuchende an diesen Ort und weitere Wunder geschahen. Am Ort der Erscheinung steht der heutige Gnadenaltar, verkündete die Informationstafel. Mit Hilfe der vierzehn Nothelfer wollen die Gläubigen vor einem unvorbereiteten Tod bewahrt bleiben. Im Jahr 1839 holte König Ludwig I. die Franziskaner nach Vierzehnheiligen. Nur wenige leben heute noch hier und kümmern sich hauptsächlich um die Belange der Wallfahrer.

Die Kunni hielt nicht so viel von den Sagen und Mythen der katholischen Kirche, dennoch wollte sie heute an Ort und Stelle den Verdacht aufklären, der schon seit einiger Zeit in ihrem Kopf herumspukte. Insofern passte es ganz gut in ihre Pläne, dass Dirk Loos heute diesen Ausflug nach Bad Staffelstein unternahm. Am Anfang waren es nur kleinere Zweifel, die in ihr nagten, doch dann, nachdem sie mit Gerda Wahl, der Sopranistin des Kirchenchors St. Mauritius, gesprochen hatte, erhärteten sich ihre Zweifel. „Vierzehnheiligen?“, meinte die Gerda, „Na, unsere Exerzitien ham wir heier nur an der Gebetsstätte in Heroldsbach gmacht. Gott und die Welt war des Thema.“ Das hatte die Kunni auch im Röttenbacher Gemeindeblatt gelesen. Von Vierzehnheiligen war da nicht die Rede. Entweder musste Hanni der Hammer das verwechselt haben, als er Kunni erzählt hatte, seine Frau wäre zu Exerzitien in Vierzehnheiligen, oder Jana war schon so verwirrt, dass sie die Kirche in Heroldsbach mit der Basilika bei Staffelstein verwechselte, oder die Jana Hammer war aus anderen Gründen nach Vierzehnheiligen gekommen. Die Kunni hatte diese Ungereimtheiten fast vergessen. Bis vor drei Wochen, als im Wochenendteil der Nürnberger Nachrichten ein großer Bericht über die Wallfahrten und Exerzitien nach und in der berühmten Wallfahrtskirche im Oberen Maintal erschien. Auch dieser Bericht hätte bei Kunni noch keine Verdachtsmomente erregt, wenn, ja wenn in der Zeitung da nicht auch ein kleines Foto als Beispiel einer Exerzitientagung veröffentlicht worden wäre. Kunigunde Holzmann hatte Jana Hammer sofort erkannt. Aber es war nicht nur Jana Hammer, die sie erkannte. Neben Jana saß eine zweite Person, welche ihr auch nicht unbekannt war, und dieser Sachverhalt machte die Kunni stutzig und ließ ihren Gedanken freien Lauf. Seitdem wüteten die Zweifel und Verdachtsmomente in ihr wie ein Krebsgeschwür.

Heute wollte sie sich an Ort und Stelle Klarheit verschaffen, hatte sie sich geschworen. Retta hatte sie von ihrem Verdacht kein Sterbenswörtchen erzählt. „Geh zu, du mit deinen Fantasien“, hätte die Retta gesagt, „geht scho widder der Gaul mit dir durch. Du und dein Bauchgefühl. Mach dich doch net lächerlich. Die Jana! Dass ich fei net lach.“ Kunigunde Holzmann war gar nicht zum Lachen zumute. Sie hatte sich vorgenommen das ganze Areal zu erkunden. Die Basilika und der Gnadenaltar interessierten sie nicht so sehr. Von wegen vierzehn Nothelfer. Alles Hokuspokus. Auch die heute verwaisten Verkaufsbuden für die Touristen mied sie. Sie wollte mehr über die Exerzitien erfahren, welche zu der Zeit abgehalten wurden, als Jana Hammer hier war. Kunni umrundete die Kirche, als ihr in der Nähe eine gläserne Schautafel auffiel, die an zwei hölzernen Balken befestigt war. *Unsere Exerzitien – Programm 2014* stand da als Überschrift in großen schwarzen Lettern, darunter: *Spiritualität – Theologie – Kirche*. Dann folgte eine Themenauflistung:

1. Kinoexerzitien
2. Burnout
3. Tage der Einkehr
4. Besinnungstage für Seniorinnen und Senioren

5. Alltagstaugliche Ideen für gesunden Schlaf
6. Wochenende für Familien mit Kindern
7. Palmsonntagswochenende
8. Aquarellmalkurs
9. Besinnungstage für Menschen mit körperlichen Einschränkungen
10. Tagesseminar „Das Vaterunser“
11. Lyrik der Gegenwart „Über Gott und die Welt“
12. Ordensspiritualität und der Reichtum des Glaubens
13. Wochenende für Goldpaare
14. Wochenende in der Natur
15. Der Sündenfall
16. Entspannung mit Leib und Seele
17. Jubiläumsexerzitien für Priester
18. Talionsprinzip, was ist das?
19. Auszeittag „Berg-Zeit“
20. Entspannung mit Leib und Seele

„Hhm“, knurrte die Kunni, „und was sacht mir etz des Ganze?“ Sie war von der Fülle der unterschiedlichen Themen regelrecht erschlagen.

„Kann ich Ihnen helfen?“ Ein Franziskanerpater war unbemerkt an sie herangetreten.

„Scho“, entgegnete die Kunni, die über die Fügung des Schicksals, einen kompetenten Ansprechpartner um Hilfe bitten zu können, dankbar war. „Ich hab da amol a Frach.“ Sie kramte in ihrer Handtasche herum und zog den alten Wochenendbericht der Nürnberger Nachrichten heraus. „A gute Bekannte aus unserm Dorf hat mir den Zeitungsbericht gebn“, log sie und deutete dabei auf Jana Hammer inmitten der Exerzitienteilnehmer. „Sie hat mir von ihrm Aufenthalt hier derzählt und war sowas vo begeistert. Des hat mi neigierich gmacht.“

„Die Jana“, bestätigte der Pater. „Ich erinnere mich an sie. Eine starke Frau.“ Kunigunde Holzmann glaubte sich verhört zu haben, als der Geistliche fortfuhr:

„Immer aktiv und temperamentvoll. Nicht immer, aber meistens bringt sie ihre Halbschwester mit. Ich habe mich intensiv mit den beiden unterhalten. Ein trauriges Schicksal haben die zwei hinter sich."

„Ja, ja", nickte die Kunni und log weiter, „ich kenn die Gschicht. Traurig, traurig."

„Ihr gemeinsamer Vater", sprach der Franziskaner weiter, „muss ein wahrhafter Teufel gewesen sein. Na ja, man liest ja immer wieder von diesen abartigen Inzestfällen. Die beiden müssen die Hölle durchgemacht haben. Immer wieder diese scheußlichen Vergewaltigungen. Kein Wunder, dass in den beiden ein regelrechter Männerhass entstanden ist, der auch heute noch immer in den Herzen der beiden Halbgeschwister wütet. Schade, dass sie aus den genannten Gründen ehe- und kinderlos geblieben sind. Finden Sie nicht auch?"

„Da muss ich Ihna recht gebn. Männer mögns net, die zwa. Ich glab, vor allem die Jana leidet darunter sehr. Umso mehr is des so rührig, wie sie sich mit Elan um die Bedürftign in unserer Gemeinde kümmert. Bewundernswert! A richtige Power-Frau."

„Ja, das habe ich auch festgestellt."

„Ham Sie den beidn denn helfn könna, sich vo ihrm, sag mer amol Männerhass, abzuwendn?"

„Ich bin noch dabei", antwortete der Pater. „Die letzten beiden Seminare, welche die beiden besucht haben, waren der Sündenfall und das Talionsprinzip. Im Januar des nächsten Jahres wollen sie wieder kommen. Dann reden wir nicht mehr über Auge um Auge, Zahn um Zahn, sondern über Vergeben, Vergessen, Verzeihen.

„Zu spät", dachte sich die Kunni. „Sagns mal, Herr …"

„Balthasar, Pater Balthasar", stellte sich der Geistliche vor.

„Kunni Holzmann. Sagn Sie mal, Pater Balthasar, was bedeutet denn Talionsprinzip?"

„Wollen Sie mehr darüber wissen?"

„Des intressiert mich scho sehr", antwortete die Kunni.

„Gut, was halten sie davon, Frau Holzmann, wenn wir einen Spaziergang über das Klostergelände machen und ich Ihnen erkläre, was es mit dem Talionsprinzip auf sich hat?"

„Des is a gute Idee."

*

Jupp Hornauer saß in seiner kargen Gefängniszelle und rekapitulierte sein bisheriges Leben. Er hatte es ganz schön weit gebracht, fand er. Mit vierzehn hatte er die Volksschule verlassen und war in den landwirtschaftlichen Betrieb seines Vaters eingetreten. Er musste schwer arbeiten und verdiente kaum eigenes Geld. Mit vierundzwanzig, nach dem überraschenden Unfalltod seines Vaters, übernahm er das kleine bäuerliche Anwesen , gab Ackerbau und Viehzucht auf, verkaufte einen Teil der Agrarflächen und investierte in die Karpfenzucht. Nach wenigen Jahren schaffte er den wirtschaftlichen Umschwung. Sein Geschäft wuchs. Immer mehr Teichflächen kamen hinzu. Bald war er der größte Fischzüchter in Krausenbechhofen und keine fünf Jahre später im ganzen Aischgrund. Sein Einfluss wuchs. Er kam auf die Idee mit der Genossenschaft. Hauptsächlich kleinere Teichbauern schlossen sich ihm an, weil sie sich erhofften, in dem harten Geschäft mit seiner Unterstützung rechnen zu können. Sie lagen falsch. Jupp Hornauer unterstützte sie anfangs zwar, aber umso skrupelloser forderte er ihre Schulden ein, wenn sie sich verkalkuliert hatten oder der erhoffte Geschäftserfolg ausblieb. Teich um Teich, Weiher um Weiher wuchs seine Fischzucht. Er diktierte die Verkaufspreise. Jahrzehntelang blieb ihm der Erfolg treu. Endlich bekam seine Genossenschaft das regionenbezogene Qualitätszertifikat. Dann konnte er seiner Saufsucht mal wieder nicht widerstehen, setzte sich ans Steuer seines VW Tiguan und dieser Scheiß-Knöllchen-Horst verpfiff ihn an die Bullen. Seitdem ging es rapide abwärts. Seine Frau hatte ihn verlassen, der Vorsitz in der Genossenschaft war genauso weg wie sein Führerschein, und nun saß er auch noch im allergrößten Schlamassel seines Lebens: Man hängte ihm einen Dreifach-Mord an. Wenn er sich die Argumente des Kommissars überlegte und sich vorstellte, dass er selbst der Kripochef wäre, er hätte sich selbst verhaftet. Er wusste: Es stand beschissen um ihn. Immer wieder zog er sein Fazit, aber die Situation wurde nicht besser, egal wie er sie betrachtete: Seine Frau war weg. Sie würde sich scheiden lassen und auf ihre Anteile am Gesamtvermögen beharren. Seinen Führerschein konnte er auf lange Zeit vergessen. Wenn er verurteilt werden würde, musste er mindestens mit fünfzehn Jahren rechnen, und die Politiker, diese Schleimer, würden ihn wie eine heiße Kartoffel fallen lassen. Last but not least war es ein weiterer Fehler, dass er diesen Heino Wassermann eingestellt hatte. Nicht so gravierend, aber dennoch ärgerlich. Wie konnte er sich in einem Menschen nur so sehr täuschen? Dieser Ex-Siemensianer war die größte Flasche, die ihm je untergekommen war. Es sah in allen Belangen trostlos aus, und ihm war klar: Er war erledigt.

32

Am Wochenende liefen die Telefondrähte heiß. Der zuständige Oberstaatsanwalt unterschrieb zwei Haftbefehle. Am Sonntagmorgen, gerade als Jana Hammer das Haus verlassen wollte, um ihren Kirchgang anzutreten, sprangen Sandra Millberger und Gerald Fuchs in der Jahnstraße aus ihrem Dienstfahrzeug und hielten der jungen Witwe einen Haftbefehl unter die Nase. Dem Fahrzeug dahinter, entstiegen Hauptkommissar Kraemer und Retta Bauer. Kunni Holzmann mühte sich noch aus dem Beifahrersitz. „Gehen wir doch ins Haus“, schlug der Kommissar vor.

„Lasset euer Licht leuchten vor den Leuten, damit sie eure guten Werke sehen und den Vater im Himmel preisen“, entfuhr es Jana Hammer. Dann machte sie auf dem Absatz kehrt und schloss die Haustüre auf. Die Polizisten, Kunni Holzmann und Retta Bauer folgten ihr auf dem Fuß. Die Adern an Janas Schläfen und am Hals pochten heftig. Sie war angespannt. In ihr, so schien es, ging eine Veränderung vor. „Was wirft man mir vor? Habe ich Sünden begangen?“ Sie sprach mit fester Stimme. Dann setzte sie sich und wartete ab. Sie war hochkonzentriert, eine völlig andere Jana Hammer, als die, welche die Beamten bisher kennengelernt hatten.

„Ja, Frau Hammer“, antwortete der Kommissar, „Sie stehen unter dem Verdacht, schwere Schuld auf sich genommen zu haben. Sie haben Menschen getötet. Dies ist auch der Grund, warum wir Sie vorläufig festnehmen. Sie können Ihre Rolle, die Sie uns bisher immer erfolgreich vorgespielt haben, aufgeben. Ihre Masche zieht nicht mehr. Damit Sie verstehen, was wir Ihnen vorwerfen, möchte Ihnen die Kunni eine Geschichte erzählen. Tante Kunni fang an", forderte Gerald seine Tante auf.

Kunigunde Holzmann wirkte etwas nervös, was ansonsten gar nicht ihre Art ist, rutschte etwas auf dem Sofa herum, gab sich selbst einen Ruck und begann: „Jana, sacht dir der Name Theo Endres was?" Die linke Augenbraue der Verhafteten zuckte nervös, doch Jana Hammer blieb stumm und blickte auf die Teppichfransen zu ihren Füßen. „Ich geh mal davon aus, dass des der Fall is", sprach die Kunni weiter, „schließlich bist du doch a a geborene Endres, gell? Deine Mutter, die Beate Endres, geborene Nussel, lebt ja noch. Ich weiß, dass sie völlig dement is und in Erlang in einem Heim für betreutes Wohnen lebt, oder besser gsacht, dahinvegetiert. Dei Vater woar genau so a Sauhund wie dei Mo, gell? Bloß nu schlimmer. Es muss ganz schlimm gwesn sei, wenn der alte Bock zu dir in dei Zimmer kumma is. Du woarst ja nu a jungs Madla. Wie oft hast du überlecht, dich umzubringa, weil du eh vor Scham und Schand am liebstn gstorbn wärst? Aber der Herrgott hat dich noch net sterbn lassn. Warst ja a nu zu jung. Im Gegnteil, er hat dir diese Last noch viele Jahre aufgebürdet. Bis zum End vo deim Martyrium hast du die Unzucht vo deim Vater dann als schwere Prüfung verstandn. Wars net su"? Jana Hammer blieb stumm, nur ihre Lippen zitterten heftig. „Als du dann nach Jahrn der Demütigung all deinen Mut zamgnumma und die Theresa, geborene Lieberwirth – die erschte Fra vo deim Vater –, angrufn und an Gesprächstermin mit ihr vereinbart hast, hast du a deine Halbschwester kennaglernt. Siebn Joahr is älter als du, gell, die Hanna Jäschke. Sie hat dir ihre Gschicht erzählt, die dir net unbekannt woar. Dei Vater hat sie nämli als ganz klans Madla a scho vergewalticht. Als ihr Mutter des mitkricht hat, hat sie die Scheidung eigreicht. Bloß zur Polizei is net ganga, die Dolln. Wollt ka Schand über die Familie bringa. Die Hanna und du, ihr habt eich auf Anhieb gut verstandn. Bis heit. Als es bei eich su weit woar, dass ihr gheiret habt, habt ihr eich immer no ab und zu troffn. Eire Männer ham des goar net mitkricht. Wies der Zufall will, hat jede vo eich an Karpfenbauern gheiret, und die ham si a nu kennt. Aber des woar eich im Prinzip egal. Alles, was ihr damals gwollt habt: an anständichn Mo, der eich gern hat und den ihr a gern haben wolltet, aber kann Schlack, der nebnnaus geht und eich entteischt. Irgendwann habt ihr dann erkenna müssn, dass ihr wieder in die Scheiße neiglangt habt. Aber des hat eich nur noch enger zamgschweißt, gell? Aber dann habt ihr mitkricht, dass die drei, dei Mo, der Hanni, der Hanna ihr Mo, der Horst, und der Dritte im Bunde, der Holzmichl, ihr eigns Leben leben, saufn, rumhurn, schlecht redn und sunst bloß negative Eigenschaftn ham und ihr dene im Prinzip egal seid. Ab dem Zeitpunkt habt ihr dran denkt, die drei eines Tages umzubringa. Vor lauter Schreck über solche schlimme Gedankn habt ihr eich in die Arme der Kirche begebn und habt versucht, etwas über Toleranz, Vergebung und Verzeihen zu erfahrn. Als Erschtes seid ihr auf Gottes Strafe vo Sodom und Gomorra gstoßen. Dann hat eich die Gschicht vo der Sintflut beeindruckt. Schließlich habt ihr glernt, dass Gott von seinen Auserwählten seinen Gehorsam fordert und diejenigen hart bestraft, die nicht nach seinen Gesetzen leben. Immer tiefer habt ihr eich in die Thematik eingärwert, bis ihr schließli beim Sündenfall und dem Talionsprinzip glandet seid. Und dann plötzli hats bei euch gschnacklt und ihr habt eich gfracht, wenn Gott die drei Saukerl sowieso hart bestraft und die eh im Feuersee endn werdn, na, dann könna mir die drei a gleich selber umbringa. Woars net su, Jana? Der Pater Balthasar in Vierzehnheiligen hat gsacht du bist eine starke, aktive Frau. Verdammt, Jana, etz hör auf mit deim Versteckspiel. Du spielst uns hier die Heilige Johanna vor. Etz sach endlich mal was dazu!"

Jana Hammer stierte immer noch auf die Teppichfransen, doch sie hatte ihren Körper nicht mehr unter Kontrolle. Sie zitterte am ganzen Leib. Es schien eine Wandlung in ihr vorzugehen. Dann brach es aus ihr heraus. Es war wie eine Explosion, die den ganzen Raum erfüllte und die Anwesenden erschütterte. „Verdammt nochmal", schrie sie, und ihre Halsschlagader schwoll in Bruchteilen von Sekunden dick an, „fünfazwanzg Joahr leb ich mit dem Ungeheuer zam, fünfazwanzg Joahr zu viel. Der Hanna ihr Lebn und meins hat seit unserer Kindheit nur aus Scheiße, Scheiße, Scheiße bestanden. Dann endli ham die Hanna und ich an Entschluss gefasst, dass wir was ändern müssn, dass wir die Sünder schwer bestrafen müssn, um den Rest unseres drittn Lebnsabschnitts in Friedn zu beenden, und dann kummt ihr daher, um uns alles widder wegzunehma. Is des gerecht? Ja, wir ham die drei Sünder umbracht. Viel zu spät. Sie hams verdient, alle drei.

Alle drei ham sich widder und widder an uns und Gott versündicht. Ich bin froh, dass sie tot sen, genau wie unser Vater. Auch er hat für seine Untatn sterbn müssn. In der Höll, im Feuersee solln sie alle bratn. Ich hoff bloß, dass Chantal mit ihrm Freind mehr Glick hat, als die Hanna und ich mit unsre Männer."

Alle Anwesenden im Raum spürten die tiefe Betroffenheit, welche Jana Hammers Geständnis in ihnen auslöste. Jana Hammer saß wie ein Häufchen Elend auf ihrem Sofa und starrte wieder auf die Fransen des Teppichs.

„Gehen wir, Frau Hammer", forderte sie Gerald Fuchs nach einem gemeinsamen, längeren Schweigen auf, während er die Tastatur seines Mobiltelefons bediente. „Habt ihr Frau Jäschke festgenommen?", erkundigte er sich. „Gut, dann bringt sie direkt ins Polizeipräsidium. Wir fahren auch gleich los."

*

„Warum?", wollte Kommissar Fuchs von Hanna Jäschke wissen, „warum haben Sie und Ihre Halbschwester gemordet, obwohl Sie beide doch so sehr mit der Kirche verwurzelt sind. Die Motive begreife ich, dennoch verstehe ich das *Warum?* noch nicht in letzter Konsequenz. Noch eines würde uns natürlich auch interessieren: Wie haben Sie Ihre Taten geplant und letztendlich ausgeführt? Sie sind sehr raffiniert vorgegangen."

„Warum? Warum?", wiederholte Hanna Jäschke. „Sie können sich nicht vorstellen, welche körperlichen und seelischen Qualen wir durch unseren gemeinsamen Vater durchlitten haben. Es war die Hölle und diese Hölle hat uns ein Leben lang verfolgt. Wir haben sie zu keinem Zeitpunkt aus unseren Köpfen bekommen. Vielleicht wäre es besser gewesen, wir hätten nicht geheiratet, denn wir waren in unserer Einstellung gegenüber Männern bereits vorgeschädigt. Dennoch, wir glaubten weiterhin an das Gute im Menschen, daran, dass wir die schlechten Erfahrungen in unserem damaligen, jungen Leben durch Liebe und Hingabe ändern könnten – durch unsere Einstellung, unseren Willen, unser Verhalten. Doch das ging nur am Anfang gut. Dann erlebten wir fast die gleiche Hölle wie mit unserem

Vater. Unter dem Deckmantel der Ehe nannte es sich zwar nicht Vergewaltigung von Körper und Seele, aber de facto gab es kaum Unterschiede. Jana und ich suchten Trost in uns und im Schoße der Kirche. Unsere Männer und ihr Kumpel, der Holzmichl, versündigten sich fast täglich, verstießen mit vollem Bewusstsein gegen Gottes Gebote und den Bund der Liebe. Hochmut, Geiz, Wollust, Völlerei, Neid, Ignoranz und Trägheit der Herzen legten sie offen an den Tag. Wir Frauen waren ihnen egal. Nach vielen Jahren des Leidens waren wir ihrer nicht nur überdrüssig, wir wollten sie für immer und ewig loshaben. Die ersten Mordgedanken reiften heran. Doch wir unterschätzten nicht nur die Hemmnisse, um die Tat auszuführen, sondern auch unsere Gewissen. Das war der Zeitpunkt, wo wir wissen wollten, wie die Kirche darüber denkt. Wir hatten herausgefunden, dass es unterschiedliche Lehren gab. Auf der einen Seite hieß es *Liebe deine Feinde*, andererseits lernten wir auch, dass es einen strengen Gott gibt, der durchaus harte Strafen vorgibt, wie sie im zweiten, dritten und fünften Buch Mose stehen. Haben Sie schon einmal davon gehört?"

„Klären Sie uns auf!", ermunterte sie der Kommissar.

„Mose hat in seinem Bundesbuch, im Heiligkeitsgesetz und im deuteronomischen Gesetz große Teile der jüdischen Thora übernommen, in der unter anderem steht … *so sollst du geben Leben für Leben, Auge für Auge, Zahn für Zahn, Hand für Hand, Fuß für Fuß, Brandmal für Brandmal, Wunde für Wunde, Strieme für Strieme.* Wir haben uns dieses Talionsprinzip – was nichts anderes heißt, als Gleiches mit Gleichem zu vergelten – zu eigen gemacht. Wir fanden es gut und konsequent."

„Und Sie waren davon überzeugt, dass Ihnen die kirchliche Lehre das Recht dazu gab?", fragte Sandra Millberger nach.

„Ja, natürlich. Gott selber hat Mose die Handlungsfreiheit darüber mitgeteilt. Lesen Sie im dritten Buch Mose nach, dort steht: *Und der HERR redete mit Mose und sprach: Führe den Flucher hinaus vor das Lager und lass alle, die es gehört haben, ihre Hände auf sein Haupt legen und lass ihn die ganze Gemeinde steinigen. Und sage den Kindern Israel: Welcher seinen Gott flucht, der soll seine Sünden tragen. Welcher des HERRN Namen lästert der soll des Todes sterben; die ganze Gemeinde soll ihn steinigen. Wie der Fremdling soll auch der Einheimische sein; wenn er den Namen lästert, so soll er sterben.* Die Jana und ich, wir haben es Tag für Tag, Jahr für Jahr gehört und gespürt, dieses Fluchen, dieses Sündigen. Gut, wir haben diese Männer nicht gesteinigt. Wir haben sie anderweitig bestraft. Auch wenn uns ein irdisches Gericht verurteilen wird, vor Gott haben wir ein reines Gewissen.

Dieses *Auge um Auge, Zahn für Zahn,* das war für die Jana und mich anfangs schon ein Problem. Sollten wir den drei Männern gegenüber nicht doch Toleranz und ein gewisses Verständnis entgegenbringen? Das war die Frage, die uns umgetrieben hat. Wir haben versucht, der Antwort dieser Frage in Exerzitien näher zu kommen. Es ist uns nicht ganz geglückt. Zu groß waren die Diskrepanzen, Meinungen und Lehren innerhalb der katholischen Kirche. Also haben wir für uns selbst entschieden."

„Die drei Männer umzubringen?", vergewisserte sich der Kommissar.

„Genau."

„Pater Balthasar konnte Ihnen nicht helfen?", hakte der Kommissar nach.

„Im Prinzip nicht. Wir haben lange mit ihm diskutiert. Wir haben mit ihm über die Geschichte der katholischen Kirche gesprochen. Wir haben ihm vor Augen geführt, dass auch die Kirchenmänner des Mittelalters in Saus und Braus gelebt haben und sich der Völlerei und der Unzucht hingegeben haben. Selbst sie haben gegen Gottes Gesetze verstoßen. Wir haben Pater Balthasar gefragt, wie er über die Missbrauchsvorwürfe gegenüber vielen Geistlichen der Kirche denkt. Er konnte uns keine befriedigenden Antworten geben. Also haben wir selbst für uns entschieden."

„Und wie haben Sie Ihre Taten umgesetzt?"

„Ganz einfach: Wer zuerst dran glaubt, war uns egal. Wir machten es von der Gelegenheit abhängig, nicht von der Zeit und nicht von der Reihenfolge. Wir wollten uns selbst keinem Druck aussetzen."

„Kommen wir auf den 16. und 17. August zurück, Frau Jäschke!?"

„Okay?"

„Wer hat Ihren Mann getötet?

„Wir beide, die Jana und ich."

„Und wie haben Sie den Mord ausgeführt?"

„Wir wussten, dass die drei mal wieder eine Sauforgie geplant hatten. Meinem Mann machte es nichts aus, drei Kilometer hin und drei Kilometer zurück durch den Wald zu laufen. Das hat er schon öfters gemacht. Ich bin später mit unserem Wagen nach Röttenbach gefahren und bin zu Jana in das Haus geschlüpft, als die Männer in der Gartenlaube ihre Sauferei zelebrierten. Als mein Mann früh morgens besoffen und torkelnd seinen Heimweg antrat, sind wir ihm gefolgt. Das war kein Problem. Fast wären wir Chantal noch in die Arme gelaufen. Oben, nach dem Ende der Schulstraße haben wir ihn auf dem Feldweg eingeholt. Er hatte sich gerade an einen Baumstamm gelehnt, um sich zu erleichtern. Ich habe mich ganz leise angeschlichen. Trotzdem hat er mich gehört, aber es war zu spät. Ich hatte mit dem Messer schon ausgeholt."

„Warum haben Sie Ihren Mann verbrannt?" Sandra Millberger stellte die Frage.

„Wir hatten beschlossen, seinen zweiten Tod schon auf Erden zu vollziehen."

„Was heißt das?"

„Sehen Sie", klärte Hanna Jäschke die Frage auf, „wenn wir am jüngsten Tag vor unseren Schöpfer treten, werden die Verdammten nicht in das Himmelreich aufgenommen, sondern sterben den zweiten Tod in einem fürchterlichen Feuersee."

„Das habe ich kapiert", bestätigte der Kommisar, „und Bertl Holzmichl?"

„Das mit dem Bertl war zu diesem Zeitpunkt nicht so geplant, wie es dann gekommen ist. Jana wusste von ihrem Mann, dass er an dem bewussten Donnerstag seinen Jeep sauber machen wollte und der Wagen samt Anhänger tags drauf gebraucht wurde. Dass der Holzmichl den Wagen brauchte, wussten wir nicht. Jedenfalls waren Jana und ich an dem Donnerstag zu Exerzitien in Vierzehnheiligen. Wir sind erst ziemlich spät zurückgekommen. Als ich Jana vor ihrem Haus abgeliefert habe und Hannis Wagen samt Anhänger auf der Garagenauffahrt gesehen habe, ist mir die Idee mit der Bremsflüssigkeit gekommen. Jana ist schnell ins Haus und hat den Wagenschlüssel geholt. Der Rest war eine Kleinigkeit."

„Woher wussten Sie, was Sie machen mussten und wie die Verflüssigung mit Wasser wirkt?", wollte Gerald Fuchs wissen.

„Mein Vater und meine Mutter betrieben früher in der Nähe von Frauenaurach eine Go-Kart-Bahn. Da musste ich schon als Kind häufig mithelfen. Ölwechsel, Wartungsarbeiten und so weiter. Technisch war das für mich kein Problem."

„Kommen wir zu Johann Hammer", forderte der Kommissar sie auf.

„Das war Fügung des Schicksals", meinte Hanna Jäschke. „Am Freitag, am ersten Tag der Röttenbacher Kirchweih, hatte ich mit ihm vereinbart, dass er bei mir vorbeikommt. Er wollte ja immer noch der größte Karpfenbauer im Aischgrund werden. Dazu brauchte er die Karpfenweiher meines Mannes. Ich hatte ihm in Aussicht gestellt, die Kaufverträge zu unterschreiben. Ich erinnere mich, er war äußerst gut gelaunt. Die K.-o.-Tropfen, die ich ihm ins Bier geschüttet habe, konnte er nicht bemerken. Sie sind bekannterweise ja geruchs- und geschmacklos. Als er ins Land der Träume hinübergesegelt war, holte ich mit meinem Wagen die Jana aus Röttenbach ab."

„Hatten Sie keine Befürchtungen, dass der Betäubte während Ihrer Abwesenheit wieder zu sich kommt?", wollte Gerald Fuchs wissen.

„Überhaupt nicht. Dafür war die Dosis der K.-o.-Tropfen einfach zu hoch. Jedenfalls haben die Jana und ich den Bastard unter gemeinsamen Anstrengungen auf die Ladefläche seines Toyota gezerrt. Spät in der Nacht sind wir dann ins Mohrhof-Gebiet gefahren. Jana mit dem Japaner, ich mit meinem VW-Bulli. Wir hätten es fast nicht geschafft, den schweren Mann auf die Folie des Gärfutterlagers zu ziehen, aber schließlich lag er doch oben."

„Woher wussten Sie von dem Fahrsilo bei Hesselberg?"

„Das war auch mehr oder weniger purer Zufall. Ich hatte das Wochenende zuvor einen Spaziergang durch das Naturschutzgebiet gemacht, da ist mir der Haufen aufgefallen, weil sich die Folie an manchen Stellen aufblähte. Im Internet habe ich mich dann über die Wirkungsweise einer Gärfutteranlage informiert. Als ich von dem giftigen, schnellwirkenden Gas las, war der Plan im Kopf gereift. Es musste aber schnell gehen. Wir hielten den Atem an. Jana schnitt mit dem Messer die Plane auf. Ich hielt Hannis Kopf hoch und presste ihn dann, so fest ich konnte, in das Innere des Biohaufens."

„Dann entfernten Sie Ihre Fingerabdrücke von dem Messer, drückten es dem Opfer kurz in die Hand und ließen es am Tatort zurück, um den Eindruck eines Selbstmordes vorzutäuschen?“

„Ganz genauso war es“, bestätigte Hanna Jäschke.

„Und wie kam das Messer, mit dem sie Ihren Mann erstochen haben, in die Küchenschublade von dem Hornauer?“, meldete sich Sandra Millberger zurück.

Hanna Jäschke lächelte verschmitzt. „Das sollte eigentlich ein perfektes Täuschungsmanöver werden. Ich wusste von meinem Mann, dass der Johann Hammer vor Jahren mehrere dieser schrecklichen Messer verschenkt hatte. An meinen Mann, an Jupp Hornauer, an Bertl Holzmichl, und er selbst hatte ja auch eines.“

„Und alle trugen diese Initialen J.H.?“

„Genau.“

„Wie passt das zu Gisbert Holzmichl?“, wunderte sich die Polizistin. „J.H. für Jäschke Horst kann ich ja gerade noch verstehen, aber …“

„Die beiden Buchstaben J und H haben mit der Namensgebung nichts zu tun“, klärte sie Frau Jäschke auf, „J.H. steht für Jahrhundert-Messer, eine besondere Serie in der Produktion des Herstellers.“

„Die Schublade“, erinnerte sie der Kommissar.

„Richtig, die Schublade. Jana und ich kennen natürlich auch die Frau von dem Hornauer. Nicht, dass wir befreundet wären, aber zwangsläufig trifft man sich zu allen möglichen Karpfen-Events. Wahl der Karpfenkönigin, Eröffnung der Karpfensaison, beim Karpfenfischen, Vereinsessen und so weiter. Ich meine, es war bei einem Karpfenfischen, als mein Mann gedankenlos mit seinem Messer herumspielte. *‚Mein Gott, Sie haben auch so ein furchtbares Messer wie mein Mann‘*, stellte Frau Hornauer fest, als sie das Messer meines Mannes sah. *‚Mein Jupp bewahrt das schreckliche Ding in unserer Küchenschublade auf. Ich habe ihm schon so oft gesagt, dass er es in den Müll geben soll, aber er hört einfach nicht auf mich.‘* Ich erinnerte mich an die Worte von Frau Hornauer und köderte ihren Mann ebenfalls mit dem Verkauf unserer Weiher. Ob ich bei ihm vorbeikommen könne, er habe keinen Führerschein mehr und die Polizei habe ihn sowieso schon am Arsch, fragte er mich. Natürlich besuchte ich ihn. Ich hatte ja einen Vorwand. Er wollte unsere Karpfenweiher. Ich wusste, dass an dem Messer, mit dem wir meinen Mann erstochen hatten noch Blutreste klebten. Von Jupps Frau wusste ich, wo er sein Messer aufbewahrte. Den Rest überlasse ich ihrer Fantasie."

„Verstanden!", kommentierte der Kommissar, „und warum die Inszenierung mit Margot Segmüller?"

„Aus zwei Gründen", erklärte Hanna Jäschke, „einerseits um den Verdacht auf Jupp Hornauer zu lenken, und andererseits störte uns diese Idee der Kommerzialisierung, diese Verunglimpfung der von uns begangenen Morde, oder sagen wir lieber, der von uns erteilten Straflektionen. Alles wurde durch diese Vereinsvorsitzende und ihren preußischen Deppen ins Lächerliche gezogen."

„Wie geht es ihrem Gast, diesem Ulrich Fürmann?", beendete der Kommissar das Verhör.

„Ich denke gut. Er ist ein netter Mensch und hilfsbereit, hat einmal in seinem Leben Unsinn begangen und muss nun auch für den Rest seines Lebens dafür büßen. Tun Sie mir einen Gefallen?"

„Kommt darauf an."

„Richten Sie Herrn Fürmann die besten Grüße von mir aus. Sagen Sie ihm, dass ich für ihn bete, und übergeben sie ihm meine Hausschlüssel, solange ich weg bin. Er kann in unserem Haus wohnen. Ob ich jemals wieder zurückkommen werde, weiß ich heute sowieso noch nicht."

„Das werde ich gerne tun, Frau Jäschke", antwortete der Kommissar.

EPILOG

Dass die wahren Mörder gestanden hatten, hatte für Jupp Hornauer keine Bedeutung. Die erfreuliche Nachricht erreichte ihn nämlich nicht mehr. Am frühen Sonntagmorgen, den 26. Oktober 2014, fand ihn einer der Zellenwärter tot am Boden liegend vor. Der Zellenboden war über und über mit Blut beschmiert, welches teilweise schon getrocknet war. Jupp Hornauer hatte sich die Pulsadern aufgeschnitten. In seiner Linken fanden die Beamten eine winzige, aber sehr spitzige Nagelfeile, welche bei seiner Inhaftierung übersehen wurde.

Die Kunni und die Retta bereiteten sich an diesem Sonntagmorgen auf die Essenseinladung von Hauptkommissar Joerg Kraemer vor. „Ich weiß ja, dass Sie die Fischküche Fuchs jedem Gourmetrestaurant vorziehen", hatte er angedeutet, „deshalb habe ich den größten Aischgründer Spiegelkarpfen, den der Wirt vorrätig hat, für Sie reservieren lassen, Frau Holzmann."

„Die andere Hälft is fei für mich zu groß", ermahnte ihn die Retta.

„Das weiß ich auch, Frau Bauer, Sie bekommen einen kleinen bis mittelgroßen."

„Und was is mitm Inkreisch?", wollte die Kunni wissen.

„Keine Sorge, Frau Holzmann, ich hätte ehrlich gesagt nicht daran gedacht, aber der Fuchsn-Wirt hat mich schon darauf hingewiesen. Natürlich bekommen sie auch Ihr Inkreisch."

Das Ende der Aischgrund Investigations kam genauso plötzlich, wie sich die Truppe formiert hatte. Margot Segmeier musste einsehen, dass sie sich in ihrer Initiative für den lieblichen Aischgrund wohl doch etwas verrannt hatte. Stupsi Dinkelmann aus Döhren-Wülfel nahm es gelassen hin, riss noch einen kleinen Witz über seine Bleistiftspitzer. *Hast Stupsis Spitzer schon probiert, lebt sichs völlig ungeniert*, meinte er und versprach wieder einmal in den Aischgrund zu kommen, gemeinsam mit Mandy, Tina und Nina.

Jupp Hochleitner, der Certified Franconian Networker, war ganz froh, dass sein Job bei Aischgrund Investigations ein plötzliches Ende fand. Er hätte sowieso keine Zeit mehr für so ein Larifari gehabt, erklärte er. Youtube war angesagt und seine Clips fanden von Tag zu Tag immer mehr Anhänger. Helene Fischer hatte er längst hinter sich gelassen.

Sissi Lohmüller, die gelernte Fleischfachverkäuferin, hatte vergebens auf ihren Hanni den Hammer gewartet. Die Kormoran-, Koi- und Wildkarpfenkostüme waren eine reine Fehlinvestition. Doch eines Tages kam ein neuer fünfundsechzigjähriger Kunde vorbei. Er fand Sissi soooo süß, und sie fand ihn soooo reich. Sissi schloss vorübergehend ihr Etablissement und begab sich mit ihm auf Weltreise. Es sieht so aus, dass sie immer noch unterwegs sind.

Heino Wassermann ist der große Verlierer in diesem Frankenkrimi. Arbeitslos und frustriert kündigte er seine Mitgliedschaft im Verein und verfasst seitdem ein Bewerbungsschreiben nach dem anderen. Einen neuen Job hat er bis heute nicht.

Chantal Hammer schließlich musste den Schock ihres Lebens erst einmal verdauen. Dass ihr ihre Mutter jahrelang eine Schmierenkomödie vorgeführt und sich als eine eiskalte Mörderin entpuppt hatte, setzte ihr extrem zu. Ihr Onkel und sein Freund Bastian Wirth zogen nach Hannover und gründeten ein neues Geschäft für Innenarchitektur. Es soll extrem gut angelaufen sein.

Die beiden Mörderinnen wurden zu elf Jahren Gefängnis verurteilt, wobei ihnen ihr Geständnis und die Unterdrückung, die sie durch ihre Ehemänner erleiden mussten, strafmildernd angerechnet wurden.

Alles gesagt? Noch nicht ganz:

Die Kunni bekam wieder einmal ein neues Fernsehgerät zum Austausch, aber auch das ging nach einem weiteren viertel Jahr Betriebszeit erneut kaputt. Nach einigem Ärger mit der Philips-Servicestelle schrieb sie die Firmenzentrale an, und dann, nach harter Überzeugungsarbeit, wurde der Kauf finanziell rückabgewickelt. Sie erhielt den ursprünglichen Kaufpreis erstattet. „Nie wieder Philips“, schwor sie sich, nachdem zwischenzeitlich auch ihre Philips-Kaffeemaschine den Geist aufgab und nur noch sprutzelte und dampfte, aber keinen genießbaren Kaffee mehr produzierte.

So viel zu unserer Geschichte. Natürlich gibt es das liebliche Karpfenland Aischgrund auch in der Realität. Auch eine Teichgenossenschaft (Teichgenossenschaft Aischgrund) und einen Verein, der es sich zur Aufgabe gemacht hat, die Region für Feriengäste attraktiv zu gestalten (Karpfenland Aischgrund e.V.), gibt es. Doch beide Organisationen – und das sei an dieser Stelle nochmals ausdrücklich gesagt – haben mit der frei erfundenen Geschichte dieses Krimis nicht das Geringste zu tun.

Das Restaurant Fischküche Fuchs ist ein weithin bekanntes und stark frequentiertes Gasthaus – ein in der Region bevorzugtes Karpfen- und Speiserestaurant mit Übernachtungsmöglichkeiten. Aber auch außerhalb der Karpfensaison lohnt sich ein Besuch. Der Eigentümer, Herr Georg Fuchs, hat die Ablichtung seines Restaurantauslegers auf dem Buchcover ausdrücklich genehmigt.

Die Namen aller sonstigen Personen, welche in diesem Frankenkrimi eine Rolle spielen, sind der Fantasie des Autors entsprungen.

Ach ja, noch ein Tipp: Diejenigen unter der geneigten Leserschaft, die sich für den Aischgrund und/oder den Aischgründer Spiegelkarpfen interessieren, empfehle ich den interaktiven Lernfilm unter www.karpfenfilm.de. In acht kurzen Episoden wird Wissenswertes über die Karpfenzucht und den Aischgrund vermittelt.

Unter der Schirmherrschaft des Karpfenland Aischgrund e.V. bietet auch Röttenbach seinen Gästen so manche Attraktivität. Während eines geführten Spaziergangs durch Röttenbach (Kontakt: Frau Elke Klermund, klermundq8@yahoo.de) erfahren sie mehr über Eiskeller und Martern, Geschichte und Geschichten von und über Röttenbach mit seinen Karpfenweihern, Störchen und Eiskellern.

Für Leser, welche sich für den Aischgrund und das Zugpferd der Region, den Aischgründer Spiegelkarpfen, interessieren, seien an dieser Stelle noch einige interessante Web-Adressen genannt:

www.karpfenland-aischgrund.de (informiert über die Ferienregion Karpfenland Aischgrund)

www.freizeit-erh.de/fileadmin/eigene (gibt einen Überblick über Karpfengaststätten im Landkreis Höchstadt an der Aisch) www.karpfenschmeckerwochen.de (mit dem Link „Gasthöfe" gibt einen Überblick über zwanzig ausgewählte Gasthöfe im Landkreis Neustadt an der Aisch – Bad Windsheim)

www.karpfenmuseum.de (lädt in das Karpfenmuseum, in Neustadt an der Aisch ein)

Von **Werner Rosenzweig** sind bisher folgende Bücher erschienen: **(www.roetten-buch.de)**:

Ni hao Shanghai
Das Buch enthält Kurzgeschichten, welche in Anekdotenform geschrieben sind. Der Autor berichtet von Erlebnissen während seines dreijährigen Chinaaufenthaltes in den Jahren 2005 bis 2008. Des Weiteren zeigt das Buch viele selbst „geschossene" Fotos aus China. Interkulturelle Beiträge sowie nützliche Ratschläge zum Reich der Mitte runden den Inhalt ab.

Korrupt und Mausetot
Schauplätze dieses Krimis sind China und Mittelfranken. Ein Fürther Unternehmen der Bahnindustrie erhält einen Großauftrag aus China. Eine chinesische Sekte nistet sich in dem romantischen Wasserschloss Neuhaus bei Höchstadt an der Aisch ein. Einer der Vize-Bürgermeister Shanghais liegt erstochen in einer Sommerwiese in der Nähe von Röttenbach. Aus seiner Brust ragt der Knauf eines argentinischen Gaucho-Messers. Millionen Euro an Schmiergeldern sind spurlos verschwunden. Die Mordkommission der Kripo Erlangen nimmt ihre Ermittlungen auf, tappt aber lange Zeit im Dunkeln.

Todesklinik
Während in der Volksrepublik China die Anhänger der Meditationsbewegung Falun Gong gnadenlos verfolgt und inhaftiert werden, errichtet ein skrupelloser deutscher Chirurg nahe dem verträumten mittelfränkischen Hesselberg eine private Schönheitsklinik. Bald begnügt er sich nicht mehr mit Schönheitsoperationen an seinen prominenten Patienten, sondern führt auch illegale Organtransplantationen durch. Seine Organspender holt er sich aus dem Reich der Mitte. Die ausgeweideten Körper verschwinden spurlos in einer Tierverbrennungsanlage in Herzogenaurach.

Dann gelingt einer Chinesin überraschenderweise die Flucht aus der „Todesklinik". Sie wird gnadenlos gejagt. Dank des beherzten Eingreifens eines Hesselberger Ehepaares kann das Schlimmste gerade noch verhindert werden.

Fränkische und chinesische Gedichte

Gedichte über Franken und China: „Karpfenzeit – eine fränkische Tragödie", „Blaue Zipfel" und „Dialekt" bieten dem Leser ebenso Amüsantes, wie „Garküchen", „Weideröslein", oder „Finanzkrise".

Karpfen, Glees und Gift im Bauch

Wer sich an diesen Krimi heranwagt, sollte des fränkischen Dialekts einigermaßen mächtig sein, denn die Dialoge sind überwiegend in mittelfränkischer Mundart geschrieben.

Ganz Röttenbach freut sich über seinen neuen Supermarkt. Endlich ein Vollsortimenter, wie man sich ihn seit Jahr und Tag gewünscht hat. Doch es ist mehr Schein als Sein. In der riesigen Lagerhalle werden verbotene Fluorchlorkohlenwasserstoffe umgeschlagen – hergestellt und importiert aus China. Als dann auch noch die Tschechen-Mafia über das Dorf herfällt, wird eine in Plastikfolie verpackte Wasserleiche aus dem Breitweiher gezogen. Doch das war erst der Anfang. Das mysteriöse Morden geht weiter.

Die beiden fast achtzigjährigen Witwen, Kunigunde Holzmann und Margarethe Bauer, nehmen sich der Sache an und ihre Ermittlungen auf.

„Karpfen, Glees und Gift im Bauch" ist der *Erschde Röttenbacher Griminalroman – Frängisch gred, dengd und gmachd.*

Wenn der Frange frängisch red, der Breiß ka anzichs Wordd verschehd

Ein Gedichtband aus dem fränkischen Alltagsleben. Egal, ob es um die „Baggers", die „Weihnachtsgans", ums „Gschmarri", die „Berchkerwa", ums „Walberla", oder die „Fränkische Bayernhymne" geht, die Reime sind vergnüglich zu lesen. Auch für dieses Büchlein gilt: Besser der Leser beherrscht den fränkischen Dialekt.

Zeckenalarm im Frankenland

Frankens Karpfenland, der liebliche Aischgrund, wird durch Hyaloma-Zecken bedroht, eine Zeckenart, die es in diesen Breitengraden gar nicht geben dürfte.

In Erlangen wird ein Obdachloser, der von den kleinen Krabblern gestochen wurde, durch das Krim-Kongo-Fieber hinweggerafft. Die Ermittlungen der Gesundheitsbehörden gehen ins Leere.

Wochen später erleidet in der kleinen fränkischen Gemeinde Röttenbach ein bis dahin kerngesunder Bürger überraschend das gleiche Schicksal.

Kunigunde Holzmann und Margarethe Bauer, die beiden kriminalistisch begabten Witwen, glauben nicht an den Zeckenzauber. Wie recht sie haben. Ein perfider Mörder treibt mit den kleinen Blutsaugern sein Unwesen. Er lässt morden. Schließlich geht es um viel Geld.

Die beiden Witwen benötigen viel Geduld und Bauernschläue, bis sie dem Täter auf die Schliche kommen.

Zweider Röttenbacher Griminalroman – Frängisch gred, dengd und gmachd.

Allmächd, scho widder a Mord! – Zwölf Kriminalgeschichten aus Ober-, Mittel- und Unterfranken

Ganz Franken ist blutrot gefärbt:

Während in Erlangen die chinesische Mafia Schutzgelder erpresst und LSD unter das Volk bringt, planen Terroristen der Al-Qaida einen Bombenanschlag auf die Mainfrankensäle in Veitshöchheim.

In Nürnberg entführt der Nachtgiger den kleinen Raphael, und in Bamberg sterben hohe geistliche Würdenträger wie die Fliegen an der Wand.

Auch Altbürgermeister Georg Nusch aus Rothenburg ob der Tauber hätte auf den Meistertrunk besser verzichten sollen … Dass Frischfleisch nicht nur im Supermarkt angeboten wird, davon kann die Fürther Rockerbande „Kleeblatt-Spiders“ ein Lied singen.

„Allmächd, scho widder a Mord!” ist ein kriminalistischer Streifzug quer durch Franken. Zwölf unglaubliche Geschichten aus zwölf unterschiedlichen Orten.

Wir kriegen euch alle! – Braune Spur durchs Frankenland
Abgrundtiefer Fremdenhass zeichnet die neue Generation von Rechtsextremisten aus. Es sind nicht mehr die Glatzköpfe in ihren Springerstiefeln und Bomberjacken. Sie sehen aus wie du und ich. Skrupel kennen sie nicht. Hart und brutal schlagen sie zu und agieren präzise und tödlich, denn sie werden generalstabsmäßig geführt.

Ausgerechnet im beschaulichen, mittelfränkischen Röttenbach lässt sich eine ihrer Terrorzellen nieder. Juden, Türken, Migranten und Asylanten gehören zu ihren potentiellen Opfern. Die blutige Attacke auf das Türkische Generalkonsulat in Nürnberg ist nur ihr erster Anschlag in der Region. Weitere folgen. Doch sie haben noch Größeres vor: Die Zerstörung des Islamischen Forums im oberbayerischen Penzberg ist eines ihrer erklärten Ziele. Während des traditionellen Freitaggebetes planen sie mit Panzerfäusten zuzuschlagen. Aber sie begehen einen schwerwiegenden Fehler. Sie lassen sich in ihrem Tun und Handeln auch von privaten Interessen leiten, ohne diese mit ihrer Führung abzustimmen.

Kunigunde Holzmann und Margarethe Bauer, zwei ebenso bauernschlaue wie kriminalistisch begabte Röttenbacher Witwen kommen ihnen auf die Schliche, während das BKA und der Verfassungsschutz obskure Spuren verfolgen. Können die beiden Freundinnen größeres Unheil noch rechtzeitig verhindern?

Und es geht weiter mit den Karpfenkrimis: **„Karpf…e dies – Karpfentage, als die Mafia den Aischgründer Spiegelkarpfen haben wollte“**, ist bereits in Vorbereitung und erscheint in 2016. Die mächtige Mafiaorganisation Ndrangheta will ihr schmutziges Geld reinwaschen, will investieren und greift nach den fränkischen Karpfenweihern. Zuerst überschwemmt sie die Region mit Kokain, dann greift sie sich einen Fischteich nach dem anderen. Schon brutzelt der „gebackene Aischgründer“ in einem Butterschmalz-Kokablätter-Sud, doch dann treten Kunni und Retta in Aktion. Wenn es um eine ihrer Lieblingsspeisen geht, können sie zu Furien werden.